唐诗宋词选讲

TANGSHI SONGCI XUANJIANG

丛书主编　成积春
主　　编　李冬红　丁建东

北京师范大学出版集团
BEIJING NORMAL UNIVERSITY PUBLISHING GROUP
北京师范大学出版社

图书在版编目(CIP)数据

唐诗宋词选讲/李冬红，丁建东主编. —北京：北京师范大学出版社，2018.11

（中华优秀传统文化教育丛书）

ISBN 978-7-303-24169-9

Ⅰ. ①唐… Ⅱ. ①李… ②丁… Ⅲ. ①唐诗—鉴赏—高等学校—教材 ②宋词—鉴赏—高等学校—教材 Ⅳ. ①I207.2

中国版本图书馆CIP数据核字(2018)第207840号

营销中心电话 0537-4459916 010-58808015
电子信箱 hdfs999@163.com

出版发行：北京师范大学出版社 www.bnup.com
北京市海淀区新街口外大街19号
邮政编码：100875
印　　刷：济南荷森印务有限公司
经　　销：全国新华书店
开　　本：787 mm×1092 mm 1/16
印　　张：12.25
字　　数：176千字
版　　次：2018年11月第1版
印　　次：2018年11月第1次印刷
定　　价：48.00元

策划编辑：李　飞　　责任编辑：梁宏宇　梁晓星
美术编辑：王秀环　　装帧设计：苏会超
责任校对：李云虎　　责任印制：李　飞

目　　录

绪　论 …… (1)
第一讲　山水隐逸 …… (8)
　导　言 …… (8)
　作品赏析 …… (9)
　　野　望 …… (9)
　　终南山 …… (11)
　　过故人庄 …… (13)
　　钱塘湖春行 …… (15)
　　渔　翁 …… (17)
　　采桑子 …… (19)
　　行香子 …… (20)
　　鹧鸪天 …… (22)
　　摸鱼儿　东皋寓居 …… (23)
　　摸鱼儿　高爱山隐居 …… (26)
　结　语 …… (28)
第二讲　军旅边塞 …… (29)
　导　言 …… (29)
　作品赏析 …… (30)
　　从军行 …… (30)
　　燕歌行 …… (32)
　　轮台歌奉送封大夫出师西征 …… (35)
　　关山月 …… (37)

雁门太守行 …………………………………………………………………… (39)
渔家傲　秋思 ………………………………………………………………… (41)
满江红 …………………………………………………………………………… (42)
汉宫春　初自南郑来成都作 …………………………………………………… (44)
六州歌头 ………………………………………………………………………… (46)
破阵子　为陈同甫赋壮词以寄 ………………………………………………… (49)
结　语 …………………………………………………………………………… (51)
第三讲　咏物感怀 ……………………………………………………………… (52)
导　言 …………………………………………………………………………… (52)
作品赏析 ………………………………………………………………………… (53)
咏　蝉 …………………………………………………………………………… (53)
早　梅 …………………………………………………………………………… (55)
菊　花 …………………………………………………………………………… (56)
早　雁 …………………………………………………………………………… (57)
小　松 …………………………………………………………………………… (59)
点绛唇 …………………………………………………………………………… (61)
水龙吟　次韵章质夫杨花词 …………………………………………………… (62)
兰陵王　柳 ……………………………………………………………………… (64)
暗　香 …………………………………………………………………………… (67)
眉妩　新月 ……………………………………………………………………… (69)
结　语 …………………………………………………………………………… (71)
第四讲　相思闺怨 ……………………………………………………………… (72)
导　言 …………………………………………………………………………… (72)
作品赏析 ………………………………………………………………………… (73)
古　意 …………………………………………………………………………… (73)
望月怀远 ………………………………………………………………………… (75)
闺　怨 …………………………………………………………………………… (76)
无　题 …………………………………………………………………………… (78)

瑶瑟怨 …………………………………………………………………… (80)
蝶恋花 …………………………………………………………………… (81)
阮郎归 …………………………………………………………………… (83)
卜算子 …………………………………………………………………… (85)
八六子 …………………………………………………………………… (86)
一剪梅 …………………………………………………………………… (88)
结　语 …………………………………………………………………… (90)
第五讲　赠友送别 ……………………………………………………… (91)
导　言 …………………………………………………………………… (91)
作品赏析 ………………………………………………………………… (92)
送杜少府之任蜀州 ……………………………………………………… (92)
芙蓉楼送辛渐 …………………………………………………………… (93)
送友人 …………………………………………………………………… (95)
送严士元 ………………………………………………………………… (97)
别舍弟宗一 ……………………………………………………………… (99)
雨霖铃 …………………………………………………………………… (101)
卜算子　送鲍浩然之浙东 ……………………………………………… (103)
蝶恋花　早行 …………………………………………………………… (105)
临江仙　送钱穆父 ……………………………………………………… (107)
贺新郎　送胡邦衡待制 ………………………………………………… (109)
结　语 …………………………………………………………………… (111)
第六讲　羁旅怀乡 ……………………………………………………… (112)
导　言 …………………………………………………………………… (112)
作品赏析 ………………………………………………………………… (113)
和晋陵陆丞早春游望 …………………………………………………… (113)
春夜洛城闻笛 …………………………………………………………… (114)
旅夜书怀 ………………………………………………………………… (116)
邯郸冬至夜思家 ………………………………………………………… (118)

商山早行 …… (119)
八声甘州 …… (120)
阮郎归 …… (122)
苏幕遮 …… (124)
秦楼月 …… (126)
一剪梅　舟过吴江 …… (128)
结　语 …… (129)
第七讲　咏史怀古 …… (131)
导　言 …… (131)
作品赏析 …… (132)
夜泊牛渚怀古 …… (132)
蜀　相 …… (133)
西塞山怀古 …… (135)
筹笔驿 …… (137)
赤　壁 …… (139)
桂枝香　金陵怀古 …… (140)
双声子 …… (143)
念奴娇　赤壁怀古 …… (144)
西河　金陵 …… (146)
永遇乐　京口北固亭怀古 …… (148)
结　语 …… (151)
第八讲　哲思理趣 …… (152)
导　言 …… (152)
作品赏析 …… (153)
春江花月夜 …… (153)
登鹳雀楼 …… (155)
次北固山下 …… (156)
晚　春 …… (158)

酬乐天咏老见示…………………………………………………………(160)
浣溪沙……………………………………………………………………(161)
定风波……………………………………………………………………(162)
鹊桥仙……………………………………………………………………(164)
相思会……………………………………………………………………(166)
西江月……………………………………………………………………(167)
结　语……………………………………………………………………(169)
第九讲　节日民俗……………………………………………………(170)
导　言……………………………………………………………………(170)
作品赏析…………………………………………………………………(171)
正月十五日夜……………………………………………………………(171)
寒　食……………………………………………………………………(173)
八月十五夜玩月…………………………………………………………(174)
秋　夕……………………………………………………………………(175)
端　午……………………………………………………………………(177)
木兰花　乙卯吴兴寒食…………………………………………………(178)
水调歌头…………………………………………………………………(180)
解语花　上元……………………………………………………………(182)
青玉案　元夕……………………………………………………………(184)
贺新郎　端午……………………………………………………………(186)
结　语……………………………………………………………………(188)

绪 论

中国是一个诗歌的国度。中国古典诗歌不但有三千多年的悠久历史，而且每一种体裁都得到了充分的发展，产生过许多不朽的名作。“唐诗宋词”作为中国古典诗歌的代表，标志着诗和词这两种诗歌样式达到了全盛时期，是我国传统文化遗产中的瑰宝。

结束了南北朝长期分裂的局面，统一的大唐迎来了政治的稳定、经济的发展、文化的提升和思想的活跃，产生了一大批具有强烈的进取精神、开阔的胸襟抱负、恢宏的风姿气度的士人群体，出现了丰富多彩、充裕复杂的表现内容，为诗歌的空前繁荣提供了丰厚肥沃的土壤。于是，在承继前代诗歌成就的基础上，源远流长的中国古典诗歌发展到唐代进入了黄金时代。

“初唐四杰”才华横溢，突破齐梁诗风的束缚，将诗歌的表现领域逐渐从宫廷台阁转向关山塞漠，将北朝文学的清刚劲健之气与南朝文学的清新明媚之姿相融合，开启了一代新声；陈子昂扛起文学革新的旗帜，提倡恢复汉魏风骨、比兴寄托，将诗歌引领向骨气端翔、开朗明丽的艺术发展道路；沈佺期、宋之问在永明体的基础上，精研诗律，创造了一种既有格律规定，又有相对灵活的创作空间的近体诗；张若虚、张九龄用优美清丽的语言和婉转悠扬的韵律，营造了一种自然、空明、纯美的诗歌意境。他们共同为唐诗的繁荣在题材内容、情思格调、审美风格、声韵格律、兴象意境等方面做足了准备。

开元、天宝盛世带来了唐诗的全面繁荣，诗坛上放射出一片奇光异彩。王维、孟浩然笔下的山水之美与田园之乐清新明秀、静谧安闲，意境高远浑成，使人淡忘世事，产生忘情于山水而自甘寂寞的高逸情怀；高适、岑参用慷慨豪迈的语调和奇特夸张的艺术手法，以七言歌行体的形式将西北荒漠和边塞生活描写得瑰奇雄伟，让人心驰神往，展现了只有盛唐文人才具有的疏朗气度；“七绝圣手”王昌龄长于宫怨闺情与边塞军旅的描写，语言圆润流畅，意脉细密曲折，情气疏宕俊爽，内蕴含蓄浑厚；尤其是李白，以其绝世的禀异才华和豪放洒脱的气质，运用比喻、夸张等修辞手法，把诗写得如清水芙蓉、行云流水一般，充满了发兴无端的澎湃激情和神奇想象，既有气势浩瀚、变幻莫测的壮观奇景，又有标举风神情韵而自然天成的明丽意境，以浪漫主义情怀和豪放飘逸的艺术风格完美诠释了盛唐精神。

安史之乱是唐代社会由盛转衰的分水岭。与时代精神相呼应，盛唐诗歌兴象玲珑的韵味逐步淡化，理想色彩与浪漫情调渐行消退，现实性与生活化倾向得以加强。杜甫心系国家安危，同情民生疾苦，其诗承继前贤，锤炼字句，严究格律，并把强烈深沉的主观抒情融入客观真实的叙事手法，以深广生动、刻画精微的饱满形象和低回起伏、沉郁顿挫的独特笔法展现了那个动乱多难的时代，其诗被后人誉为“诗史”。作为唐诗发展史上一位承前启后的人物，杜甫兼备众体，缘事而发，其对字词的精心锤炼，对声律的多方创造，以及融抒情、叙事、议论为一体的创作手法为后来者的进一步发展提供了各种可能。

中唐前期的大历诗人多有生不逢时之感，他们意气消沉，远观社会，常以自然景色和个人日常生活为诗题，以夕阳寒雁、秋风落叶等意象的组合营造暗淡感伤的境界，借以传达时运不济、彷徨苦闷的心绪，呈现出或幽深曲婉、或清雅简远的诗歌特点。经过几十年的沉寂，唐宪宗元和年间，一批致力于开辟诗歌新径的文人走上诗坛，展示了唐诗大变于中唐的蓬勃景观。

韩孟诗派作为这种新变的第一个诗人群体，广泛学习杜甫，艺术上刻意求新，并出现了散文化的倾向。韩愈关注时事，精雕细琢，用赋笔写诗，以雄豪奇崛之格纠卑弱时风；孟郊苦思巧营，硬语盘空，表现凄怆寒苦的清冷生活，抒发一己感伤，风格瘦硬；怀才不遇的李贺苦吟觅诗，全力开掘主体心灵，词采瑰丽诡怪，想象奇特丰富，用夸张虚幻的浪漫之笔抒写感时伤逝的苦闷。与此同时，以元稹、白居易为代表的元白诗派重写实，尚通俗，极大地继承和发展了杜甫的现实主义的表现手法。他们强调诗歌补察时政的社会作用，学习缘事而发的乐府诗传统，推崇通俗自然而又平易流畅的语言，创作了大量指陈时政弊病、反映民生疾苦的诗歌。另外，柳宗元明净简淡、清峻古峭的山水诗篇，刘禹锡凝练沉静、风情俊爽、蕴致丰厚的怀古佳作亦各具特色，自成一家。这些诗人皆以创新精神创作诗歌，着力于诗歌理论的阐发以及新技法的探寻，以广泛的内容与多样的风格迎来了唐诗的又一个发展高潮。

长庆(821—824)以后，唐王朝的危机进一步加深，士人心态发生巨大变化，面对国事无望、抱负落空、身世沉沦，悲凉空漠之感常常触绪而来。这种抑郁悲凉在多种题材中皆有体现，伤今怀古尤为突出。在一片诗歌的退潮中，杜牧、李商隐异军突起，在晚唐浮浅轻靡的诗风之外别具异彩。杜牧才气纵横，追求一种情致高远、笔力劲拔的诗风，最擅长绝句，风调俊爽，华美流利，意境深远；李商隐灵心善感，向往含蓄蕴藉、幽约细美的诗境，七律最工，构思细密，用典繁多，富多重意蕴。他们追念唐代盛世，诗中多感念时事、抒发情怀，以细腻丰富的感情和象征、暗示等手法表现今昔之感、末世之慨及朦胧情思，把诗歌表现心灵深层世界的能力推向了无与伦比的高峰，创造了唐诗最后的辉煌。

明朝文人胡应麟《诗薮》说："甚矣，诗之盛于唐也！其体，则三、四、五言，六、七、杂言，乐府、歌行、近体、绝句，靡弗备矣。其格，则高卑、远近、浓淡、浅深、巨细、精粗、巧拙、强弱，靡弗具矣。其调，则飘逸、浑雄、沉深、博大、绮丽、幽闲、新奇、猥琐，靡弗诣矣。其人，则帝王、将相、朝士、布衣、童子、妇人、缁流、羽客，靡弗预矣。"①唐代诗坛名家辈出，佳作如林，体裁完备，风格多样，创作方法丰富，标志着诗歌创作的全面成熟。唐诗不仅是唐一代文学的标志，也代表了我国古典诗歌所能达到的最高水平。

中国诗歌史上，堪与唐诗比美的是宋词。词在晚唐五代尚被视为小道末技，到宋代才得以迅速发展，逐渐与五七言诗相提并论。这主要得益于新的社

---

① (明)胡应麟：《诗薮》，163页，上海，上海古籍出版社，1958。

会环境。宋代崇文抑武的政治措施促成自上而下的纵情享乐的社会风习，给词的发展提供了营养丰富的土壤。宋代诗词的明确分工，再加上宋代文人丰富的声色享受及轻柔细密的审美心态，使词成为最适合抒写个人情愫、宣泄内心衷肠的渠道，促进了词的文体特性的稳定与文坛地位的确立。同时，宋代极度繁荣的城市经济，带来庞大的市民阶层和多彩的都市生活，滋生了各类以娱乐为目的的文艺样式，如说话、杂剧、诸宫调等世俗艺术迅速兴起，词则成为其中最引人注目的文学样式，并在文人的笔下最终实现雅化。

北宋前期的词家注重自身修养，心性敏感，精于体悟内省，常对自然景观及日常生活进行理性观照，并将之融汇于感性体验中。沉积于富足平和、安宁顺遂的社会与人生背后的莫名闲愁，此时就以温润典雅、圆融冲和之情致在词中流露出来。例如，晏殊以娴雅从容的姿态，抒发了虽闲适淡然却深长幽细、难以掩抑的婉曲伤感情味，带有哲理色彩的生命直感和无奈感伤的人生思索。欧阳修则抱着游戏的心态，带着熟谙人情、参透世事的眼光描绘社会风情，欣赏自然美景，求得自适和排遣，在宁静、安乐之中夹杂着轻淡的惆怅和悠长的喟叹，呈现出高度成熟的士大夫文人的生活姿态、审美情趣和文化品格。

伴随着城市经济的发展，市民阶层的壮大，柳永应时代所需，变旧声作新声，通过各种途径繁衍乐曲，丰富了词调。他开始大量创作慢词，突破令词表现规范，用大量的长调慢词和赋笔铺叙手法反映市民生活，抒写羁旅情怀，表现城市风貌，将词由唐五代以来主要对男女恋情相思的抒写，扩充到多种复杂的人生感受，把词从应歌佐酒的创作模式和类型化情感的表现引向对真实际遇的个性化抒写。同时，他不避市井俚俗趣味，口语与雅言兼用，艳婉与清丽同现，市民生活与文人心志并呈，雅俗共赏，提升了词的表现能力，拓展了词的题材领域。

之后，王安石、范仲淹等不满花间词的纤弱浮靡和柳永的鄙陋俗艳，尝试别调变格，通过传统的怀古悼今、边关风情等感慨，以超迈旷放、疏朗俊爽的姿态流露出对现实人世的执着，以及乐观通达的襟怀风度，开始将诗歌的传统意绪纳入词的表现范围。继之而起的苏轼极力主张词的诗化，其“以诗为词”①的自觉意识很大程度上突破了以词为小道末技的旧传统。他在尊重词体音律规范的同时，加强了词向诗歌的回归，借诗歌美学思想和价值取向改造词。在他笔下，无论恋情相思、离别愁怨，还是咏物感遇、登临怀古，举凡抒情叙事、说理议论，全都一体包容，改造了词体软媚绮丽的传统风貌，呈现出汪洋恣肆、豪放高远、清旷明丽的新格调，从而扩大了词题，提升了词品，变革了词风，丰富了词法。后起之文士对之进行了持续不断的补充发展及多样化的创新探索，开启了词的新格局。

秦观在伤春悲秋、相思怨别的传统艳情词里融入个体真实的人生遭际和身世感慨。他虽然仍坚守深婉轻柔的传统词风，其间却已明显渗透着诗化精神，与以往供佐酒遣欢的敷衍铺陈之作大为迥异。晏几道传承家学，固守小令园地，却暗以长调之法，用今昔对比和朦胧梦境表达自己对爱情的感悟。周邦彦继秦、柳之后，所抒内容仍局限在恋情别思、羁旅闲愁的范围内，但极大程度上扩展和改变了遣字造句、隶事用典、章法结构等，着意经营命意，化天然为人工，并不断加以完善规范，昭示能够具体仿效运作的门径，具有承前启后集大成的重要意义。

靖康之难(1126)，使时风骤变，直接冲击着长久处于承平社会的文人，促使他们有意无意地从一味随兴适意的曼声吟唱中走出来，开始将视野转向严酷的民族悲剧。朱敦儒、李清照等一改前期词作的吟弄风月与闲适逍遥，转而抒写动乱时的复杂郁结和物是人非的零落哀怨，承载了特定的时代情感，沉挚厚重。

紧承宋朝南渡，救亡图存成为文人关注的头等大事。他们认同词抒怀言志的诗化功能，创作主导方向随之有了较大改变。辛弃疾亲身参与抗金斗争，具有强烈的历史使命感和政治参与意识，将词作为言志的工具。其词皆缘事而发，伤悼今昔盛衰，表达黍离之感，痛愤苟安屈辱，惋惜北伐无望，慨叹国运艰危，将苏轼的以诗为词、周邦彦的援赋入词扩展到以文为词，最大限度地打

---

① (宋)陈师道：《后山诗话》，见(清)何文焕辑：《历代诗话》，309页，北京，中华书局，1981。

破固有体式规范的束缚，并杂采诗赋古文甚或五经史籍，汇聚成雄放慷慨的时代悲歌。

与此同时，姜夔继承并发展了周邦彦的艺术特点，善于创调，讲究音律，注重炼句，刻意求工而不流于浮艳轻靡，在艺术美学方面对词进行了改造。他将意旨融入写景和叙事中，传达忧虑国运衰颓、慨叹故都废墟的低回凄迷的心绪，沉痛幽曲，细腻地展示了复杂微妙甚或难以言说的感情变化，体现了清空骚雅的艺术特色，代表并引领了此时词坛崇雅绝俗的时代风尚。

南宋后期，表面的承平气象中潜伏着大厦将倾的危机，文人们敏锐地察觉到这种风雨飘摇的气氛，联系自身的流落不偶和世事艰难，重新转向内心反思。此时的词作中少了悲壮激扬的亮色和壮声，多了黯淡清寒之色调、沉咽幽曲之情味。吴文英、史达祖、周密、张炎等创作了大量的咏物词，把浓浓的主观情思强力涂抹在各种客观物象上，借交错跳跃的时空变化和意象的多义性内蕴传递出末世情怀。这些雅士清客在承循词的传统外在表现形式的同时，全然摒除了应歌娱人的艳科积习，即使相思恋别类题材，也写得真挚纯情，集中呈现出词坛诗化雅化的艺术倾向。

宋词完成了词体的建设，词调丰富，声律、句法定型规范，小令、长调兼美；完善了表现手法，如比兴寄托、赋笔铺写、直抒胸臆，并行不悖；极大丰富了表现内容，如咏物、咏史、田园、爱情、赠答、送别、谐谑等，应有尽有，几乎达到了与五七言诗同样广阔的程度，尤其是大量抒情意味浓郁的美丽爱情词篇，弥补了古代诗歌爱情题材的不足。同时，丰富多彩的艺术风格也是宋词成熟的显著表现，它们或婉约，或清丽，或深沉，或轻绮，或豪放，或清旷，都给人带来美的享受。词与音乐有特别密切的关系，由之形成的长短句的外在形态、要眇宜修的文体特质、和谐细腻的字声格律，使宋词呈现出不同于以往的诗歌风流。宋词的魅力是五七言诗难以达到的，为丰富古典诗歌做出了突出的贡献。

唐诗宋词均为一代文学之胜。在《诗经》以来的诗歌创作基础上兴盛起来的唐诗，达到了古代诗歌史上的巅峰；而萌芽于隋唐之际、兴于晚唐五代的词，到宋代也臻于极盛。在我国以抒情为主的传统诗歌中，唐诗与宋词双峰并峙，

"诗之境阔，词之言长"①，互相辉映，各有千秋，堪称"中国古代文学皇冠上两颗璀璨的明珠"。唐诗和宋词各以其巨大而独特的艺术魅力，千余年来一直得到各个时代不同读者的喜爱，盛传不衰，历久弥新。

《唐诗宋词选讲》旨在提供一个了解唐诗宋词的简明文本，主要通过对经典作家作品的诵读涵泳，感受作品的形象和意境，获得情感的体验、心灵的共鸣、精神的陶冶和审美的享受，感悟唐诗宋词的艺术魅力。全书按照唐诗宋词的主要表现题材，共分九讲，每讲由导言、作品赏析、结语三部分组成。其中，"作品赏析"又包括"注释"和"品读"两部分。"导言"以通俗明畅的语言论述本讲主题的渊源、发展及特殊意蕴，以调动读者的阅读兴趣。"作品赏析"选用《全唐诗》《全宋词》的通行文本，并参照各种权威诗词选本，力争准确，减少分歧，大致以作者的创作时代为序。每讲包含 5 首诗、5 首词，全书共计 90 首作品。"作品赏析"中的"注释"重在简要介绍作者，解释语词及典故出处，并对个别生僻字注音。为求简练，本书仅在作者或语词第一次出现时进行注释，后面重出者不再加注。"作品赏析"中的"品读"试图通过深入浅出、自然简洁的解读，让读者感受作品的特殊内涵，体验本讲主题的多样抒写方式，大致了解从语言、意象、构思、意境等角度欣赏唐诗宋词的基本方法，力求言简意赅，论析明确。"结语"对本讲所选作品做总体评价，使读者能更好地了解该主题的深层内蕴及常用创作手法。

本书在编写过程中，参照了《中国古代文学作品选》②、《唐宋诗选》③、《唐宋词选》④、《唐诗鉴赏辞典》⑤、《唐宋词鉴赏辞典》⑥等诗词选本及鉴赏类著作，在此深表敬意和感谢。鉴于篇幅和体例，止文对此不再一一详注。囿于学识，本书入选之作家、篇目、注释文字及文本解读难免存有失当之处，敬请专家和读者批评指正，以便来日修订。

---

① (清)王国维:《人间词话》，106 页，长春，吉林文史出版社，1999。

② 袁世硕主编:《中国古代文学作品选》，北京，人民文学出版社，2002。

③ 管士光等选注:《唐宋诗选》，西安，太白文艺出版社，2004。

④ 王友胜等选注:《唐宋词选》，西安，太白文艺出版社，2004。

⑤ 《唐诗鉴赏辞典》，上海，上海辞书出版社，1983。

⑥ 《唐宋词鉴赏辞典》，上海，上海辞书出版社，1986。

第一讲 山水隐逸

导言

早在先秦时期，《诗经》和《楚辞》中就已经出现了描写山水风景的佳句，如“昔我往矣，杨柳依依。今我来思，雨雪霏霏”(《采薇》)，“袅袅兮秋风，洞庭波兮木叶下”(《湘夫人》)。但在这些诗句中，山水景物并未被当作独立的审美对象来歌咏。东汉末年的《观沧海》是我国诗歌史上现存最早的完整的山水诗。

“采菊东篱下，悠然见南山。”(《饮酒·其五》)“暧暧远人村，依依墟里烟。”(《归园田居·其一》)东晋陶渊明用质朴精练的语言描绘出清雅明丽的山水风光和淳朴闲适的农家生活，以丰富的意蕴和独特的艺术风格开辟了诗歌新境界。与此同时，谢灵运放浪形骸于山水之间，探奇览胜，对自然美景进行了精工细致的雕琢，如“池塘生春草，园柳变鸣禽”(《登池上楼》)，“林壑敛暝色，云霞收夕霏”(《石壁精舍还湖中作》)，带给人愉悦的享受和无限的遐想，自然山水的独立审美价值逐渐为人所认知。

随着唐诗繁荣局面的到来，王维、孟浩然、储光羲、韦应物、柳宗元等描绘山水景色，反映田园生活，抒发闲适淡泊的思想情绪，表达向往自由、和谐、平静的理想世界的诉求，把山水田园诗向前推进了一大步，形成了丽日经天的壮观之势。宋词大兴，描写田野林趣的名篇佳作层出不穷，词人秉承描写山水田园诗的创作精神，运用诗化的语言抒情状物，写景叙事，行文不拘一格，使人耳目一新。

山水田园诗的出现与隐逸之风的盛行有直接关系。当时的作者多有或长或短的隐逸经历，即便身在仕途，也向往归隐山林和泛舟江湖的闲适逍遥，有一种挥之不去的隐逸情结。他们常将归隐视为傲世独立的表现，以入于山林、纵情山水显示人品的高洁，进而把返归自然作为精神的慰藉和享受，寻求人与自然融为一体的纯美天地。

作品赏析

野　望

王　绩[1]

东皋薄暮望，徙倚欲何依[2]。
树树皆秋色[3]，山山唯落晖。
牧人驱犊返，猎马带禽[4]归。
相顾无相识，长歌怀采薇[5]。

[注释]

[1]王绩(约589—644)：字无功，号东皋子，又号五斗先生、斗酒学士，绛州龙门(今山西河津)人。他性格孤傲，鄙薄功名，仰慕阮籍、陶渊明。其诗近而不浅，质而不俗，真率疏放，有旷怀高致，直追魏晋高风，律诗尤佳，在初唐诗坛独当一面。

[2]东皋(gāo)：水边向阳高地，也泛指田野，此指诗人隐居的地方。徙倚：徘徊，来回地走。

[3]秋色：一作“春色”。

[4]禽：鸟兽，这里指猎物。

[5]采薇：相传周武王灭商后，伯夷、叔齐不愿做周的臣子，不食周粟，在首阳山上采薇而食，最终饿死。薇，一种植物。“采薇”指隐居生活，表达作者孤高的情怀。

[品读]

此诗描写了一幅山野暮色下的秋景图，质朴清新，在闲逸的情调中带着几分彷徨和苦闷，是王绩的代表作。

首联紧扣诗题，点明时间、地点，总写诗人于山野眺望的情状。傍晚时分，夕阳西下，天边散漫着烟霞，诗人却独自一人登上东皋极目远望，左右徘徊，心里默默念着曹操《短歌行》中的“绕树三匝，何枝可依”。这里的“东皋”点明了作者登高的地点，“薄暮”交代了时间，渲染出伤感的情绪，“徙倚欲何依”则暗示了作者百无聊赖、怅然若失的情感，传达出一种失意之悲。看似平淡的叙述却把作者的心绪交代得异常清楚，再加上色彩环境的勾描，奠定了整首诗的感情基调。

颔联“树树皆秋色，山山唯落晖”，写秋天山林的静态。举目远望，到处一片秋色，成林的树木都染上了暮秋时分憔悴枯黄的颜色，连绵起伏的群山在夕阳的映照下也有了萧瑟的暮光。诗人给我们勾勒出一幅秋之晚景图，看似平静的景色中透露着落寞萧瑟之感，虽是写景，却进一步渲染了作者孤寂苦闷的心绪。

颈联“牧人驱犊返，猎马带禽归”，于静谧的背景中加入人的活动。傍晚时分，放牛的牧人唱着山歌，欢快地赶着牛儿朝着家的方向走来，猎人骑着骏马，带着猎物满载而归。这两句描摹出安逸的场景和令人陶醉的画面，展现了牧歌田园式的生活场景。此时，作者的所望就通过光线与色彩、远眺与近观、静态与动态等角度得到恰到好处的呈现，和谐安宁的山户秋晚归家图自然地在读者面前展开。

尾联抒发情感。虽然处于此种悠闲宁静的山野图画之中，诗人却依然无法从现实的苦闷中走出来，最后终于按捺不住内心的感慨，直抒胸臆。诗人居住在这里，但身边没有一个熟人或朋友，没有人能够理解他，与他一起分担这份寂寥，于是只能追怀已经远去的伯夷、叔齐，借《采薇》之典表达隐逸山林之志。

总体来看，作者用自然流利的语言，以景写情，景中寓情，借暮色中的山林景色和祥和的田园生活反衬内心的忧郁苦闷、彷徨无依和孤独寂寞的复杂心境。王绩生于隋末唐初，正是朝代更迭的动乱时期。他既是文人，又是官卑位轻的前朝遗臣，我们可以想见他的处境是艰难的，所以此诗反映了那个时代遗世独立、孤芳自赏的文人复杂矛盾的内心世界。

唐初，齐梁绮靡浮艳的文风依然弥漫朝野，尚未退出主流诗坛，靡靡之音、艳丽之词不绝如缕。王绩此时却不落俗套，以自然朴素、疏淡幽远的诗风打破局面。另外，此诗首尾两联抒情言事，中间两联写景，结构严谨，章法有序，已是一首较为成熟的五言律诗。

终南山

王　维[1]

太乙近天都，连山接海隅[2]。
白云回望合，青霭[3]入看无。
分野[4]中峰变，阴晴众壑殊。
欲投人处宿，隔水问樵夫。

［注释］

[1]王维(701—761)：字摩诘，先世为太原祁(今山西祁县)人。开元九年(721)进士，任太乐丞。上元元年(760)转尚书右丞，世称“王右丞”。王维擅长书画，通音律，习佛事，多才多艺，是盛唐山水田园诗派的代表，号为“诗佛”，有《王摩诘文集》等行世。

[2]太乙：又名“太一”“太白”，终南山主峰。唐人每称“终南山”为“太一”。天都：天帝所居，极言其高；一说帝都长安。海隅：海边。终南山并不到海，此为夸张之词。

[3]青霭：山中的云气。

[4]分野：古代天文学家把天上的星宿和地上的区域联系起来，地上的某一区域都划定在星空的某一范围之内，称为“分野”。

［品读］

王维精通禅理，又擅长书画，通音律，他的作品往往都传达出优游涵泳的韵律美，有着精警自然而又流动舒缓的意脉。终南山在今陕西省西安市南，此诗为王维隐居辋川时所作。

这篇吟咏山水田园的作品已摆脱了魏晋南北朝以来干枯的玄言面目，诗人仿佛用笔极大胆的丹青圣手，全篇涌动着一种大写意的画风，显示了大唐盛世之气象，以及气象的陶冶熔铸中诗人从容不迫的风度神采。

诗的首联“太乙近天都，连山接海隅”，“近”“接”二字似拙实绮，以夸张手法极言终南山之高拔旷远。何文焕在《唐律消夏录》中有言：“通首俱写终南山之大，全是白云、青霭，一中峰而分野已变，历众壑而阴晴复殊，游将竟日尚无宿处，其大何如？”即以“大”为本篇下注脚。

颔联写近景，“白云回望合，青霭入看无”。诗人立足于茫茫云海与蒙蒙青霭之间，无论前进还是后退，白云和青霭仿佛俱在手边，但真的伸手去摸，却摸不到也看不见。回头看，白云和青霭又像没有分开过一样，迷迷漫漫，可望而不可即。这一联，写烟云变灭，颇有韵致。终南山中景色秀丽，千岩万壑都被白云和青霭笼罩，使人看不真切，但云雾缭绕的终南山本身便是一大美景，其神秘也使人更加神往，更急于进一步“入看”。“入看”之后，诗人“回望”被留在身后的景色，发现刚才呈现于眉睫之前的景物似笼以青纱，由清晰而朦胧，由朦胧而隐没，令人回味无穷，给人无限遐思。

颈联高度概括，尺幅万里。诗人游山而有了“分野中峰变”的认识，游目骋怀，终南山东西之绵远如彼，南北之辽阔如此，只有立足于“近天都”的“中峰”，才能收全景于眼底；而“阴晴众壑殊”，就是尽收眼底的全景。所谓“阴晴众壑殊”，正是以光线的或浓或淡、或有或无来为千岩万壑撒上阳光或打上阴影，衬托和表现它们的千姿百态的。

尾联“欲投人处宿，隔水问樵夫”，此时天已将暮，诗人游览完终南山盛景，想要找人家投宿，于是“隔水”询问对岸的樵夫。前文皆是写景，至此句而有“人声”。随着诗人的投宿，一天的游览到此结束，此诗也随之落下帷幕。尾联结束得突然而不仓促，读者虽然已经跟随诗人饱览终南山风景，但此时仍然有意犹未尽之感。《唐诗直解》有言：“王摩诘‘欲投人处宿，隔水问樵夫’，孟浩然‘再来迷处所，花下问渔舟’，并可作画。末语流丽。”

终南山因其毗邻长安的特殊地理位置，成为热衷功名者借隐居之名求仕的捷径，“终南捷径”一词亦由此而来。唐诗中写终南者甚多，但如王维此作般雍容整暇则是不多见的。全诗有声有色，意境清新，写景壮阔而又细腻，宛若一幅用墨自然的终南山山水画。

过故人庄

孟浩然[1]

故人具[2]鸡黍，邀我至田家。
绿树村边合，青山郭外斜[3]。
开轩面场圃[4]，把酒话桑麻。
待到重阳日，还来就菊花[5]。

[注释]

[1]孟浩然(689—740)：名浩，字浩然，襄州襄阳(今湖北襄阳市襄州区)人，世称“孟襄阳”，曾隐居鹿门山，又称“鹿门处士”。壮年时曾游历吴越，年四十游京师，应进士不第，返襄阳，一生布衣。其诗风格清淡幽远，尤工五言古近体。

[2]具：准备，置办。

[3]郭：古代城墙有内外两重，内为城，外为郭。这里指村庄的外墙。斜(xiá)：倾斜。

[4]场：打谷场、稻场。圃：菜园。

[5]重阳日：指夏历的九月初九，也就是重阳节。古人在这一天有登高、饮菊花酒的习俗。还(huán)：返，来。就菊花：指饮菊花酒，也指赏菊。就，靠近，指去做某事。

[品读]

这是一首清新醇厚、洋溢着农家淳朴之美的田园佳作，历来为人所称诵。

“故人具鸡黍，邀我至田家”，开头两句即指出诗人来“田家”的缘由，“故人”准备好农家饭菜，邀请诗人来，于是故人“邀”而诗人“至”。开篇语言简单而无修饰，就像诗人和朋友间的交往一样，随性自然，但对于将要展开的诗歌内容来说，却是极好的导入。

“绿树村边合，青山郭外斜”，这两句的上句写诗人走进村庄所见之景，即村子被绿树环绕，自成一个小天地；下句展现了村庄外面的开阔的远景，远处的青山与村子依依相伴，使山脚下的小小村庄更添气势，也使青山多了些情味。正是由于“故人庄”出现在这样自然和谐的环境中，所以宾主临窗举杯，

“开轩面场圃，把酒话桑麻”才更为畅快。此联只写绿树青山却能见出一片天地，勾画出一幅色泽鲜明的田园水彩图，足见诗人功力之深。

诗人进入村庄，来到友人家中，推开窗户，映入眼前的是开阔的打谷场和充满生机的菜圃。在这种环境中，诗人和友人一起把盏谈心，笑谈农事，字里行间透露出惬意和欢欣，而这种身心的愉悦感和诗人身处的环境是分不开的。在这么美好又自由的田园中，诗人与友人只谈桑麻生长之事，别无杂言。醉心于田园生活的作者，自然完全忘却了世俗的名利得失。这种由身体到心灵的无拘无束，似乎正是诗人理想中的“桃花源”。田园农庄的环境和气氛显示出独特的魅力。

“待到重阳日，还来就菊花”，与友人重聚后，很快又要离开了。临走时，诗人依依不舍地告别，并率真地向友人表示到了重阳节，自己还要来喝酒赏菊，可见诗人是多么喜欢这个淳朴的小山村，多么喜欢这位热情待客的友人！毫无修饰的两句诗给人带来亲切感的同时又余味悠长，于平淡中蕴藏着主客之间的深情厚谊，流露出诗人对村庄和故人的留恋。

整首诗用力平衡均匀，不炫奇猎异，不卖弄技巧，每个句子都不见费力锤炼的痕迹，却都不显薄弱，它们共同构成一个完整的意境，把恬静秀美的农村风光和淳朴诚挚的故人情谊融合在一起。正是因为有真彩内映，所以出语洒落，浑然省净，使全诗在“淡抹”中显示出魅力，而不再需要“浓饰盛妆”了。

孟浩然对田园生活的体察是细致入微的，这种有着绩麻种瓜、豆棚闲话风味的作品，是不同于王维以禅入诗、如山水画般的山水之作的。整首诗未用一个幽僻字眼，也未刻意展示任何修辞技巧，描写的是眼前景，使用的是口头语，完全任其自然，连律诗的形式也似乎变得自由和灵便了。清代评论家沈德潜称孟浩然的诗“语淡而味终不薄”①，也就是说读孟浩然的诗，应该透过它朴拙的外表，去体会其内在的韵味。

① (清)沈德潜：《唐诗别裁集》，15页，长沙，岳麓书社，1998。

钱塘湖春行

白居易[1]

孤山寺北贾亭西，水面初平云脚低[2]。
几处早莺争暖树[3]，谁家新燕啄春泥。
乱花渐欲迷人眼，浅草才能没马蹄。
最爱湖东行不足[4]，绿杨阴里白沙堤。

[注释]

[1]白居易(772—846)：字乐天，号香山居士、醉吟先生，祖籍太原(今山西太原)。历官至翰林学士、左拾遗等职，因晚年官太子少傅，世称“白太傅”。卒谥文，又称“白文公”。中唐新乐府运动的倡导者，主张诗歌“为时”“为事”而作。其诗题材广泛，形式多样，语言平易明畅，广为流传。

[2]孤山寺：南北朝时陈文帝初年建。孤山在西湖的里外湖之间，因与其他山不相接连，所以称“孤山”。东有白堤，山上有孤山寺。贾亭：贾公亭。西湖名胜之一，唐朝贾全所筑。水面初平：春天湖水初涨，水面刚刚与湖岸齐平。云脚低：白云重重叠叠，同湖面上的波澜连成一片，看上去浮云很低。

[3]暖树：向阳的树。

[4]行不足：百游不厌。足，厌足。

[品读]

唐穆宗长庆二年(822)七月，白居易被外放为杭州刺史，《钱塘湖春行》大概写于长庆三四年间的春天。西湖作为江南胜景，历来就是文人墨客笔下的常客，然而我们今天谈起咏叹西湖的诗作，依然会首先想到这首《钱塘湖春行》，可见这首诗的魅力之大。白诗讲求的是用浅易明白的构词表达活泼生动、有生命力的感触与情怀，这首诗歌也典型地体现了这一特点。

这首诗景中寄情，既写出了浓郁的春意，又写出了自然之美带给人们的强烈感受，字里行间流露着诗人喜悦轻松的情绪和对西湖春色细腻新鲜的感受。首联“孤山寺北贾亭西，水面初平云脚低”，从大处着笔，先写钱塘湖的大略位置，粗粗一笔，简单明了；再写极目所见之景，春天湖水初涨，远望与岸齐平，水面倒映着白云，景色开阔，环境宁静，整个西湖的大致景象跃然纸上。

颔联、颈联分别罗列西湖风物之美，其中早莺、新燕、乱花、浅草，无不充满生机。“几处早莺争暖树，谁家新燕啄春泥”，从仰视的角度写所见之景。诗人行走在西湖边上，抬头望去，莺飞燕舞，在春光里忙来忙去，一派生机盎然的景象，使人不禁心生愉悦。“几处”二字，勾画出早莺与新燕的四下忙碌与彼此呼应，可以使人想见诗人为了观赏这一活泼热闹的场景而四处寻声的情态。“乱花渐欲迷人眼，浅草才能没马蹄”，则是诗人俯瞰之景。此时乃早春时节，湖边的花草并未十分茂盛，花乃“乱花”，草乃“浅草”，用“乱”和“浅”字来做形容词，精准简练，可见诗人在追求诗歌语言浅易通俗的理念下，也注重语言的精练性。“渐欲”写出了随着诗人漫步空间的变化，“乱花”杂乱的姿态；“才能”是诗人通过自己的观察得来的对“浅草”的判断。这样就使客观的自然景物化为带有诗人主观感情色彩的眼中景物，写出了季节更换时这种初来乍见的喜悦，具有强烈的感染力。

尾联“最爱湖东行不足，绿杨阴里白沙堤”，略写诗人最爱的湖东沙堤，道出“我”之所在。初生柳树可使莺燕栖身，白沙岸堤可供匹马穿行，则是“我”爱西湖的理由，使读者不禁为之低昂徘徊、心驰神往。白堤横贯钱塘湖，在湖东一带，可以总览全湖之胜。只见绿杨阴里，平坦而修长的白沙堤静卧碧波之中，堤上骑马游春的人往来如织，尽情享受春日美景。诗人置身其间，饱览湖光山色之美，心旷神怡。“行不足”既说明了自然景物美不胜收，也彰显出诗人余兴未阑。

金人王若虚评：“乐天之诗，情致曲尽，入人肝脾，随物赋形，所在充满。”①清人田雯的《古欢堂集》亦言：“乐天诗极清浅可爱，往往以眼前事为见得语，皆他人所未发。”这首诗语言平易浅近，清新自然，用白描手法把精心选择的镜头写入诗中，活灵活现，寓情于景，从春意盎然的早春湖光中展现出作者游湖时的喜悦心情，可见前人评语是相当贴切的。

---

① （金）王若虚：《滹南诗话·卷一》，北京，中华书局，1985。

渔 翁

柳宗元[1]

渔翁夜傍西岩宿，晓汲清湘燃楚竹[2]。
烟销日出不见人，欸乃[3]一声山水绿。
回看天际下中流，岩上无心[4]云相逐。

[注释]

[1]柳宗元：(773—819)，字子厚，河东解(今山西省运城市西南)人。世称“柳河东”或“河东先生”，因官终柳州刺史，又称“柳柳州”，为“唐宋八大家”之一，笔风犀利。其诗造语精妙，韵味悠长，于清丽密致中包蕴幽怨沉厚之感，自成一体。

[2]西岩：指西山，在今湖南永州西南。湘：湘江之水。楚：西山古属楚地。

[3]欸(ǎi)乃：象声词，一说指桨声，即划船摇橹之声；一说棹歌，即划船之人歌唱之声。唐时湘中棹歌有《欸乃曲》。

[4]无心：化用陶渊明《归去来兮辞》中“云无心以出岫”之语意，表示庄子所说的那种物我两忘的心灵境界。

[品读]

唐宪宗元和元年(806)，柳宗元因参与永贞革新被贬永州。空有满怀抱负的他承受着政治上的沉重打击，只能寄情于异乡山水，作了著名的《永州八记》，并写下许多吟咏永州地区湖光山色的诗篇，《渔翁》就是其中的代表作。

这首诗起句较平，“渔翁夜傍西岩宿”极其简单地交代了时间是夜晚，地点是西山，人物是渔翁。接下来的“晓汲清湘燃楚竹”却峰回路转，奇特别致。连用两个动词“汲”与“燃”，赋予诗句一种意想之外的节奏美与音韵美，为诗句平添了几分动感。读至此，我们仿佛可以感受到渔翁一夜安眠后的轻松与闲适。这句话写一夜安眠后渔翁恬静的生活：打水、烧柴、做饭。这原本是日常生活中最平常不过的事，然而由于诗句中的“清湘”“楚竹”，却带给我们一种超凡脱俗的感觉。西山在湘江边，古时围绕“湘水”本就有许多美好神奇的传说；而西山古属楚地，楚地的斑竹枝又带来一份怅惘的回忆和对一种高洁情感的追怀。

因此，渔翁这一无心之“宿”，具备了许多的雅趣。而且渔翁本就是一个自然的意象，是一个自然中人，靠自然为生，与自然为伴。这也暗含了诗人因贬谪的境遇而产生的寄情山水的理想。“汲清湘”“燃楚竹”让我们看到了一幅与自然融为一体的清新明朗的画面。

因为“燃楚竹”而炊烟缭绕，加之清晨水面常有的水雾之气，因而渔翁的身影是隐没在这烟雾之中的。等到太阳出来，烟雾消散，要寻找他时却早已经不见人影。这就使“烟销日出不见人”有了些许神秘色彩。“欸乃一声山水绿”可以说是全诗最具奇趣的一句。“欸乃”，象声词，一说桨声，一说人长呼之声。此处场景已由渔翁的活动转换到广阔的自然景物中来，我们的视线也由水雾迷蒙的江岸转到了日光初起的青山绿水中，视野顿时开阔起来。这时忽闻得水上摇橹声，还伴有高歌吟唱。“欸乃”打破了山水的清寂，为平静的景色增添了几许活力。“绿”虽是一字之微，然使全境俱活，动静的结合展现了自然与人的生机。这句诗也颇有民歌的特色，清新鲜活又朴实无华，读起来趣味盎然，历来为诗人所玩赏称赞。

至此，诗人为我们渲染了一幅与世隔绝的桃花源般的情境，使人忘却尘事，陶醉留恋在这一片水光山色之中。然而，“回看天际下中流，岩上无心云相逐”，又一下把读者拉回现实。江流滚滚，云影悠悠，此情此景表现出一种旷达与超脱，可谓余音绕梁。尤其是“无心”二字，更是表达出人与天合、物我两忘的心灵境界。

与自然的亲近相对的就是与世俗的疏离，对诗人而言当然是暗含着对官场的怨愤与失望。自古遭贬谪的诗人很多，他们或孤高傲世、誓不屈服，或遁迹山林、产生归隐之心，然而总是脱不开寥落与愁绪。此诗虽极力渲染一种空灵冲淡的境界，却还是隐隐流露出一丝孤寂，也正是因为由宦途坎坷产生的孤寂心境，诗人才有了对闲适生活的向往。诗人被贬的永州僻处湘南一隅，风景秀美，这对他的失意是一种慰藉，也为他寄情山水提供了现实条件。

《渔翁》一诗，看似语句平实，设色淡雅，实则情致悠闲，境界深远，是一首淡泊绝妙的好诗。

采桑子

欧阳修[1]

群芳过后西湖[2]好。狼籍[3]残红，飞絮濛濛[4]，垂柳阑干[5]尽日风。　笙歌[6]散尽游人去。始觉春空，垂下帘栊[7]，双燕归来细雨中。

[注释]

[1]欧阳修(1007—1072)：字永叔，号醉翁，晚年号六一居士，庐陵(今江西)人。仁宗天圣八年(1030)进士，官至参知政事。谥文忠，世称“欧阳文忠公”，北宋诗文革新运动的发起者和领袖人物。其词多写个人情事，清丽婉约，富有情韵。

[2]西湖：颍州西湖，在今安徽省阜阳市西北角，颍水和诸水汇流处，为风景佳胜。

[3]狼籍：同“狼藉”，散乱的样子。

[4]濛濛：今写作“蒙蒙”。细雨迷蒙的样子，以此形容空中飞扬的柳絮。

[5]阑干：横斜，纵横交错。

[6]笙歌：笙管伴奏的歌筵。

[7]帘栊：遮蔽门窗的悬挂物，多用竹、苇或布制成。

[品读]

本词作于熙宁四年(1071)。这年六月，欧阳修以太子少师的身份辞官，暮春时节来到西湖游玩，心生喜悦而作《采桑子》十首，这是其中的第四首。当时，自晚唐五代而来的填词，多为于歌筵之中侑酒佐欢的游戏之作，还不被正统的文学创作观念接受，内容尚显逼仄，仍徘徊在花间月下的男女相思、离怨之中。作为政坛与文坛的双重领袖，欧阳修开始了对词的初步改革。在他的笔下，即便是描景摹色之作，也无一般词作的闲愁苦闷，反而流露出一种华贵之美。

上片描写群芳凋谢后西湖的恬静清幽之美。词人虽写暮春之景，其中蕴含的伤春之情却不浓重，只是用疏淡的笔墨描绘了颍州西湖暮春时节萧散自然的景象。首句“群芳过后西湖好”总领全篇，开篇即点出主旨，可以说下文都是对首句的具体化阐释。“狼籍残红，飞絮濛濛，垂柳阑干尽日风”，满地凌乱的落红，漫漫游荡、无所依凭的飞絮，柔嫩的柳条随风轻轻飘荡在风中，寥寥数句，一幅清疏淡雅的暮春图景就展现在读者眼前。词句虽用白描，但从描写的目之所及的景色中，自然流露出词人安闲自适的精神状态，景中寓情，平淡自然，感情真挚。“群芳过后”本有衰残之味，常人对此或惋惜，或伤感，或留恋，词人却赞美说“好”，不但不感伤，反而在孤寂清冷中体味出安闲静谧的乐趣，并以这一感情线索贯穿全词。这种春归之后的闲淡胸怀，这种别具一格的审美感受，正是此词有异于一般描写暮春词作的独到之处。

下片依然写景，但清幽的景色中已经有了人的参与和互动，画面更加生动活泼。“笙歌散尽游人去”，虚写出不久前湖上杯酒频传、竹笛相发、笙歌迭起的盛况，用反衬的手法，以游人如织时的热闹景象衬托人群散尽后西湖的静谧安闲。而当人真的散尽后，词人顿时觉得一阵空虚袭来，“始觉春空”道出了词人惜春、恋春的微妙心境。“始觉”是顿悟之辞，这两句描述的是词人从繁华喧闹中清醒过来时的猝然之感。“垂下帘栊，双燕归来细雨中”，此时词人颇有些意兴阑珊，想要放下窗户帘拢，从空旷的湖边景色回归自己的内心世界，但是无边细雨中一双燕子的归来正巧打破了此时有些寂寥的氛围，为整首词带来了灵动的气息，韵味无穷。

全词取景典型，章法缜密，构思严谨，意象鲜明。状西湖美景，动静交错，以动显静，意脉贯穿，层次井然，显示出不凡的艺术功力。虽通篇写景，不带明显的主观感情色彩，却从字里行间委婉地流露出词人的旷达胸怀和闲适心境，令人不由得在脑海里勾画出一个恬淡宴如而又有些微闲愁的士人形象。

行香子

秦　观[1]

树绕村庄，水满陂塘[2]。倚东风、豪兴徜徉[3]。小园几许，收尽春光。有桃花红，李花白，菜花黄。　远远围墙，隐隐茅堂。飏青旗[4]、流水桥旁。偶然乘兴、步过东冈。正莺儿啼，燕儿舞，蝶儿忙。

[注释]

[1]秦观(1049—1100)：字少游，又字太虚，号淮海居士，高邮(今属江苏)人。宋神宗元丰八年(1085)进士，官至太学博士、国史院编修等职。其词常于相思别怨中掺入个人的身世之感，情调伤感，风格清雅，被尊为“婉约派一代词宗”。

[2]陂(bēi)塘：池塘。

[3]徜徉：逍遥，安闲自在的样子。

[4]飏：飞扬，飘扬。青旗：青色的酒幌子。

[品读]

这是一首典型的借描写纯正村居风物表达词人陶醉自适心情的佳作。词人运用朴实通俗、生动清新的语言写景状物，使自然质朴的村野春光随词人轻松的脚步展现出来。全词洋溢着一种由衷的快意，具有非常强烈的艺术感染力，词人欢欣愉悦的心情跃然纸上，读者的心情也不由得随之舒畅。

词写春景，开篇不直写春意之浓，而是以“树绕村庄，水满陂塘”中的“绕”和“满”来衬托春色已深。树叶茂盛，层层围绕着村庄，池塘里的水也已经涨满。词人“倚东风”，在和煦的春风里“豪兴徜徉”。“东风”点明时令，“豪兴”说明了词人畅快的心情，“徜徉”则写其怡然自得的神态，无一不透露出词人对眼前景色的喜爱之情。“小园几许，收尽春光”，概括描写春色之美，为下文具体描写“桃花红，李花白，菜花黄”做铺垫。上片后五句集中笔墨写春之一隅，运用排比的修辞手法，以“桃花”“李花”“菜花”等眼见之景写出了春天物种的繁盛，用红、白、黄这三种色彩鲜明的颜色渲染画面，使小小的园子顿时热闹了起来，也使词作上片显得生机盎然。

随着词人的漫步，下片移步换景，由“陂塘”而“桥旁”，由“小园”而“东冈”，视野由近到远，景物一下子变得富于跳跃感。不管飘动的酒旗，还是汩汩的流水，都使整个画面生动了起来。“偶然乘兴、步过东冈”，照应上片的“倚东风、豪兴徜徉”，进一步写怡然自得的情状。“正莺儿啼，燕儿舞，蝶儿忙”三句，对应上片“桃花红，李花白，菜花黄”三句，只不过上片写静态的植物，下片写动态的动物，动感更强，画面更活泼。“啼”“舞”“忙”，仅三个字就让在春光中忙碌的“莺”“燕”“蝶”简直像要钻出画面，向读者扑面而来。三字看似平常，朴实无华而不加雕琢，实则精练准确，贴切非常。

此词写景状物，围绕词人游春足迹这个线索次第展开，纡徐从容而意趣自出。上下片完美对称，组成两幅相对独立的图画，相互辉映而又和谐统一。全词动静结合，充满生机，把春天的景色写得淋漓尽致，一幅淳厚有味、生机盎然的乡野春景图如宛在目前。

鹧鸪天

辛弃疾[1]

陌上柔桑破嫩芽，东邻蚕种已生些[2]。平冈[3]细草鸣黄犊，斜日寒林点暮鸦[4]。　山远近，路横斜，青旗沽酒有人家。城中桃李愁风雨，春在溪头荠菜花。

[注释]

[1]辛弃疾(1140—1207)：字幼安，号稼轩，历城(今山东济南)人。二十一岁参加抗金起义军，不久归南宋，一生力主抗金。词作题材广泛，内容丰富，充满爱国激情和怀才不遇的悲愤之情，风格豪迈纵横、浓郁悲凉，兼有委婉隽永、细腻柔媚。

[2]些(sā)：句末语助词。

[3]平冈：平坦的小山坡。

[4]暮鸦：见王安石《题舫子》“爱此江边好，留连至日斜。眠分黄犊草，坐占白鸥沙句”。这里隐括其句。

[品读]

淳熙八年(1181)冬，四十一岁的辛弃疾遭到弹劾，隐居上饶。他在罢官乡居期间对乡村生活颇有感触，故作此词。从《鹧鸪天》满满的扑面而来的犹带泥土清香的乡间风物中，我们似乎可以看到一个雍容遐逸的稼轩漫步于村头陇间。词人在作品中展现出的对人生的哲理性思索，使整首词的思想向纵深处发展。

上片写景。首句在描写桑树抽芽时，用一个“破”字非常传神地写出了桑叶在春风的吹动下逐渐萌发的情景，给人以动态的美感和想象的空间。“东邻蚕种”紧承上句而来，桑树既已发芽，春蚕也破茧而出，春天的韵味一下子就渗透到人们的日常生活中了，使春天更加亲切可感。第三句“平冈细草鸣黄犊”，是说正因为平冈上生了春草，黄犊也被主人带到平岗上。小牛乍见鲜嫩的春草，自然欢快无比。“鸣”虽写声音，但可以让人想见黄犊吃草时的喜悦神态。第四句中的“斜日”“寒林”“暮鸦”按说会构成一片衰飒景象，但由于用了动词“点”，反而平添了轻松愉悦之感。词人善于发现和捕捉农村生活中最常见的风光景象，运用清新明快的笔调、素净淡雅的色彩描绘出一幅幅意象鲜活、层次清晰、生机盎然的图画，给人以美的享受。

下片仍是写景，却没有一味渲染景致，景物中已夹杂了人的活动，使画面更加具有生气。“山远近，路横斜，青旗沽酒有人家”，由“陌上”到“平冈”，再到远山处横斜的路口，视野层层递进，结构不显杂乱，叙述层次井然有序。既然视野已经到了郊外有酒旗的地方，那么离“城中”也就不远了。“城中桃李愁风雨”紧承上句，“春在溪头荠菜花”却来了一个大转折。下片最后两句是全词的精华所在，既是写景，又是议论，奠定了全词的情感基调。

如果单从上片及“青旗沽酒”句看，这首词的情调还是很愉悦的，但词人是爱国的忠义之士，在南宋偏安杭州、北方金兵节节进逼的情势之下，他难忘耻辱，思图恢复失地，朝廷软弱主和的现实却让他十分无奈和悲痛。辛词中凡写到风雨打落春花的地方，多是对南宋被金兵进逼的局面的暗指，此处的“城中桃李愁风雨”亦是如此。

同时，词中关于“城中桃李”和“溪头荠菜花”的对比，也暗含着词人对生活的哲理性思考。占有春光的荠菜花不怕风雨，体现出一种顽强的人格精神。词人借荠菜花的形象自我写照，表示自己不做愁风雨的城中桃李，要做傲立春寒的荠菜花，表达了抗金复国、收复失地的坚强决心。这首词把深刻的思想哲理与新鲜、生动的艺术形象有机地结合起来，富有强烈的时代色彩，能给人多方面的启迪。

摸鱼儿

东皋寓居[1]

晁补之[2]

买陂塘、旋栽杨柳，依稀淮岸江浦。东皋嘉雨新痕涨，沙觜[3]

鹭来鸥聚。堪爱处最好是、一川夜月光流渚。无人独舞。任翠幄[4]张天，柔茵藉地，酒尽未能去。　青绫被[5]，莫忆金闺[6]故步。儒冠曾把身误[7]。弓刀千骑成何事，荒了邵平瓜圃。君试觑[8]。满青镜、星星鬓影今如许。功名浪语[9]。便似得班超[10]，封侯万里，归计恐迟暮。

[注释]

[1]东皋寓居：词题。“东皋”指晁补之晚年居住的金乡(今属山东)归来园。

[2]晁补之(1053—1110)：字无咎，号归来子，济州巨野(今属山东巨野县)人，与黄庭坚、秦观、张耒一起号为“苏门四学士”。其诗词语言凝练流畅，格调豪爽清峻，风格近陶、柳，又学苏轼，多流露出浓厚的归隐思想。

[3]沙觜(zuǐ)：水中突出的和陆地相连的沙洲。

[4]翠幄(wò)：绿色的帐子，这里指杨柳。

[5]青绫被：汉朝时，尚书郎值夜班，官家提供青缣白绫被褥。

[6]金闺：汉朝官门的名称，又叫金马门，是学士们写作和草拟文稿的地方，此指朝廷。晁补之曾做过校书郎、著作佐郎。

[7]儒冠曾把身误：读书、做官耽误了自己。杜甫《奉赠韦左丞丈二十二韵》诗有“纨袴不饿死，儒冠多误身”的句子，这里是借用。

[8]觑(qù)：细看。

[9]浪语：指空话或废话。

[10]班超：汉朝班超少年有大志，后来在西域立了大功，封了侯。他在外三十多年，回到京城洛阳时已经七十多岁，不久便死了。此借写迟暮之感。

[品读]

此词为“苏门四学士”之一的晁补之的代表作。东皋，即山东。作者被贬谪退居故乡后，修葺了山东的“归来园”，此词即作于此地。词人不但描写了园中胜景，而且借词叹恨自身为功名而耽误了隐居生涯。词中的“儒冠误身”“功名浪语”，都是经过宦海风波后的激愤之词。

词的上片写景，描绘出一幅冲淡平和、闲适宁静的风景画。陂塘杨柳，野趣天成，仿佛淮水两岸、湘江之滨的青山绿水。东皋新雨，草木葱茏，山间溪水的涨痕清晰可辨，沙洲上聚集着白鹭、鸥鸟，一片静穆明净的景色。“买陂塘、旋栽杨柳，依稀淮岸江浦。”买到池塘，在岸边栽上杨柳，看上去好似淮岸江边，风光极为秀美。“沙觜”，即沙嘴，指从水中突出的和陆地相连的沙洲。“翠幄”，即绿色的帐幕，指池岸边的垂柳。“柔茵”，即软草。“东皋”句以下九句是说，刚下过雨，白鹭、沙鸥在池塘中间的沙洲上聚集，很是好看；池岸边的垂柳，遮住了天空；池塘四周，绿草如茵。词人独自坐在池塘边上，自斟自饮，呈现出一派优美恬静、清爽明丽的田园风光。作者对此美景由衷的喜爱，也衬托出他洁身自好的情怀。

“东皋嘉雨新痕涨”“一川夜月光流渚”，均系作者从心底深处有感而发的佳句。然而其中最令人神往的，莫过于满山明月映照着溪流，将那一川溪水与点点沙洲裹上了一层银装。以“一川”形容夜月，可见月色朗洁，清辉遍照。“光流渚”三字则将宁谧的月色写得流动活跃，水与月浑然一体，让人难以辨识那汩汩流动着的到底是溪水还是月光，一幅动静结合的山中月夜图自然展现在读者面前。面对此景，词人翩然起舞。头上是浓绿的树木，脚底是如茵的柔草，偌大的世界好像只剩下他一个人在尽情地领略这池塘月色，酒尽了还不忍离开。

可见，上片主写景，却寓情于景。词人运用由巨及细、从抽象到具体的写法，先说园内景色，大处落墨，总述全貌。接着写雨至水涨，鸥鹭悠闲，细部特写。最后“堪爱处”“最好是”引出野居幽栖的最佳景象，表现了归隐的乐趣。

下片开始抒情。“青绫被，莫忆金闺故步。儒冠曾把身误。”“青绫被”指汉代制度规定，尚书郎值夜班，官供新青缣白绫被或锦被，这里代表做官时的物质享受。“金闺”是金马门的别称。“儒冠”指读书人。这三句说明不要留恋过去的仕宦生涯，读书、做官皆是错误选择，只会耽误人生，表现出作者对自己人生的反思。“弓刀千骑成何事，荒了邵平瓜圃。”“弓刀千骑”指地方官手下佩带武器的卫队。邵平是秦时人，曾被封为东陵侯。秦朝灭亡后，他在长安城东种瓜，瓜有五色，味甚甜美，世称东陵瓜。借用此典，意谓作者虽也曾做过一地之长的父母官，至今却一事无成，反而因做官而使田园荒芜。“君试觑。满青镜、星星鬓影今如许。”此时此刻，对着铜镜细细地端详自己，发现早已两鬓花白。最后以“功名浪语。便似得班超，封侯万里，归计恐迟暮”作结，认为所谓“功名”，不过是一句空话，毕竟连班超那样立功于万里之外，被封为定远侯的英雄之士，回来不久也死去了，借此表达了对官场的厌弃之意、英雄的迟暮之感以及激流勇退之情。

全词有景有情，画面生动，情意真挚，气势豪迈，连用典故而能流转自如、一气呵成，抒发了作者被贬后对田园生活、官宦生活的反思，以及对隐逸闲适生活的追求与向往。

摸鱼儿

高爱山[1]隐居

张　炎[2]

爱吾庐、傍湖千顷，苍茫一片清润。晴岚暖翠融融处，花影倒窥天镜[3]。沙浦迥[4]。看野水涵波，隔柳横孤艇。眠鸥[5]未醒。甚占得莼乡[6]，都无人见，斜照起春暝。　还重省。岂料山中秦晋。桃源今度难认。林间即是长生路，一笑元非捷径。深更静。待散发[7]吹箫，跨鹤[8]天风冷。凭高露饮[9]。正碧落[10]尘空，光摇半壁，月在万松顶。

[注释]

[1]高爱山：张炎应召北上抄写“藏经”，南归后，曾在镜湖一带隐居。高爱山是其隐居之所。

[2]张炎(1248—1314后)：字叔夏，号玉田，又号乐笑翁，临安(今浙江杭州)人。晚年流落于江浙一带，生活贫困，抑郁而终。他长于咏物，多抒身世兴衰之感，精通音律，词句清畅，风格婉丽凄怆。

[3]天镜：月亮。

[4]迥：遥远。

[5]眠鸥：隐士幽人。《列子·黄帝篇》：“海上之人有好鸥鸟者，每旦之海上，从鸥鸟游，鸥鸟之至者百数而不止。其父曰：‘吾闻鸥鸟皆从汝游，汝取来吾玩之。’明日之海上，鸥鸟舞而不下也。”

[6]莼乡：化用张翰思故乡莼羹、鲈鱼脍故事，指隐逸之乡。南朝宋刘义庆《世说新语·识鉴》："张季鹰辟齐王东曹掾，在洛，见秋风起，因思吴中菇菜羹、鲈鱼脍，曰：'人生贵得适意尔，何能羁宦数千里以要名爵?'遂命驾便归。俄而齐王败，时人皆谓为见机。"

[7]散发：披散着头发，指解冠隐居。

[8]跨鹤：比喻成仙。刘向《列仙传·萧史》："萧史者，秦穆公时人也，善吹箫，能致孔雀、白鹤于庭。穆公有女字弄玉好之，公遂以女妻焉。"

[9]凭高露饮：居高饮食风露，比喻远离世俗生活。

[10]碧落：天空。白居易《长恨歌》："上穷碧落下黄泉，两处茫茫皆不见。"

[品读]

张炎是南宋末期的词人，这首词表达了他对元朝政权严重不满的情绪，也传达了他的归隐情怀。

词作起笔短促而突兀，"爱吾庐"以直白的语言、短促的节奏和决绝的态度，借陶渊明的"众鸟欣有托，吾亦爱吾庐"(《读山海经》)之意，暗示了其中"与世相违"的深意，表达了词人对此时此刻的隐居环境与闲逸生活的极度偏爱，作品为之一振，为全词定下感情基调。继之对"吾庐"周边景色进行了细致描绘，湖水是"傍湖千顷，苍茫一片清润"。清润，指湖波之清凉明澈和气候之爽润宜人。湖中的倒影是"晴岚暖翠融融处，花影倒窥天镜"。晴暖的山光，苍翠的树色，斑驳的花影，都映照在这面天然的镜子里。"沙浦迥"写出远处的沙滩。"看野水涵波，隔柳横孤艇"则描写了近处的水波荡漾，以及停靠在水边柳树旁的 叶孤舟。 远 近， 大 小，把"吾庐"周围的景物描写得淋漓尽致。面对如此美景，万物与居者皆显平静安闲之态，"眠鸥未醒。甚占得莼乡，都无人见，斜照起春暝"。在隐士的生活天地中，万籁俱寂，不见人踪，夕阳落下，只余一抹余晖闪耀。

下片"还重省"三字承上启下。"岂料"瞬间掀起波澜，"山中秦晋。桃源今度难认"是说在这与世隔绝的山间也难逃世事变幻的影响，原来桃源仙境般的地方，如今却只能是海市蜃楼，无处寻觅。何处何时才能有一片属于自己的乐土呢？苍茫暮色令人浮想联翩。慨叹之余，词人开始自我安慰：“林间即是长生路，一笑元非捷径。”既然如此，那就在静山流水、林间漫道中笑对人生，前句的伤感意绪渐得缓解，情绪渐趋轻松。“深更静。待散发吹箫，跨鹤天风冷。凭高露饮。正碧落尘空，光摇半壁，月在万松顶。”夜深人静之时，迎风散发，吹奏箫笛，闲跨野鹤，登高凭远，月亮遥挂松林之顶，遍洒清光，一个透澈纯洁、光彩明丽的世界呈现在读者面前。词人徜徉在这样的万壑松风之夜，自然产生了脱离充满苦难与恶浊的尘世的愿望。

此词上片以写景为主，却字字含情；下片以抒情为主，却又穿插景语，情景交融，虚实相生。词人虽选择隐居以求避世，取得暂时的安慰与解脱，暗中却折射出愤世之后的无奈，以及伤感悲凉的末世情怀。

结语

中国古代文人，即便再恋栈魏阙，渴慕功名，一旦面对桃红李白、莺啼燕舞的乡野风光，就不由得诗思翩然。王国维在《人间词话》中说：“昔人论诗词，有景语、情语之别。不知一切景语皆情语也。”①诗人们在山水田园之间摆脱世俗生活的欲望，跳出名利的束缚，为自己建立一个没有冲突、没有争斗、没有倾轧的自由、纯洁、和谐的理想世界。大自然的山水之美、农家的田园之乐，的确具有某种净化心灵的作用。它们能涤污去浊，息烦静虑，使人忘却尘世的纷扰，产生不涉政事、潇洒闲适的精神意态，以及忘情于山水而自甘寂寞的高逸情怀。舒缓的林泉田畴也永远以其博大的胸怀接纳这些或是意气风发、或是失意憔悴的灵魂，毫不吝啬地提供给他们无尽的情思。

① （清）王国维：《人间词话》，107页，长春，吉林文史出版社，1999。

第二讲　军旅边塞

导言

战争之事，亦谓“军旅”。先秦时期，《诗经》中就有了一些典型的军旅诗。例如，《国风·邶风·击鼓》就是一位远征异国、长期不得归家的士兵所唱的思乡之歌，其中的“死生契阔，与子成说。执子之手，与子偕老”，描写了战士之间的互相勉励、同生共死，动人至极。从汉乐府诗《饮马长城窟行》《战城南》等，到南北朝时鲍照的《代出自蓟北门行》，再到北朝卢思道的《从军行》，军旅边塞诗至唐代迸发出夺目的光彩。

军旅边塞诗是唐代诗歌的主要题材，创作人数之多，诗作数量之大，为前代所未见，更是形成了以高适、岑参为代表的影响颇为深远的边塞诗派。这类诗作或描写奇异色调的塞外风光和迥异中原的异域风俗，或反映戍边将士的思乡愁绪，状写征夫思妇的离恨相思，或抒发建功立业、报效国家的豪情壮志，或表达边关战场上的残酷艰危与对连年征战的无奈怨愤，风格或豪迈激昂，或沉郁悲壮，或奇情壮采，或疏宕放逸。军旅边塞诗是唐诗中思想性最深刻、想象力最丰富、艺术性最强的作品。

至宋代，军旅边塞题材也适时进入词的写作领域，尤以南宋居多，且表现出强烈的时代色彩。偏居一隅、不思进取的朝廷，兵力衰颓、恢复无望的社会现实，导致宋人的军旅边塞词即使再激扬雄壮，也没有了唐人作品中那种激昂、奋发向上、不可一世的精神气质，字里行间充斥着对朝廷偏安的不满、壮志难酬的悲愤和人生有限的无奈。

作品赏析

从军行

杨　炯[1]

烽火照西京[2]，心中自不平。
牙璋辞凤阙，铁骑绕龙城[3]。
雪暗凋[4]旗画，风多杂鼓声。
宁为百夫长[5]，胜作一书生。

[注释]

[1]杨炯(650—?)：华阴(今属陕西)人。上元三年(676)及第，授校书郎。后任盈川县令，又称“杨盈川”。杨炯与王勃、骆宾王、卢照邻合称“初唐四杰”。他擅长五律，边塞诗尤为著名。

[2]西京：长安。

[3]牙璋：古代发兵所用的兵符，分为两块，相合处呈牙状，朝廷和主帅各执一半，此处指代奉命出征的将帅。凤阙：汉建章宫的圆阙上有金凤，故以凤阙指皇宫。龙城：又称龙庭，在今蒙古国鄂尔浑河的东岸，这里指塞外敌方据点。

[4]凋：原意是草木枯败凋零，此指失去了鲜艳的色彩。

[5]百夫长：泛指低级军官。

[品读]

唐高宗调露、永隆年间(679—680)，吐蕃、突厥曾多次侵扰甘肃一带，礼部尚书裴行俭奉命出师征讨。诗人听闻这个消息，不由心生豪迈之感，拨动了他内心潜藏着的投笔从戎、建立功业的豪情壮志。“初唐四杰”在诗文创作上很出名，尽管四人命运都很坎坷，令人唏嘘，但他们毕竟都生长、活动于物质发达、精神昂扬的时代，盛世的光辉给予他们雄姿英发、矫首天外的豪情。因而他们的诗作，不管是王勃的《滕王阁序》、卢照邻的《长安古意》、骆宾王的《代徐敬业传檄天下文》，还是杨炯的这篇《从军行》，都洋溢着不可遏制的舍我其谁的情怀。他们的作品在一定程度上脱离了南朝的冶艳浮华，涌动着自然清朗的气息和青春昂扬的激情。

《从军行》为汉乐府《相和歌·平调曲》旧题，多写军旅生活。这首诗借用乐府旧题描写一个读书文人从军边塞、参加战斗的全过程。全诗仅仅四十个字，既揭示出人物的心理活动，又渲染了环境气氛，笔力极其雄劲。

首联"烽火照西京，心中自不平"，不直接写军情的紧急，而通过描写"烽火"意象，"照"到了远离战场的西京之地，场景一出而紧张气氛顿现。诗人心中不平，一个"自"字，表现出作为书生的诗人胸中自然而然勃发的爱国热情，人物的精神境界得以展示。

颔联"牙璋辞凤阙，铁骑绕龙城"，用"牙璋""凤阙"两个庄重典雅之词，渲染了肃穆庄严的氛围，表明朝廷对这次战争的慎重态度，以及出征将士们所担负的崇高使命。"铁骑""龙城"相对，渲染出龙争虎斗的战争气氛。一个"绕"字，形象地写出了唐军包围敌人的军事态势。

颈联"雪暗凋旗画，风多杂鼓声"，转写战场画面。前句从视觉上着墨，大雪纷飞，遮天蔽日，军旗上的鲜艳色彩都被遮蔽了；后句从听觉上运笔，狂风呼啸，与雄壮的军鼓声交织在一起，入耳驳杂，倍增激动兴奋之感。这两句通过对战争场面的具体呈现，描绘出战争环境的恶劣，侧面烘托出战场上战事的热烈和氛围的紧张。

尾联"宁为百夫长，胜作一书生"，是诗人从自身出发，表达了上战场杀敌、保家卫国的豪迈志向，即宁愿成为一个低级的军官，也不想做一介无用文人。这两句是全诗的诗眼，也是诗人议论之所在。

这首诗布局精当，脉络分明，跌宕有致。诗人善于选择战争意象，精心营构典型场景。例如，"牙璋""铁骑""鼓声"为古代战事必有之物；"凤阙""龙城"象征敌我双方；"雪""风"是自然现象中最能说明气候状况的，亦反衬了将士们的坚强决心。同时，全诗格律精严，对仗已臻完善，精巧工整的对句提升了诗句的峭拔力度，增强了诗意的豪兴逸志。意象的跳跃性又带来了意境的朦胧和情思的多义，遂产生了更为特殊的美感。

李泽厚曾对初盛唐时劘切一世的从戎豪兴评论道："当时从高门到寒士，从上层到市井，在初唐东征西讨、大破突厥、战败吐蕃、招安回纥的天可汗时代里，一种为国立功的荣誉感和英雄主义弥漫在社会氛围中。"①这首诗无论是题材还是风格，都突破了六朝以来的绮靡柔媚之风，上承建安诗歌的苍劲雄健，开阔了创作主体的视野，发出了当时士人阶层的最强音，涌动着时代的特色，预示着唐代新诗风的到来。

燕歌行

高　适[1]

开元二十六年，客有从元戎出塞而还者，作《燕歌行》[2]以示，适感征戍之事，因而和焉。

汉家烟尘在东北[3]，汉将辞家破残贼。男儿本自重横行，天子非常赐颜色[4]。摐金伐鼓下榆关[5]，旌旆逶迤碣石间[6]。校尉羽书飞瀚海[7]，单于猎火照狼山[8]。山川萧条极[9]边土，胡骑凭陵杂风雨[10]。战士军前半死生，美人帐下犹歌舞！大漠穷秋塞草腓[11]，孤城落日斗兵稀。身当恩遇[12]常轻敌，力尽关山未解围。铁衣远戍辛勤久，玉箸[13]应啼别离后。少妇城南[14]欲断肠，征人蓟北[15]空回首。边庭飘飖那可度，绝域苍茫无所有！杀气三时作阵云[16]，寒声一夜传刁斗[17]。相看白刃血纷纷，死节从来岂顾勋？君不见沙场征战苦，至今犹忆李将军[18]！

[注释]

[1]高适(700—765)：字达夫，渤海郡(今河北景县)人，后迁居宋州(今河南商丘)。曾任刑部侍郎、散骑常侍，世称"高常侍"。其诗擅长描摹边塞战事的雄壮惨烈，语言质朴，笔力雄健，慷慨悲壮。

[2]《燕歌行》：乐府旧题。

[3]汉家：汉朝，这里借指唐朝。烟尘：烽烟和尘土，代指战争。

① 李泽厚：《美的历程》，120页，北京，文物出版社，1981。

[4]非常赐颜色：超过平常的厚赐礼遇。

[5]摐(chuāng)：击打。金：行军时用于节制步伐的钲。伐：敲击。榆关：山海关，通往东北的要隘。

[6]旌旆(jīng pèi)：旌是竿头饰羽的旗，旆是末端状如燕尾的旗，泛指军中各种旗帜。逶迤：蜿蜒不绝的样子。碣石：山名。

[7]校尉：次于将军的武官。羽书：插有鸟羽的、军用的紧急文书。瀚海：沙漠，这里指内蒙古东北西拉木伦河上游一带的沙漠。

[8]单于：匈奴首领称号，也泛指北方少数民族首领。猎火：打猎时点燃的火光，此借指游牧民族侵扰的战火。狼山：又称"狼居胥山"，在今内蒙古自治区赤峰克什克腾旗西北。一说"狼山"又名"郎山"，在今河北易县境内。此处"瀚海""狼山"等地名，未必是实指。

[9]极：穷尽。

[10]凭陵：仗势侵凌。杂风雨：形容敌人来势凶猛，如风雨交加；一说敌人乘风雨交加时冲过来。

[11]腓(féi)：一作衰，指枯萎。

[12]身当恩遇：指主将受朝廷的恩宠厚遇。

[13]玉箸：玉制筷子，指思妇的泪水如箸。

[14]城南：唐代京城长安的住宅区在城南。

[15]蓟北：唐蓟州在今天津市以北，此处泛指唐朝东北边地。

[16]三时：晨、午、晚，即从早到夜。三，不表确数。阵云：战场上象征杀气的云，即战云。

[17]刁斗：军中铜制用具，日以作炊，夜以敲更。

[18]李将军：西汉名将李广。

[品读]

《燕歌行》不但是高适的"第一大篇"，而且是整个唐代边塞诗中的杰作。诗人虽用乐府旧题却指陈实事，以异常浓缩的笔墨写了一场战役的全过程，借此揭露了军中主帅骄逸轻敌、不恤士兵，最终导致战败的战场事实。全诗大概可分为四段，前三段皆为八句，分写出师、战败与被围，最后四句为总结。

第一段开头两句便点明战争的地点，说明战争的性质。“男儿本自重横行，天子非常赐颜色”，乍一看貌似是夸赞此去破贼的汉将，实际上是讽刺，欲与后文相照应。唐汝询在《唐诗解》中说道：“言烟尘在东北，原非犯我内地，汉将所破特余寇耳。盖此辈本重横行，天子乃厚加礼貌，能不生边衅乎?”诗人紧接着描写声势浩大的行军场面，军旗招展，战鼓喧天，整个军队不可一世的概貌尽出笔下。“校尉羽书飞瀚海，单于猎火照狼山”，写战争即将开始时军情的紧急。敌方的猎火照亮了狼山，可见形势的危急，而敌方越强，形势越危急，越衬得“羽书”的重要性和紧迫感。从辞家去国到榆关、碣石，更到瀚海、狼山，八句诗概括了出征的历程，逐步推进，气氛也从缓和渐入紧张。

第二段写战争形势急转而下的情景。“山川萧条极边土，胡骑凭陵杂风雨”，以肃杀的环境描写开场，极言边塞之偏远、环境之恶劣、敌人之强势。敌人像狂风暴雨般袭来，我们的士兵在前线拼死作战，而此时军队的将领正在军帐里欣赏歌舞取乐，丝毫不顾战场上士兵的死活与战争的胜败，如此强烈的对比实在令人心寒。“战士军前半死生，美人帐下犹歌舞”，此句深刻地揭露了军中将军和士兵的矛盾，揭示了军队战败的原因。于是紧接上文，有了“大漠穷秋塞草腓，孤城落日斗兵稀”。大漠孤秋，衰草连天，士兵的人数越来越少，败局已定。“身当恩遇常轻敌，力尽关山未解围”，此句回应上文“天子非常赐颜色”，讽刺之意力透纸背。

第三段深入描写普通士兵的情状，描绘他们内心的痛苦。“铁衣远戍辛勤久”三联中，第一联写征夫，第二联写思念征夫的思妇，错综相对，离别之苦也在逐步加深。城南少妇，日夜悲愁，但是“边庭飘飖那可度”？蓟北征人，徒然回首，可是“绝域苍茫无所有”。相去万里，思亲肠断，欲归而不得，同时还面临随时死亡的危险：“杀气三时作阵云，寒声一夜传刁斗。”无论白天黑夜，战士都处于险境当中，一刻不能放松。诗人在这一段深化了主题，从小人物着手，细致刻画了底层士兵的生存环境和心理状态，写出了他们的心酸和无奈，同时也暗示了他们悲剧性的结局。

最后四句总束全篇，淋漓悲壮，令人无尽感慨。“相看白刃血纷纷，死节从来岂顾勋”，战争进行到最后，士兵们与敌人短兵相接，浴血奋战，那种视死如归的精神，岂是为了取得个人的功勋？这些将军眼里的小人物是何等真诚质朴，何等坚强勇敢，然而又是何等可悲啊！最后一句再次升华主题，“君不见沙场征战苦，至今犹忆李将军”饱含诗人的不平之气。八九百年前威镇北境的飞将军李广，处处爱护士卒，使士卒“咸乐为之死”，与那些骄横的将军形成了多么鲜明的对比啊！诗人提及李将军，意义尤为深广。

全诗用韵相间，抑扬顿挫，与诗歌的激愤情绪正相吻合，兼之意脉绵密，语言质朴精练，夹叙夹议，笔力矫健，在当时即享有盛名。

轮台歌奉送封大夫出师西征

岑　参[1]

轮台城头夜吹角，轮台城北旄头落[2]。羽书昨夜过渠黎[3]，单于已在金山[4]西。戍楼西望烟尘黑，汉军屯在轮台北。上将拥旄西出征[5]，平明吹笛大军行。四边伐鼓雪海涌，三军大呼阴山动。虏塞兵气连云屯[6]，战场白骨缠草根。剑河[7]风急雪片阔，沙口[8]石冻马蹄脱。亚相勤王甘苦辛[9]，誓将报主静边尘。古来青史谁不见，今见功名胜古人。

[注释]

[1]岑参(约715—770)：江陵(今湖北荆州)人，唐玄宗天宝三年(744)进士。曾官至嘉州(今四川乐山)刺史，世称“岑嘉州”。两次从军边塞，曾入安西节度使封常清幕府，深有边塞生活的亲身体验。工诗，尤擅七言歌行和边塞题材，诗风雄壮瑰丽，奇伟峭拔，富有浪漫主义色彩。

[2]旄(máo)头：星名，二十八宿中的昴星，古人认为它主胡人兴衰。旄头落，为胡人失败之兆。

[3]渠黎：汉代西域国名，在今新疆轮台东南。

[4]金山：乌鲁木齐东面的博格多山。

[5]上将：大将，指封常清。旄：旄节，古代君王赐给大臣用以标明身份的信物。

[6]虏塞：敌国的军事要塞。兵气：战斗的气氛。

[7]剑河：地名，在今新疆境内。

[8]沙口：地名，位置不详。

[9]亚相：指御史大夫封常清。汉代，御史大夫位置仅次于宰相，故称“亚相”。勤王：谓尽力于王事，为国效力。

[品读]

此诗作于唐玄宗天宝十三年(754)，为封常清出兵西征而作，当时岑参担任安西北庭节度使判官。此诗与《走马川行奉送封大夫出师西征》系同一时期、为同一事件、馈赠同一对象之作。

起首六句写出征前的准备工作。首句将“轮台”“城头”“夜”“吹角”四个具有强烈军事象征意味的意象组合在一起，渲染出紧张的备战氛围，同时可见军队纪律的严明。古人每欲做大事，则喜好占卜以问吉凶，夜观天象也是其中一种方式。旄头跳跃主胡兵大起，而“旄头落”则主胡兵覆灭。通过上天的预示，诗人信心倍增，全诗就在此战役必胜的昂扬氛围中定下了基调。除了听天命，尽人事也是必不可少的。“羽书昨夜过渠黎，单于已在金山西”，军队前线的哨探发来消息，敌人的大军已经在金山西侧集结完毕。下句介绍我方的军队，“戍楼西望烟尘黑，汉军屯在轮台北”，敌对双方近在咫尺，两个“在”字，写出两军对垒之势，用濒临激战前的安静衬托战局的紧张，大有一触即发之感。

准备工作做好了，接下来四句描写汉军出征的情状。“上将拥旄”给人以堂堂正正、光明正大之感，仿佛表明我们的军队是有整个大唐做后盾的正义之师，突出了军队的威势与强大。“平明吹笛”则以笛声来为军队送行，一张一弛，显示出军队的从容之态。诗人写自然好写大风大雪、极寒酷热，而这里写军事也是运用同一写法。“四边伐鼓雪海涌，三军大呼阴山动”，此时的笛声变为声势浩大的军鼓之声，雄伟而壮阔。“三军”指全军，全军将士一同呐喊，震天动地，仿佛常年冰冻的雪海亦为之汹涌澎湃，高耸巍峨的阴山亦为之晃动，表现出一种所向无敌的气概，可见我军人数之众，气势之雄。

若只看上面四句，读者或以为击败敌人仿若探囊取物，但事实上并不是这样的。下面四句，诗人笔锋一转，写战斗的艰辛。“虏塞兵气连云屯”，写敌人像云一样聚集在一起，言敌方人数之多。“战场白骨缠草根”，借战场上白骨与杂草纠缠在一起的惨淡景象，极言双方伤亡之惨重。“剑河风急雪片阔，沙口石冻马蹄脱”，写气候之奇寒。“剑河”“沙口”这些地名有泛指意味，地名本身亦似带杀气。写风曰“急”，写雪片曰“阔”，均突出了边地之严寒；而“石冻马蹄脱”一语尤为奇特，为人称道。石头本就坚硬，“石冻”则更增硬度，竟能使马蹄脱落，战争之艰苦不言而喻。无论写战场的恶劣环境还是渲染战争之恐怖，诗人都是为了一个目的，就是歌颂将士们为保家卫国而奋不顾身的精神气度。

最后四句照应题目，表示对战争胜利结果的预祝。“亚相勤王甘苦辛，誓将报主静边尘”，写诗人对友人的欣赏和赞颂，饱含祝福，充满得胜的希望。“古来青史谁不见，今见功名胜古人”，是诗人对全诗的总结。古来青史留名之人甚多，而数风流人物，还应看取今朝！诗人虽在前诗中流露出了对出征战士的同情，但他作为盛唐时代浪漫诗风的代表诗人，更喜欢强者的风范，这是处于盛唐时代的心理所决定的。

此诗虽题为“送行”，却重在写西征，表达了扫清边尘、立功异域的强烈愿望。全诗结构紧凑，音情相应，运用象征、想象和夸张等手法，特别是通过对大军声威的渲染，营造了极为宏伟壮阔的画面，使全诗充满浪漫主义色彩和边塞生活气息，成功地表现了三军将士建功报国的英勇气概。

关山月

李　白[1]

明月出天山[2]，苍茫云海间。长风几万里，吹度玉门关[3]。汉下白登道[4]，胡窥青海湾[5]。由来[6]征战地，不见有人还。戍客[7]望边色，思归多苦颜。高楼[8]当此夜，叹息未应闲。

[注释]

[1]李白(701—762)：字太白，号青莲居士，又号谪仙人。其诗语言明快，意境奇妙，想象丰富，风格雄奇奔放、清新飘逸。他以乐府、歌行及绝句成就最高，被后世誉为“诗仙”。

[2]天山：祁连山。在今甘肃、新疆之间，连绵数千里。因汉时匈奴称天为“祁连”，所以“祁连山”也叫作“天山”。

[3]玉门关：故址在今甘肃敦煌西北，是古代通向西域的交通要道。

[4]下：出兵。白登：今山西大同东边有白登山。汉高祖刘邦领兵征匈奴，曾在白登山被匈奴围困七天。

[5]胡：此处指吐蕃。青海湾：今青海省青海湖，湖因青色而得名。

[6]由来：自始以来，历来。

[7]戍客：征人，驻守边疆的战士。

[8]高楼：古诗中多以高楼指闺阁，这里指戍边将士的妻子。

[品读]

《关山月》为乐府旧题，多抒发离别哀伤之情。李白常常借用乐府旧题写新诗，诸如此诗。全诗主要分为三个层次，每层四句。第一层写边塞的辽阔与壮美，烘托征人思乡思亲的情绪；第二层写战场上紧张的气氛与战争的残酷，进一步提示士卒的悲惨境遇；第三层直接描述征夫与思妇两处相思的悲凄情景。此诗如同一幅由关山明月、沙场哀怨、戍客思归三部分组成的边塞长卷，以怨情贯穿全诗，色调统一，浑然一体，气象雄浑，风格自然。

开头四句，诗人选用明月、天山、云海、玉门关等典型的边塞意象，寥寥几笔，描绘出了一个恢宏辽阔的边塞图景。“明月出天山”，从征人的角度写起，点明征夫所在位置，因为只有位于遥远的天山西侧，才能看到月亮从天山上升起。“苍茫云海间”则写出了云层漫布、霞光遍照的壮观景象。诗人把高高的明月与磅礴的天山组合在一起，造意新奇，画面雄浑，非大笔力不可为。“长风几万里，吹度玉门关”，描写的空间进一步增大，以“长风”为引，浩浩荡荡，掠过万里山河，来到了玉门关。至此，一幅万里天涯的边塞图景就极为清晰地呈现在读者面前。该诗虽以景句出，但字里行间已渐渐显现出征人东望家乡、怀恋故土的情感。

“汉下白登道，胡窥青海湾。由来征战地，不见有人还。”写完边塞风景，诗人转写战争，“下”“窥”皆重战场之上的紧张感。汉高祖刘邦曾在白登山被围困七天，而青海湾一带，又是唐军与吐蕃连年征战之地。此处虽未直接写战争短兵相接的场面，但表现出战争的后果是残酷无情的。战争历代无休止，出征的战士们几乎无人生还。这四句在结构上起着承上启下的作用，描写的对象由边塞过渡到战争，由战争过渡到征戍者。

"戍客望边色，思归多苦颜。高楼当此夜，叹息未应闲。"最后四句直写征夫思妇的相思之苦。战士们站岗时望着边塞的景色，思乡之情不禁涌现心中，自然显出愁苦之色。他们想着家中的妻子，是否也正在高楼上对月徘徊叹息，思念着远方的自己。如此场景，放置于边塞广阔的背景之中，显得深沉而蕴藉，意味无穷。

此诗通过对边塞风光、戍卒遭际的描绘，抒写了边关将士与家中妻子的相互思念之情，深刻反映了战争带给人民的痛苦。古来思妇之情，一般都写得比较纤弱和愁苦，与之相应，境界也往往逼仄。李白却用他博大的胸襟与非凡的气势谱写出了一幅壮美而韵味无穷的边塞图景，其中蕴含着诗人深沉的思索。在诗中，李白并未直接对战争做出谴责，而是把士卒的思乡之情融入广阔的边塞中，表现出战争给普通百姓带来的残酷后果，给读者以思考的空间。

雁门太守行

李　贺[1]

黑云[2]压城城欲摧，甲光向日金鳞开[3]。
角声满天秋色里，塞上燕脂凝夜紫[4]。
半卷红旗临易水[5]，霜重鼓寒声不起。
报君黄金台[6]上意，提携玉龙[7]为君死。

[注释]

[1]李贺(790—816)：字长吉，河南福昌(今河南宜阳县)人，因家居福昌昌谷，后世称"李昌谷"。他一生不得志，是著名的苦吟诗人。其诗多抒不遇情怀，语言诡怪，立意新奇，诗境奇崛峻峭、秾丽凄清。

[2]黑云：厚厚的乌云，这里指攻城敌军的气势。

[3]甲光：铠甲迎着太阳闪出的光。金鳞：形容铠甲闪光如金色鱼鳞。

[4]塞上燕脂凝夜紫：夜色中塞上泥土有如胭脂凝成，在暮色中呈现出暗紫色。燕脂，即胭脂，暗指战场血迹。

[5]易水：河名，源出今河北省易县，向东南流入大清河。

[6]黄金台：故址在今河北省易县东南，相传为战国燕昭王所筑，置千金于台上，以延揽人才，招募贤能。

[7]玉龙：宝剑名。

[品读]

《雁门太守行》是乐府旧题，唐人的这类拟古诗，是相对于“近体诗”而言的。它有较宽松的韵脚限制，不太受格律束缚，可以说是一种半自由诗。此题内容多描摹战争场景。

首句即气势迫人，渲染了敌军兵临城下的危急情势。“黑云压城城欲摧”，即敌人压城而来，“压”“摧”二字，把敌人人数众多、铺天盖地、来势汹汹的情景一笔写出，渲染了极度紧张的战争气氛。“甲光向日金鳞开”，写驻于城头的我方守军，身披战甲，与城外的敌军对垒。阳光映照在他们的甲衣上，金光闪闪，晃得人睁不开眼睛，借“甲光”显示出守军的气势。“角声满天秋色里，塞上燕脂凝夜紫”，前句写听觉，后句写视觉。漫天秋色中，角声四起，硝烟弥漫。而双方的士兵就在这肃杀的秋光之下展开了激烈的战斗。战士们浴血奋战，战斗从白天一直持续到夜晚。而此时，塞外这片土地已经被鲜血染成了紫红色，可见战斗是多么激烈！诗人并未直接描写短兵相接的具体战斗场面，只描述了战场上具有象征性的号角声和凝重黯淡的战后场景。李贺写诗，绝少运用白描手法，总是借助想象给事物涂上各种各样新奇浓重的色彩，且好用色彩浓艳的词语。这首诗中，更是句句都有鲜明的色彩，尤以此句为甚。胭脂色和紫红色不但鲜明，而且浓艳，它们和黑色、秋色、玉白色等交织在一起，构成了色彩斑斓的画面。

“半卷红旗临易水，霜重鼓寒声不起”，是写我方军队夜袭敌营的场面。“半卷红旗”，意味着在白天的战斗中，红旗残破，只剩半卷。“临易水”，表明夜袭的地点，又暗示着将士们就像“风萧萧兮易水寒，壮士一去兮不复还”那样怀着一种壮怀激烈的豪情。下面描写战争场面，说因为夜寒霜重，连战鼓都敲不响。然而，无论战斗多么艰辛危急，战士们都毫不放弃。“报君黄金台上意，提携玉龙为君死”，黄金台是战国时燕昭王在易水东南修筑的，传说他曾把大量黄金放在台上，表示以重金招揽天下贤能。诗人引用此典故，表明将士报效朝廷的决心。

作为一个神思飞扬、不蹈故辙的诗人，李贺有自己独特鲜明的审美追求，语言极力避免平淡而追求峭奇，在事物的色彩和情态上尤为着力，善用艳辞丽藻和浓重色调描绘鲜明的画面，表达真切的感受。此诗构思缜密，想象奇特，色彩丰富，极好地体现了李贺奇诡妥帖的创作特色。

渔家傲

秋 思

范仲淹[1]

塞[2]下秋来风景异，衡阳雁去[3]无留意。四面边声[4]连角起，千嶂[5]里，长烟落日孤城闭。　　浊酒一杯家万里，燕然未勒[6]归无计。羌管[7]悠悠霜满地，人不寐，将军白发征夫泪。

[注释]

[1]范仲淹(989—1052)：字希文，吴县(今江苏苏州)人。大中祥符八年(1015)及第，官至参知政事，谥号文正，世称“范文正公”。他政绩卓著，亦精于文学，其《岳阳楼记》中的“先天下之忧而忧，后天下之乐而乐”为千古名句，有《范文正公文集》传世。

[2]塞：边界要塞之地，这里指西北边疆。

[3]衡阳雁去：传说秋天北雁南飞，至湖南衡阳回雁峰而止。

[4]边声：边塞特有的声音，如大风、号角、羌笛、马啸的声音。

[5]千嶂：绵延峻峭的山峰。

[6]燕然未勒：战事未平，功名未立。燕然，即杭爱山，在今蒙古国境内。东汉大将窦宪曾大破匈奴，至燕然山刻石记功而还。

[7]羌管：羌笛，出自古代羌族的一种乐器。

[品读]

西夏自元昊称帝后，连年侵宋。北宋边防空虚，宋军一败再败。1040 年，范仲淹自越州改任陕西经略副使兼知延州(今陕西延安)，此词可能作于此时。以《渔家傲》为题，该词原有数首，皆以“塞下秋来”为首句，欧阳修尝称为“穷塞主之词”，但流传至今的只有这一首。

词的上片着重写景，景中寓情。“塞下秋来风景异，衡阳雁去无留意”，首先点明地点、时令及词人对边地风物的切身感受。秋风萧瑟，满目荒凉，气候寒冷，大雁南归，径去不留，反衬出边塞的荒凉，托物寄兴。接着，“四面边声”三句用写实的笔法具体展示塞外的黄昏景色，着重渲染战时的肃杀气氛。“长烟落日”，画面固不失雄阔，但续以“孤城闭”三字，气氛顿然一变，暗示了敌强我弱的不利形势，从视觉、听觉等不同角度展示了边塞地区的萧条寂寥。此词中的塞外风光绝无唐人岑参、高适眼中的奇险瑰丽和雄壮辽远，而是因了词人对边患的深切忧虑而蒙上了一层荒寒的阴影，加上远处传来的号角声，更显凄楚悲凉。

下片着重抒情，亦伴有绘景。“浊酒一杯”二句写戍边将士借酒浇愁以缓乡关之思，但一杯浊酒怎能抵御乡关万里之思？久困孤城，他们早已归心似箭，然而边患未平、功业未成，且路途遥远，还乡之计又何从谈起？“羌管悠悠”句刻画入夜景色，笛声悠扬，秋霜满地，融入其中的思乡之情越发浓重。“人不寐”二句直抒胸臆，艰苦的边地生活，将士们同仇敌忾，但朝廷的主和政策令他们既无胜利之望，又难有归计，只好彻夜无眠、鬓发染霜、泪下如霰，抒发了壮志难酬的感慨和忧国忧民的情怀。

此词表现边地的荒寒和将士的劳苦，流露出至老无功、乡关万里的怅恨心声，其情调与唐人边塞诗中建功异域、追亡逐北的豪迈情怀迥然不同。中唐国势倾颓，诗家临边塞者每每作幽苦之语，闻羌管而含悲，见斑马而挥涕，李益《夜上受降城闻笛》中即有“不知何处吹芦管，一夜征人尽望乡”句。塞外的特有风物不再给人以新奇感，而是勾动思乡之情的凄苦存在。但范仲淹作为北宋政治改革家，将作品豪迈的胸襟气度和边塞生活的真实体验融为一体，既表现了将士们的英雄气概和家国情怀，也暗寓了对宋王朝重内轻外政策的不满，爱国激情与乡关之思兼而有之。全词意境开阔苍凉，格调慷慨悲壮，一扫花间派柔靡无骨的词风，为苏辛豪放词导夫先路。

满江红

岳　飞[1]

怒发冲冠[2]，凭栏处、潇潇雨歇。抬望眼，仰天长啸，壮怀激烈。三十功名尘与土[3]，八千里路云和月[4]。莫等闲[5]，白了少年头，空悲切。　　靖康耻[6]，犹未雪。臣子恨，何时灭。驾长车，

踏破贺兰山[7]缺。壮志饥餐胡虏肉，笑谈渴饮匈奴血。待从头收拾旧山河，朝天阙[8]。

[注释]

[1]岳飞(1103—1142)：字鹏举，相州汤阴(今河南安阳汤阴县)人，位列南宋“中兴四将”之首。他一生主北伐，却遭秦桧等诬陷，以“莫须有”的谋反罪名被杀害，追谥武穆、忠武，封鄂王。留存作品不多，多洋溢着强烈的爱国激情，为人千古传诵。

[2]怒发冲冠：形容愤怒至极，头发都竖了起来。

[3]三十功名尘与土：年已三十，建立了一些功名，不过微不足道。

[4]八千里路云和月：形容南征北战，戎马倥偬，披星戴月，不曾停息。

[5]等闲：轻易，随便。

[6]靖康耻：宋钦宗靖康元年(1126)，金兵攻陷汴京(今河南开封)，次年虏走徽、钦二帝，北宋灭亡。

[7]贺兰山：位于今宁夏与内蒙古交界处，此处泛指北方山岭。

[8]朝天阙：朝见皇帝。天阙，本指宫殿前的楼观或宫门，此指皇帝生活的地方。

[品读]

绍兴六年(1136)，岳飞再次出师北伐，攻占了伊阳、洛阳、商州和虢州，继而围攻陈、蔡地区。但他很快发现自己是孤军深入，既无援兵，又无粮草，不得不撤回鄂州(今武昌)，整军修武。此次北伐，岳飞壮志未酬，镇守鄂州时写下了千古绝唱《满江红》。此词以其低沉雄壮的歌吟，感染了中华儿女，千百年来激励着中华民族顽强抗敌、自立自强的爱国心，一次次在亡国灭种的危急时刻，奏响民族的最强音。

首句“怒发冲冠”，破空而来，表明胸中沉埋交织着的国仇家恨不可遏抑，直待冲冠。为何如此？下文遂给出交代，原来是“靖康耻，犹未雪”。靖康之耻发生于宋钦宗靖康年间，金军攻破东京，俘虏了宋徽宗、宋钦宗父子及大量赵氏皇族、后宫妃嫔、贵卿、朝臣等三千余人，押解北上，东京城中公私积蓄为之一空。靖康之耻直接导致了北宋的灭亡，深深刺痛了宋人的心。此仇未报，此恨未消，如何不令词人愤怒！词人独上高楼，自倚栏杆，胸中抑郁不平之气难消，只能仰天长啸，以抒发心中的无限愤懑之情。开篇即壮志凌云，气盖山河，显示出词人的英雄气概。然而，“三十功名尘与土，八千里路云和月”却笔锋一转，反思以往，包罗时空。词人此时年且三十，正是建功立业的好时候，但他却已如老将，视功名如尘土，对人生有了十分深刻的认识。而这些见地，自不是凭空得来的。“莫等闲”句，既是说词人自己，也是词人向世人发出的警戒之语。时光不等人，战机不等人，错过时机，战争态势将一泻千里。此处既反映转战多年的艰苦，又对未来有所期许，不愿看到“空悲切”的结果，激越中微含悲凉。

下片开篇关合上片“怒发冲冠”，词人愤怒之情不得不喷薄而出，一吐再吐，三字一顿，字字掷地有声，四个短句，节奏迅疾，如裂石崩云，声情激愤。“驾长车，踏破贺兰山缺。壮志饥餐胡虏肉，笑谈渴饮匈奴血”豪气冲天，全是词人想象中的场景。金兵入侵中原，而南宋朝廷畏之若虎，只有岳飞率领的岳家军，使得金兵闻风丧胆。因此，虽是想象，兼有夸张之语，但词人是有底气、有胆量说出这些话的，其忠肝义胆可见一斑。在那个山河破碎、士气低沉的时代，该句展现出一种惊天地、泣鬼神的激励力量。于是，“待从头，收拾旧山河，朝天阙”，脱口而出，将满腔悲愤、丹心碧血倾出肺腑，表达了作者报效朝廷的赤诚之心。

全词慷慨激昂，词人豪情直欲喷薄而出。从来没有一首词具有这么深远的社会影响，也从来没有一首词这样具有激奋人心、鼓舞将士的力量。千载之下后人读之，更因词人蒙冤千古的悲剧性结局潸然泪下。

汉宫春

初自南郑[1]来成都作

陆　游[2]

羽箭雕弓，忆呼鹰古垒，截虎[3]平川。吹笳暮归野帐，雪压青毡。淋漓醉墨，看龙蛇飞落蛮笺[4]。人误许[5]、诗情将略[6]，一时才气超然。　　何事又作南来，看重阳药市，元夕灯山？花时万人乐处，欹帽垂鞭[7]。闻歌感旧，尚时时流涕尊前。君记取、封侯事在，功名不信由天。

[注释]

[1]南郑：地名，即今陕西省汉中市，地处川陕要冲，自古为军事重镇。

[2]陆游(1125—1210)：字务观，号放翁，越州山阴(今浙江绍兴)人。高宗时应礼部试，为秦桧所黜。孝宗时赐进士出身。中年入蜀，晚年退居家乡，有过短暂的从戎经历。今存诗九千多首，内容和风格丰富多彩，多抒报国之志与壮志难酬的愤懑，雄丽奔放，悲壮深沉，著有《剑南诗稿》等。

[3]截虎：陆游在汉中时有过射虎的故事。

[4]龙蛇：笔势飞舞的样子。蛮笺(jiān)：古时四川产的彩色笺纸。

[5]许：推许、赞许。

[6]诗情将略：文武两方面的才能。

[7]欹(qī)帽垂鞭：帽子歪戴着骑马缓行，形容闲散逍遥。

[品读]

这首词是宋孝宗乾道九年(1173)春，陆游在成都时所作的。

上片是词人对南郑生活的回忆，这也是其一生都无法忘怀的经历。在南郑时，词人戎马倥偬，弯弓射虎，好不快意。南郑时期的从军之行，极大地开阔了词人的眼界，扩大了其诗词的表现领域，丰富了其诗词的思想内容。虽然时间仅为半年，但它是词人一直怀念的，诸如“当年万里觅封侯，匹马戍梁州。关河梦断何处，尘暗旧貂裘”(《诉衷情·当年万里觅封侯》)，又如“华灯纵博，雕鞍驰射，谁记当年豪举？酒徒一半取封侯，独去作江边渔父”(《鹊桥仙·华灯纵博》)等，都是词人在后来的日子里对那段令其印象深刻的岁月的描写。下文词人又想到晚归野帐，悲笳声里，雪花乱舞，兴酣落笔，写下了龙蛇飞动的字幅和气壮河山的诗篇。当时人人称赞其“诗情将略”，连词人自己都感觉才气超然，不可遏止。总体而言，上片通过写景抒情，呈现出一派欢欣豪迈的生活氛围。

下片与上片形成鲜明对照。因南郑时期过于美好，词人来到成都后，心理上不可避免地会产生落差。成都之行，词人见到的是和军队前线截然不同的景象。“重阳药市，元夕灯山”，灯转龙蛇，锦城歌管，一派繁华无比的景象。然而，词人置身如此繁华之境，心中却倍感凄凉。“何事又作南来”，是词人发出的悲愤之问，饱含无奈与辛酸。这里的人们似乎忘却了国仇家恨，词人不禁想要为前线的战士痛哭流涕，为偏居一隅的南宋朝廷痛哭流涕！但是，词人不是轻易气馁之人，他并未一味怨天尤人，而是对自己做出劝诫：“君记取、封侯事在，功名不信由天。”陆游在大量诗篇里反复强调的人定胜天思想，在这里再一次得到了体现。

梁启超激赏陆游诗，其《读陆放翁集》言：“诗界千年靡靡风，兵魂销尽国魂空。集中什九从军乐，亘古男儿一放翁。”陆游的词作与他的诗作一样，显示出磊落峥嵘的品格和凌迈一世的气度。南郑从军的经历是他一生之珍藏，他屡屡梦回那“不闻人语闻鞭声”“铁马横戈、冰河堕指”的岁月，那里有他“塞上长城”的豪情与期许，有他恢复汉唐旧地的希冀与企盼。虽然终究是“胡未灭，鬓先秋，泪空流”，但正如他在作品中自明心志时所说：“位卑未敢忘忧国，事定犹须待阖棺。”他一生都秉持此信念。信然！

六州歌头

张孝祥[1]

长淮望断[2]，关塞莽然平[3]。征尘暗，霜风劲，悄边声[4]。黯销凝[5]。追想当年事[6]，殆[7]天数，非人力；洙泗上，弦歌地，亦膻腥[8]。隔水毡乡[9]，落日牛羊下，区脱纵横[10]。看名王宵猎，骑火一川明[11]，笳鼓悲鸣，遣人惊。　　念腰间箭，匣中剑，空埃蠹[12]，竟何成！时易失，心徒壮，岁将零[13]。渺神京[14]。干羽方怀远[15]，静烽燧[16]，且休兵。冠盖使，纷驰骛，若为情[17]！闻道中原遗老，常南望、翠葆霓旌[18]。使行人到此，忠愤气填膺[19]，有泪如倾。

[注释]

[1]张孝祥(1132—1169)：字安国，号于湖居士，历阳乌江(今安徽和县)人。绍兴二十四年(1154)进士第一。善诗文，尤工词，上承苏轼，下启辛弃疾，风格慷慨悲壮，雄丽清旷。

[2]长淮：指淮河。宋高宗绍兴十一年(1141)与金和议，以淮河为宋、金

的分界线。“长淮望断”句谓远望边界。

[3]关塞莽然平：草木茂盛，齐及关塞，谓边备松弛。莽然，草木茂盛广远。

[4]“征尘暗”三句：意为不见飞尘，边声悄然，暗示对敌人放弃抵抗。

[5]黯销凝：感伤出神之状。黯，精神颓丧貌。

[6]当年事：指靖康之变，中原沦陷。

[7]殆：应该。

[8]“洙泗上”三句：意为连孔子的故乡亦陷于敌手。洙泗，鲁国二水名，流经曲阜，孔子曾在此讲学。弦歌地，指礼乐之邦。膻(shān)腥，因金人多食牛羊肉，故以之代指敌虏。

[9]毡乡：金人占领区。金人住在毡帐里，故被称为“毡乡”。

[10]区(ōu)脱纵横：供警戒的土堡很多。区脱，匈奴语称边境屯戍或守望之处。

[11]“看名王”二句：写敌军威势。名王，古代少数民族对贵族头领的称呼，指敌方将帅。宵猎，夜间打猎。骑火，举着火把的马队。

[12]埃蠹(dù)：尘掩虫蛀。

[13]零：尽。

[14]渺神京：收复故都更为渺茫。神京，指北宋都城汴京。

[15]干羽方怀远：用文德以怀柔远人，谓朝廷正在向敌人求和。干羽，干盾和翟羽，都是舞蹈乐具。

[16]静烽燧(suì)：边境上平静无战争。烽燧，即烽烟。

[17]“冠盖”三句：冠盖，冠服求和的使者。驰骛(wù)，奔走忙碌，往来不绝。若为情，何以为情，犹今之“怎么好意思”。

[18]翠葆霓旌：皇帝的仪仗与车驾。翠葆，以翠鸟羽毛为饰的车盖。霓旌，像虹霓的彩色旌旗。

[19]填膺：塞满胸怀。

［品读］

隆兴元年(1163)张浚兴兵北伐，败于符离，顿时主和言论遍布朝野。作者对此极为痛心，遂于建康留守宴席上写下了这首忠愤满纸的作品，其精神脉络与岳飞之《满江红·怒发冲冠》、辛弃疾之《贺新郎·落日塞尘起》一脉相承。

上片，描写江淮区域宋金对峙的态势。起首点明词人所站之地，北宋时淮河地区为国境之内的中原地带，而此时淮河竟为边境，以此边境向北看去，则已然为塞外之地，这正如后来杨万里在《初入淮河》诗中所感叹的“人到淮河意不佳”“中流以北即天涯”。国势局促至此，只剩下半壁江山。极目千里淮河，南岸一线的防御无屏障可守，只是莽莽平野而已。江淮之间，征尘暗淡，霜风凄紧，更增战后的荒凉景象。“黯销凝”一语，隐含词人无限感慨。在黯然神伤中，词人追想当年靖康之耻，最终得出结论：当年之事实在是天意如此，人力不可为之。“殆”“非”两字，可见词人之无可奈何之意。而在洙、泗二水经流的孔子故里也不再属于宋了，象征着中原正统文化的礼乐之邦如今也已被金人占领。这一切对词人来说，都是痛不可遏的。自“隔水毡乡”到“笳鼓悲鸣”，转写隔岸金兵的活动。一水之隔，昔日稼穑之地，已变为刍牧之场。更应警觉的是，金兵哨所纵横，防备严密，尤以猎火照野，凄厉的笳鼓可闻，令人惊心动魄。金人南下之心未死，国势仍极艰危。

下片抒写复国的壮志难酬。由于当政者苟安于和议现状，中原人民空盼光复，词情更加悲壮。开头即写词人空有雄心壮志，却宝剑蒙尘，等闲度日。绍兴三十一年(1161)，词人闻采石大捷，曾在《水调歌头·闻采石战胜》里写道：“我欲乘风去，击楫誓中流。”但到建康观察形势后，他仍感报国无门。因此“渺神京”以下一段，词人把犀利锋芒直指偏安的小朝廷。朝廷不惜割让北方的大片领土和人民，派出大量使者想要议和休兵。“干羽方怀远”活用《尚书·大禹谟》“舞干羽于两阶”的故事。据说舜大修礼乐，曾使远方的苗族来归顺。词人借此辛辣地讽刺朝廷放弃失地，安于现状。而朝廷派出的使者入金后处处受制于人，堂堂中原王朝竟要向北方蛮族行臣子礼节，实在让词人感到难为情。“闻道”两句写留滞中原的宋朝遗老们常常南望南宋朝廷，盼望王师早日北伐，收复故土。例如，词人的朋友范成大使金，过故都汴京，有《州桥》一诗：“州桥南北是天街，父老年年等驾回。忍泪失声询使者，几时真有六军来?”曾在陕西前线战斗过的陆游，其《秋夜将晓出篱门迎凉有感》一诗也写道：“遗民泪尽胡尘里，南望王师又一年!”结尾三句，词人情之所至，忠愤之气不能自抑，耿介心胸而不能出，以至于堂堂男儿竟泪倾如雨，让人读之不觉同为泪下。

此词借对沦陷区的凄凉、金兵的骄横、壮士的空叹、遗民的南望等场景的描写，深刻揭露了敌人的侵略行径，抨击了南宋统治者的软弱无能，抒发了报国无门的满腔悲愤，表达了对沦陷区人民的无限同情，展现出广阔的历史画卷。基于词人强大爱国精神的感染，全词语句劲健，气势豪壮，格调高昂，展现出动人心神的强大的艺术感染力。

破阵子

为陈同甫[1]赋壮词以寄

辛弃疾

醉里挑灯看剑，梦回吹角连营。八百里分麾下炙[2]，五十弦翻塞外声[3]。沙场秋点兵。　马作的卢飞快[4]，弓如霹雳[5]弦惊。了却君王天下事[6]，赢得生前身后名。可怜[7]白发生!

[注释]

[1]陈同甫(1143—1194)：原名汝能，后改名陈亮，字同甫，人称“龙川先生”。他曾多次上书孝宗，力主抗金，其诗文笔力纵横，气势磅礴，与辛弃疾相似。

[2]八百里：指牛。《世说新语·汰侈》：“晋王恺有良牛，名‘八百里驳’。”后诗词多以“八百里”指牛。麾下：指部下。麾：军旗。炙：烤肉。

[3]五十弦：本指瑟，泛指乐器。翻：演奏。塞外声：以边塞为题材的雄壮悲凉的军歌。

[4]马作的(dí)卢(lú)飞快：战马像的卢马那样跑得飞快。的卢，骏马名，一种额部有白色斑点而性烈的快马。相传刘备曾乘的卢马从襄阳城西的檀溪水中一跃三丈，脱离险境。

[5]霹雳：特别响的雷声，比喻拉弓时弓弦响如惊雷。

[6]天下事：此指恢复中原之事。

[7]可怜：可惜。

[品读]

这首词是词人失意闲居信州时所作的。辛弃疾二十一岁时，就在家乡历城(今山东济南)参加了抗金起义。起义失败后，他“归正”南宋。做官期间，词人安定民生，训练军队，极力主张收复中原，却遭排斥打击，长期不得任用，闲居近二十年。淳熙十五年(1188)冬，辛弃疾与挚友陈亮在上饶铅山的瓢泉会见。陈亮其人才气豪迈，议论纵横，自谓“推倒一世之智勇，开拓万古之心胸”，和辛弃疾一样因积极主张抗战而遭到投降派的打击。上饶一别后辛弃疾与之反复诗词唱和，这首《破阵子·为陈同甫赋壮词以寄》大约也写于这一时期。

上片借梦境描写当年起义时的火热战斗和驰骋沙场、杀敌报国的英雄事迹。首句“醉里挑灯看剑，梦回吹角连营”点明词人当时的创作情形，此时词人已经年迈，虽已不复壮年时仅率领几十人强袭敌营、擒拿叛徒、直奔建康时的锐气迸发，但词人身上的侠义之气、英豪之质却始终未失。词人醉酒后于灯下细细观剑，追想往昔峥嵘岁月，即使在睡梦当中，也似乎听到了战场上号角的声音。“八百里分麾下炙，五十弦翻塞外声。沙场秋点兵”，分不清是梦境还是现实，词人仿佛看到将士们欢欣鼓舞，于火堆边分食牛肉，军中奏起激动人心的乐曲，一派欢乐而振奋的景象。饱餐过后，兵强马壮，将军沙场点兵，可以想见其一往无前之气势。

下片情调一转，抑郁悲愤之气顿生。“马作的卢飞快，弓如霹雳弦惊”，紧承上片，描写紧张的战斗场面，续写凌云壮志。将军率领铁骑，快马加鞭，神速奔赴前线，弓弦雷鸣，万箭齐发，似可想见军队凯旋，成功收复失地。然而，理想再丰满美好也抵不过现实的残酷无奈，这一切都只是梦幻泡影。词人想要收复中原，“赢得生前身后名”的理想在现实中无法实现，只能借助梦境获取慰藉。一句“可怜白发生”表现了梦醒后的痛苦心态，孤愤悲哀之情油然而生。词作情调即由前九句的慷慨激昂、痛快淋漓转为沉郁悲愤。

全词采用梦境和现实相结合的方式，生动形象地描写了抗金部队壮观的军容、豪迈的意气，既呈现了词人三十多年前抗金生活的缩影，又抒发了抗金救国的远大理想及壮志难酬的悲愤之情，道出了失志英雄的一片爱国之心，具有极强的感染力。

结语

军旅边塞题材的诗词作品和战争有着千丝万缕的联系，只要存在边境战争，就会出现此类题材。奇伟特质的异域风光、多姿多彩的军旅生活，以及盛衰各异的时代环境，吸引并开阔了文人们的视野，丰富并充实了诗词的内容，扩大了领域。诗人、词人借用烽火、狼烟、宝剑、铠甲、孤城、雁门、羌笛、胡笳、黄沙、大漠、辽西、关山等边关独有的意象，表现各种复杂多样的情感纠结，如慷慨从军与久戍异乡的无奈、卫国激情与艰苦生活的冲突、为国献身与庸将无能的悲慨等，充满奔放悲壮之气，寓含雄浑深远之致，使军旅边塞作品非常直观地与其他题材区分开来，打上了特殊的印记，形成了独有的风格。

第三讲 咏物感怀

导言

咏物诗，顾名思义，就是以事物为吟咏对象的诗歌。自然界中的万事万物，大至山岳湖海、云岚林木，小至红花绿草、飞鸟游鱼，都可以成为诗人歌咏的对象。他们在进行细致描摹的同时，有意无意地寄托一己之感，于是便产生了咏物诗。一首好的咏物诗总是以其生动的形象和强烈的美感吸引读者，或深或浅地透过所咏之物，流露出独特的观世态度，表现不同的生活情趣，寄寓美好的生活愿望，蕴含丰富的哲思理趣。刘熙载《艺概》言："咏物隐然只是咏怀，盖个中有我也。"

咏物是我国古代各体文学中最常见的题材类型之一，咏物诗可谓源远流长。它肇始于先秦古歌，在我国最早的诗集《诗经》中，就有咏物诗的雏形，如《豳风·鸱鸮》《周南·螽斯》《魏风·硕鼠》等，已经开始采用比兴寄意的表现手法，描绘物之形态，寓含人之情感。汉魏咏物诗延其势，托物寄意，抒发情志，基本停留在讽喻的意义上。时至六朝乱世，诗歌的审美价值凸显，开始偏重物态的刻画，比兴寄意渐趋弱化，但依然可以从咏物诗中感知到诗人们的时代情绪。

唐宋朝时，文学的审美价值与实用功能完美结合，咏物诗也迎来了繁荣时期。这类诗所咏之物象无所不有，所绘之声象精微细腻，加上优美典雅的语词、巧妙独特的构思和奇警超拔的命意，在思想性与艺术性上都远胜前代，蔚为大观。

作品赏析

咏 蝉

骆宾王[1]

西陆[2]蝉声唱，南冠[3]客思深。不堪玄鬓影，来对白头吟[4]。

露重飞难进[5]，风多响易沉。无人信高洁，谁为表予心？

［注释］

[1]骆宾王(638—684?)：字观光，婺州义乌(今浙江义乌)人，七岁属文，作《咏鹅》，号称神童，“初唐四杰”之一。与卢照邻同创初唐近体歌行，使其形成破奇为偶、四句一转、上下蝉联、以赋为诗的基本体式。

[2]西陆：指秋天。《隋书·天文志》：“日循黄道东行一日一夜行一度，三百六十五日有奇而周天。行东陆谓之春，行南陆谓之夏，行西陆谓之秋，行北陆谓之冬。”

[3]南冠：楚冠，这里是囚徒的意思。《左传·成公九年》载，楚钟仪戴着南冠被囚于晋国军府。

[4]玄鬓影：晋崔豹《古今注》中“琼树始制为蝉鬓，望之缥缈如蝉”。这里用来指蝉。白头吟：乐府曲名。两句意谓，自己正当玄鬓之年，却来默诵《白头吟》那样哀怨的诗句。

[5]飞难进：是说蝉难以高飞。

［品读］

这是一首咏蝉的五言律诗，作于唐高宗仪凤三年(678)。当年，屈居下僚十多年而刚升为侍御史的骆宾王因上疏论事触忤武后，遭到诬陷，以贪赃罪名下狱。此诗是骆宾王身陷囹圄之作，诗中借蝉的高洁品质为自己力辩，为咏物抒怀的名篇，与李商隐、虞世南的两首《蝉》并称“咏蝉三绝”。

诗的开头两句点题，句法上是对偶，写法上是起兴，分别从蝉和己两方面写起。经过炎热盛夏的蝉，度过了它生命中的辉煌时期，如今，白露既降，金风飒飒，它已临近生命的尽头，鸣声自然变得凄切。而诗人身陷囹圄，从荣耀的朝廷命官变成阶下囚，也走上了人生的末路。人生天地间，无异匆匆过客；

仕途多风波，尤其宦游之人。因此，遭逢厄运、身为囚徒的诗人被寒蝉的悲鸣引发幽哀之感，悲怆苍凉之情遂自然流出。这样，在“西陆蝉”(秋蝉)与“南冠客”(囚犯)之间，无形中就建立起了一种沟通。细心体味，我们不难发现二者的契合点：时运不济！以下诗句，就是这种感情的进一步表露。

颔联两句，一句说蝉，一句言己，用“不堪”和“来对”构成流水对，把物我自然地联系在一起。经历了政治上的种种坎坷，诗人大好的青春悄然逝去，头上已增添了丝丝白发。但这高唱的秋蝉却还是两鬓乌黑，两两对照，不禁自伤老大，同时回想到自己少年时代，也何尝不如秋蝉般高唱，如今却一事无成，甚至有了牢狱之灾。诗人运用比兴的方法，把这份凄恻悲苦的感情，委婉曲折地表达了出来。同时，诗人巧妙地运用了自伤自悼的白头吟的典故，进一步比喻执政者辜负了诗人对国家一片忠爱之忱。“白头吟”三字于此起了双关的作用，比原意更深入一层。十字之中，无一直接抒情的话语，却渗透着浓重的凄苦感伤，意在言外，蕴意深沉。

颈联纯用“比”体，语义双关。两句中无一字不在说蝉，也无一字不在说自己。“露重”“风多”的深秋气候比喻诗人所处的险恶政治环境，“飞难进”的蝉翼比喻陷身囹圄的政治遭遇，“响易沉”的蝉鸣比喻有口难辩的言论压制。物我在这里打成一片，融混而不可分。

尾联主要写已，直抒胸臆，明确表达希望得到援救、昭雪冤狱的愿望，点明主旨。秋蝉高居树上，餐风饮露，有谁相信它不食人间烟火呢？这不正像诗人品性高洁，不为时人所了解，相反还被诬陷入狱的处境吗？“无人信高洁，谁为表予心”之语，亦是对坐赃的辩白。然而正如屈原所说：“世混浊而不分兮，好蔽美而嫉妒。”在这样的情况下，谁来替诗人雪冤呢？“卿须怜我我怜卿”，只有蝉能为我而高唱，也只有我能为蝉而长吟。这样，自然之物“蝉”又与人格化身“已”相契合，浑然一体。

这首诗作于患难之中，感情充沛，取譬明切，用典自然，语多双关，于咏物中寄情寓兴，由物到人，由人及物，达到了物我合一、寄托遥深的最高境界，是咏物诗中的名作。

早梅

张 谓[1]

一树寒梅[2]白玉条，迥临林村傍溪桥[3]。

不知近水花先发，疑是经春雪未销[4]。

[注释]

[1]张谓(生卒年不详)：字正言，河内(今河南沁阳)人，天宝二年(743)进士。其诗词精意深，讲究格律，诗风清正，多饮宴送别之作。

[2]寒梅：梅花。因其凌寒开放，故称“寒梅”。

[3]迥(jiǒng)：远。傍：靠近。

[4]经春：经过春天；一作“经冬”。销：通“消”，融化，这里指冰雪融化。

[品读]

咏物诗中，梅是经常被用来吟咏抒怀的物象。唐代的孟浩然、宋代的林逋都有咏梅佳作，王安石的“遥知不是雪，为有暗香来”(《梅花》)更是千古佳句。

这是一首咏赞早梅的高洁品质的七言绝句，虽未有一句议论和赞语，却将早梅的高洁品格和诗人的赞美之情清晰地刻画了出来。

首句“一树寒梅白玉条”是对梅花外在特征的描写。开篇描写早梅之娇美，形色相兼，神态自现。“一树”在这里应该理解为“满树”，形容花开得密，开得多，即满树都是盛开的鲜花。“寒梅”一词意在突出一个“早”字，指冬末春初的寒冷季节，与题目相照应。“白玉条”这三个字既写出了梅花花朵的颜色、质地，也描绘出了梅花枝杈的姿态和神韵。这是对梅花外貌的描写，有形有神，令人陶醉。

次句“迥临林村傍溪桥”，具体交代寒梅的生长环境，表现早梅的高洁品格。它生长的地方“迥临林村”，也就是远离尘嚣的喧世，不与世俗同流；“傍溪桥”，指它不仅长在小溪的涯畔，还依傍在小桥的旁边。远离山村乡路，却又傍水临桥，寒梅似乎是有意远离尘嚣，独自地凌寒开放，突出了早梅的不畏严冬奇寒、拒与世俗同流合污的高贵品格。

“不知近水花先发”紧承上两句，继对早梅外形进行铺写之后，转而用惊叹的口吻表达了对溪旁寒梅独自开放的惊喜之情。“疑是经春雪未销”写出“不知”

的缘由，其中“疑”字极为传神，将诗人的惊喜之情渲染得淋漓尽致，似乎诗人并不敢相信自己的眼睛所看到的是梅花，怀疑是未融化的冬雪重压枝头。这就与首句的“白玉条”相呼应，比喻梅花的洁白和凛然不屈的形象，从而含蓄婉转地把诗意落到实处，使诗的主题得到进一步深化，增强了人们对早梅的倾慕之情。

这首绝句仅二十八字，却能将梅花写得如此之美。除立意新颖之外，还在于诗人从现实生活的观察中，捕捉住早梅洁白的颜色、偏僻的开放点、早春的季节、耐寒的气质、俏丽的姿态等独有特色，加以艺术的提炼和概括，并借助“白玉条”“冬雪压枝”等生动形象的描写，鲜明传神地塑造出早梅的品貌和气质，使人生发出美不胜收的赞叹。

菊　花

元　稹[1]

秋丛绕舍似陶家[2]，遍绕篱边日渐斜。

不是花中偏爱菊，此花开尽更无花。

[注释]

[1]元稹(779—831)：字微之，河南(今河南洛阳)人。举贞元九年(793)明经科，曾任通州司马。工诗，与白居易齐名，时称“元白”，同为新乐府运动的倡导者，推崇杜甫，主张诗歌的刺美作用。其艳体诗和悼亡诗亦有特色。

[2]舍(shè)：居住的房子。陶家：陶，指东晋诗人陶渊明。

[品读]

菊花历来被视作孤标亮节、高雅傲霜的象征，与梅、兰、竹一起被誉为“花中四君子”。前代诗人中吟咏赞美菊花的很多，东晋陶渊明尤爱菊花，并留下“采菊东篱下，悠然见南山”的千古名句。杜甫的“寒花开已尽，菊蕊独盈枝”(《云安九日郑十八携酒陪诸公宴》)，白居易的“耐寒唯有东篱菊，金粟初开晓更清”(《咏菊》)等诗句，皆特别歌咏赞叹菊花在百花纷纷枯萎的秋冬季节不畏严寒、傲霜怒放的勃勃生气。

贞元十八年(802)，时年二十四岁的元稹正在长安待选，踌躇满志的诗人面对在秋冬时节开得生机盎然的菊花，写下了这首咏菊诗，表达了诗人对菊花的由衷喜爱。

诗的一、二句为我们展现了一幅诗人缠绵痴迷于菊花的“爱菊图”。语言直白浅露，平铺直叙，充分描绘出诗人对菊花流连忘返的钟情与喜爱。尽管只有短短的十四个字，却从三个层面表达了诗人的爱菊之心。“秋丛绕舍似陶家”，以“陶家”的典故说明诗人宅院周围秋菊盛开的绚丽景象；“遍绕篱边”四字表明诗人因陶醉于秋菊的美丽而绕篱欣赏、品头论足的动作与神情；“日渐斜”三字说明诗人欣赏菊花时间之长，尤其是一“渐”字，充分展现出时间渐渐流逝而诗人浑然不觉的精神状态，足见诗人爱菊之深。

后两句则揭示出诗人酷爱菊花的缘由。有人因菊花姹紫嫣红的色彩而爱菊，有人因菊花清隽高雅的香气而爱菊，那么元稹爱菊是出于什么原因呢？“不是花中偏爱菊，此花开尽更无花”这两句以否定句式陡然一转，指出自己并非没来由地钟情菊花，而是因为寒冬时节，除了菊花就没有其他的花可以欣赏了啊！在此，诗人紧紧抓住菊花在百花凋谢之后盛开这一自然现象，再一次表达对菊花的喜爱之情，含蓄地流露出诗人对菊花不惧严寒、不屈不挠的精神气节的赞叹。

这首七言绝句虽然为寻常的咏物题材，但用笔巧妙，别具一格。诗人没有正面写菊花，却通过赏菊侧面烘托其优秀品格，美妙灵动，意趣盎然，以自述的方式道出爱菊之由而又不一语说尽。诗人的喜爱菊花的理由亦新颖合理，发人深思，留下了充分的想象空间。同为咏菊诗，元稹这首诗能在平常的题材中发掘诗意，看似平淡，却含意极深，不愧为咏菊诗中的名作。

早　雁

杜　牧[1]

金河秋半虏弦开[2]，云外惊飞四散哀。
仙掌[3]月明孤影过，长门[4]灯暗数声来。
须知胡[5]骑纷纷在，岂逐春风一一回？
莫厌潇湘[6]少人处，水多菰米岸莓苔[7]。

[注释]

[1]杜牧(803—853)：字牧之，号樊川，京兆万年(今陕西西安)人。官至中书舍人，世称“杜舍人”，又因中书舍人尝称紫微舍人，亦称“杜紫微”。其诗题材广泛，体式丰富，风格多样，寓风骨峭健之气，具俊爽清丽而又明快自然之情韵。

[2]金河：在今内蒙古自治区呼和浩特市南，这里泛指北方边地。秋半：八月。

[3]仙掌：指长安建章宫内铜铸仙人举掌托起承露盘。

[4]长门：汉宫名，汉武帝时陈皇后失宠时幽居长门宫。

[5]胡：指回鹘，也称回纥。

[6]潇湘：指今湖南中部、南部一带。

[7]菰米：一种生长在浅水中的多年生草本植物的果实(嫩茎叫茭白)。莓苔：一种蔷薇科植物，子为红色。这两种东西都是雁的食物。

[品读]

唐武宗会昌二年(842)八月，北方回鹘族乌介可汗率兵南侵，引起边民纷纷逃亡。杜牧时任黄州刺史，闻而忧之。八月正是大雁南飞的季节，此诗借雁抒怀，以惊飞四散的鸿雁比喻流离失所的人民，对他们有家而不能归的悲惨处境给予深切的同情；又借汉言唐，对统治者昏庸腐败、不能守边安民的现状进行了讽刺。

首联是诗人想象鸿雁遭射四散的情形。“金河秋半虏弦开，云外惊飞四散哀”，生动地展现出一幅边塞惊雁的活动图景：仲秋塞外，广漠无边，正在云霄展翅翱翔的雁群忽然遭到胡骑的袭射，立时惊飞四散，发出凄厉的哀鸣。“惊飞四散哀”五字，从情态、动作到声音，通过真切凝练的动态描写，展现了刹那间发生的情景，层次分明而一气贯注。

颔联续写“惊飞四散”的征雁飞经都城长安上空的情景。清凉的月色映照着宫中孤耸的仙掌，静谧之中露出几分冷寂，空中还有孤雁飞掠的缥缈身影。失宠者幽居的长门宫，灯光暗淡，本就充满悲愁凄冷的气氛，再加上空中传来的几声失群离雁的哀鸣，更显出环境的清幽苦寂。“孤影过”“数声来”，一绘影，一写声，都与上联“惊飞四散”相应，在情景的描写、气氛的渲染方面均细腻传神。透过这幅清冷寂寥的孤雁南征图，读者可以隐约感受到那个衰颓时代的悲凉之意。

颈联又由征雁南飞遥想到它们的北归，说如今胡人的骑兵射手还纷纷布满金河一带地区，明春气候转暖时节，你们又怎能随着和煦的春风，返回自己的故乡呢？大雁秋来春返，故有“逐春风”而回的设想。大雁还在南征的途中，诗人却又想到它们的北返；正在哀怜它们的惊飞离散，却已想到它们异日的无家可归。这是对流离失所的边地人民的关切。“须知”“岂逐”，更像是面对边地流民的深情嘱咐。两句一意贯穿，语调轻柔，情致深婉。

流离失所、欲归不得的征雁，何处是它们的归宿？尾联交代“莫厌潇湘少人处，水多菰米岸莓苔”。诗人担心南来的征雁也许不习惯潇湘的空旷孤寂，深情地对它们进行劝慰：不要厌弃潇湘一带空旷人稀，那里的泽畔长满了菰米莓苔，尽可为食，不妨暂时安居下来吧。诗人在无可奈何中发出的劝慰与嘱咐，更深一层地表现了对流亡者的体贴。由南征而想到北返，由北返无家可归想到不如在南方寻找归宿，层层曲折跌宕，蕴藉深厚，诗人对边地人民的深情系念也就表达得愈加充分和深入。

这首诗通篇咏物，采用比兴和象征手法，看似句句写雁，实则句句关时事，句句叙人情。本诗风格婉曲细腻，清丽含蓄，在以豪宕俊爽为主要特色的杜牧诗中别开生面。此诗通篇无一语对执政者的批评，但在秋天就设想明年春天胡骑还在，对朝廷无力安边的讽刺之意自明。

小 松

杜荀鹤[1]

自小刺头[2]深草里，而今渐觉出蓬蒿[3]。
时人不识凌云木，直待凌云始道高。

[注释]

[1]杜荀鹤(846—904)：字彦之，自号九华山人，池州石埭(今安徽石台)人。大顺二年(891)进士，官至翰林学士知制诰。其诗大胆揭露现实，表现人民苦难，且语句浅近明畅，在晚唐诗坛独树一帜。

[2]刺头：指长满松针的小松树。

[3]蓬蒿：两种野草。

[品读]

这是一首借松写人、托物讽喻、寓意深长的七言绝句。

自古以来，人们多赞颂松树于数九寒天之中苍翠凌云、泰然自若的精神品质。然而，凌云巨松也是由刚出土的小松成长起来的。小松虽小，但已显露出必将“凌云”的苗头。诗的前两句“自小刺头深草里，而今渐觉出蓬蒿”，即生动地刻画出这一特点。小松刚出土，小得可怜，路边野草都比它长得高，以至于被淹没在“深草里”。然而，它虽然极为弱小，但是“深草”包围中的“刺头”——那长满松针的头，又直又硬，一个劲地向上冲刺，锐不可当，那些弱不禁风的小草是不能和它匹敌的。“刺头”的“刺”字准确地勾勒出小松外形的特点，而且生动形象地勾画出来小松坚强不屈的性格、勇敢战斗的精神，显示出强大的生命力。

“而今渐觉出蓬蒿”，蓬蒿，即蓬草、蒿草，是草类中长得较高的植物。小松原先被百草踩在脚底下，可现在它已超出蓬蒿的高度，其他的草当然更不在话下。这个“出”字虽为极简之字，此处却用得异常生动，不但显示了小松由小转大、发展变化的情景，而且在结构上亦具承前启后的作用：“出”是“刺”的必然结果，也是未来“凌云”的先兆。事物发展总是循序渐进的，不可能一步登天，故小松从“刺头深草里”到“出蓬蒿”，只能“渐觉”。“渐觉”说得既有分寸，又很含蓄。是谁“渐觉”的呢？只有关心、爱护小松的人，时时注意、观察和比较，才能“渐觉”；至于那些不关心小松成长的人，往往会视而不见，哪能谈得上“渐觉”。

诗的后两句，作者笔锋一转，发出深深的慨叹：“时人不识凌云木，直待凌云始道高。”这里连用两个“凌云”，前一个指小松，后一个指大松。大松“凌云”，已成事实，称赞它高，并不说明有眼力，也无多大意义。小松尚幼小，和小草一样貌不惊人，如能识别出它就是“凌云木”而加以爱护、培养，那才是有见识。然而世俗之人所缺少的正是这个“识”字，故诗人感叹道：眼光短浅的“时人”是不会把小松看成栋梁之材的，有多少小松，由于“时人不识”而被摧残、砍折啊！这些小松，和韩愈笔下“骈死于槽枥之间”(《马说》)的千里马一样，不也是遭到同样悲惨的命运吗？

点绛唇

林　逋[1]

金谷[2]年年，乱生春色谁为主？余花落处，满地和烟雨。又是离歌，一阕长亭暮。王孙[3]去，萋萋[4]无数，南北东西路。

[注释]

[1]林逋(968—1028)：字君复，钱塘(今浙江杭州)人。少孤力学，恬澹好古，不趋荣利，自甘穷困，终生不求仕进，隐居于西湖孤山，以种梅养鹤自娱，人称“梅妻鹤子”，卒谥和靖先生。其诗多描写隐居生活与自然风景，能以疏淡笔墨勾绘生动画面，表达隐逸情趣。

[2]金谷：金谷园，指西晋富豪石崇洛阳建造的一座奢华的别墅。因征西将军祭酒王诩回长安时，石崇曾在此为其饯行，故成为送别、饯行的代称。

[3]王孙：贵人之子孙，这里指作者的朋友。

[4]萋萋：草茂盛的样子。

[品读]

北宋前期最负盛誉的咏物词，当属林逋、梅尧臣、欧阳修三人争胜而作的三首咏春草词。本书选林逋的这首词来品读。词中几处用典不着痕迹，咏草而终篇无草字，颇见高超的写作技巧。

从整首词来看，全词突出写一个“乱”字：园中春色因无主而乱；落花因烟雨飘零而乱；心绪因离别而乱；前路因萋萋芳草而迷离。上片“金谷年年，乱生春色谁为主”，写出了金谷园的古今。金谷园曾经是锦绣繁华的丽园，如今已杂树横空、蔓草遍地。写春色用“乱生”二字，可见荒芜之状。“谁为主”之问，除点明园苑的荒凉无主外，还蕴含着作者对人世沧桑、繁华富贵如过眼烟云之慨叹。“余花”两句，写无主荒园细雨中的春色凋零，绚烂的花朵已纷纷坠落，连枝头稀疏的余花也随蒙蒙细雨而去。“满地和烟雨”，境界阔大而情调哀伤，虽从雨中落花着笔，却包含着草盛人稀之意，流露出词人无可奈何的惆怅。

下片从情写起。离歌、长亭，点明送别地点，彼此难舍难分、依依惜别直到太阳西下，说明了友人之间的深情厚谊。“王孙”三句，化用《楚辞》之意，是全词之主旨。“王孙”本是古代对贵族公子的尊称，在后代诗词中往往代指出门远游之人。亲人渐行渐远，慢慢消失，唯见茂盛的春草通往四方之路，茫茫无涯。该词以景结情，渲染了无限伤感之境，给人留下无穷的想象。

此词运用拟人手法，描绘了大自然春意盎然的景色，表现了离人的离思别情，写得情思绵绵，凄楚哀婉，为历代读者称颂。全词以清新空灵的婉约笔触，熔咏物与抒情于一炉，于凄迷柔美的物象中寄寓惆怅伤春之情，渲染出绵绵不尽的离愁。

水龙吟

次韵章质夫杨花词

苏　轼[1]

似花还似非花，也无人惜从教[2]坠。抛家傍路，思量却是，无情有思[3]。萦损柔肠[4]，困酣娇眼[5]，欲开还闭。梦随风万里，寻郎去处，又还被、莺呼起[6]。　不恨此花飞尽，恨西园、落红难缀。晓来雨过，遗踪何在，一池萍碎。春色三分，二分尘土，一分流水。细看来，不是杨花，点点是离人泪。

[注释]

[1]苏轼(1037—1101)：字子瞻，号东坡居士，眉州眉山(今四川眉山)人。一生积极进取，乐观旷达，学识渊博，诗文书画皆精。其歌作品题材广泛，风格多样，以超迈豪健为主，又有清新明丽、委婉含蓄之貌。

[2]从教：任凭。

[3]无情有思：言杨花看似无情，却自有它的愁思。韩愈《晚春》：“杨花榆荚无才思，惟解漫天作雪飞。”这里反用其意。思，心绪，情思。

[4]柔肠：柳枝细长柔软，故以柔肠为喻。白居易《杨柳枝》：“人言柳叶似愁眉，更有愁肠如柳枝。”

[5]娇眼：美人娇媚的眼睛，比喻柳叶。古人诗赋中常称初生的柳叶为柳眼。

[6]"梦随"三句：化用唐代金昌绪《春怨》诗中"打起黄莺儿，莫教枝上啼。啼时惊妾梦，不得到辽西"，言对远方游子的思念之情。

[品读]

苏轼的咏物词大多作于游戏应酬之际，以体物为主，即使流露出一定的情感意绪，也主要是一些普泛化的情思或文人雅趣。但也有例外，比如那些在特定环境下创作的咏物词便有着相当深刻的个人化的情感内涵。

这是一首和韵之词，从立意到用字都要受到限制，而此词却完全不受此拘束，敢于另辟新境。

此词咏杨花，首句"似花还似非花"，是对物性的精确把握。杨花虽有花句，但细小无华，既无绚目的色彩，又无醉人的芬芳，实在很难被当成花。但当其飘扬于明媚春景之时，较之春花春草更具风姿，故亦为花。"抛家傍路"至"又还被、莺呼起"，描写杨花在春风春鸟的吹拂碰撞下飘转悠扬，仿佛闺中少妇的思绪和着梦境飞越万里去寻郎，以极具形象的方式传达出生动的物态物情。词以摹写杨花的形态开篇，写出了杨花的独特物性，又仿佛在设身处地体验杨花的命运和际遇，空灵飘忽，意味深长，奠定了全词的风格基调。落花总会令多愁善感的人伤感怜惜，可是这同样负有"花"名的杨花，不管怎样飘零坠落，也没有谁在意。"无人惜"，反衬作者独"惜"，"惜"字蕴含着浓郁的感情色彩。

"抛家傍路，思量却是，无情有思。"杨花飘零本是习见的自然现象，但作者不说"离枝"，而言"抛家"，将其拟人化，赋予其丰富的内心世界。杨花"抛家"远行，看似"无情"；而"傍路"又显其内心沉重、恋恋不舍之意，是为"有思"，隐约传达出作者辗转各地、宦途漂泊的深刻体悟。"萦损柔肠，困酣娇眼，欲开还闭"，如果说杨花有思，那么所思为何？应该是和游子一样，思念着故家。对杨花来说，家便是它离开的那棵柳树，由此将视角投向柳枝，以拟人的手法加以描绘，纤柔的柳枝就像思妇受尽离愁折磨的柔肠，嫩绿的柳叶犹如思妇的娇眼。作者从杨花写到柳树，又以柳树的风姿隐喻思妇的神态，可谓想象奇特。上片末句既摄思妇之魂，又传杨花之神。游子远去，思妇怀人，常生恼人春梦。柳树大概也是如此。在梦中，她追寻千万里，好像寻到了夫婿——那游子一样的杨花，只是刚要相逢，就被黄莺的啼叫惊醒。

下片写暮春雨后之杨花，同时写春尽之惆怅，处处关合杨花，处处赋予杨花人的情态，物之性、物之态、物之情被描摹到了极致。第一句由杨花的情态转为人的惜春伤逝之感。“此花飞尽”是一花之事，而“落红难缀”是一春之事。待到杨花飞尽时，正是暮春时节，灿烂春光，不复重来。此处照应开篇“似花还似非花”，又一次将它与花，即“落红”做了对比。杨花即使飞尽，仍旧不是伤春者怜惜的对象。“不恨”，是承上片“非花”“无人惜”而言的。其实，这是曲笔传情。作者写他人对杨花的态度，表达的仍是自己对杨花命运的关注，看似无情，实则有心。清晨一场风雨过后，杨花已完全不见踪影。它到哪里去了？原来已化为一池浮萍。此时的春色已然转化为两分尘土和一分流水。“春色”居然可以分解，真是想象奇妙，意蕴绵长。由眼前的流水，联想到思妇的泪水；又由思妇的点点泪珠，映带出空中的纷纷杨花，可谓虚中有实，实中见虚，虚实相间，情意深远。

纵观全词，确已达到咏物诗不即不离、遗貌取神的境界。它以拟人的手法将咏物与写人巧妙结合，写花而“非花”，化“无情”为“有思”，因花见人，情景兼到。该词构思巧妙，立意新颖，以丰富的想象将杨花的飘零散落、无人珍惜比喻成女子的伤感幽怨，同时也寄托了词人的身世之感。故王国维云：“咏物之词，自以东坡《水龙吟》为最工。”①

兰陵王

柳

周邦彦[1]

柳阴直，烟里丝丝弄碧。隋堤[2]上、曾见几番，拂水飘绵送行色。登临望故国。谁识京华倦客[3]？长亭路，年去岁来，应折柔条过千尺[4]。　闲寻旧踪迹，又酒趁哀弦[5]，灯照离席。梨花榆火催寒食。愁一箭风快，半篙波暖，回头迢递便数驿，望人在天北。

凄恻，恨堆积！渐别浦萦回，津堠岑寂[6]，斜阳冉冉春无极。

① (清)王国维：《人间词话》，63页，长春，吉林文史出版社，1999。

念月榭携手，露桥闻笛。沉思前事，似梦里，泪暗滴。

[注释]

[1]周邦彦(1056—1121)：字美成，号清真居士，钱塘(今浙江杭州)人。因精通音律，提举大晟府，是北宋婉约词派的集大成者，开南宋姜夔、吴文英格律词派先河。其词发展了铺叙的慢词创作手法，具有变化多端的章法结构和典雅精丽的语言风格。

[2]隋堤：汴京附近汴河之堤，隋炀帝时所建，北宋时来往京城的必经之路。

[3]京华倦客：作者自谓。京华，指京城。作者久客京师，有厌倦之感，故云“倦客”。

[4]应折柔条过千尺：古人有折柳送别之习。过千尺，极言折柳之多。

[5]哀弦：哀怨的乐声。

[6]津堠(hòu)：码头上供瞭望歇宿的地方。岑寂：冷清寂寞。

[品读]

此词写于作者最后一次出京时。词中托柳起兴，抒写了伤离别恨之情和身世飘零的喟叹。题名曰“柳”，实则伤别，极回环往复之致，沉郁顿挫。

上片咏柳，托物起兴，借隋堤柳烘托离别的气氛，抒写离情。时当正午，长堤之上，柳树成行，柳阴直铺于地，沿长堤伸展开来，划出一道直线。新生的柳枝细长柔嫩，像一条条丝线，在水面之上飘扬吹拂着，而柳叶的碧色透过春天的烟霭看去，更加朦胧柔美。这是作者离开京华时在隋堤上所见的柳色，却不是第一次看到，故“曾见几番，拂水飘绵送行色”，精致工整，生动地摹画出柳树依依惜别的情态，并由此触动了自己的乡情。然而，词人并未承前抒发思乡之意，却又将思绪引回到柳树之上：“长亭路，年去岁来，应折柔条过千尺。”十里长亭路上，一年又一年，人们送别时折断的柳条恐怕要超过千尺了。通过对柳荫、柳枝、柳絮的描绘，该词描写了一幅杨柳依依的图画，蕴含着对无数世间离别的无限感叹。

中片从回忆写起，开始抒发自己的别情。在船即将启程之际，人们忙着告别，面对热闹却伤感的场面，词人的心情是痛苦纠结的。这时船已开走，周围安静下来，词人的情绪逐渐平和，很自然地转入对京华往事的回想。“又酒趁哀弦，灯照离席。梨花榆火催寒食。”这里的“又”字是说从那次的离别宴会以后，词人已不止一次地回忆起，如今坐在船上再一次回想到那番情景。“梨花榆火催寒食”点明饯别的时间，“催”字更增岁月匆匆之感。中片最后四句是作者代行人设想，从对方着笔，想象行者从船上回望岸边的所见所感。风顺船疾行，行人本应高兴，词里却嵌一“愁”字，这是因为有人让他留恋。回头望去，那人若在天边，只见一个朦胧难辨的身影。“望人在天北”五字，包含着多少怅惘与凄婉啊。

下片写别后渐远之情景。“凄恻，恨堆积”，“恨”表遗憾之意。船越行越远，离别的愁苦与遗憾越发加重，一层一层地堆积在心上难以排遣。“渐别浦萦回，津堠岑寂，斜阳冉冉春无极”，从送别之正午到别后之回忆，时间已至黄昏。“渐”字表明已经过了一段时间，这时回望之人早已看不见了，眼前所见只有江水流转、水波回旋。冷清的渡口处，只有守望者一个人孤独地站立在那里。此时，斜阳缓缓西下，春色一望无边，空阔的背景越发衬出送者与行者的孤单。置此孤寂之境，词人又开始“念月榭携手，露桥闻笛。沉思前事，似梦里，泪暗滴”。月榭之中，露桥之上，那些难以忘却的夜晚就像梦境一样，再次浮现在词人眼前。想到这里，词人不由得暗自垂泪。追忆往事，反衬眼前，愈见深情，凄婉悲凉。

此词在构思和章法布局上颇具匠心。全词由实入虚，实虚不断转换。开篇景起，由堤上柳引出对往昔送别的回忆和久离京师的身世之感，又由回忆和久客淹留之感折回目前的离席；由离席生发出去，为行者设想别后愁思，再归入现实中自己的别后之思；最后，又由现实引发出对昔日相聚时的回忆。未别之时，回忆离别之苦；已别之后，则又回忆相聚之乐，而诗人的久客淹留之感、伤离恨别之情，完全在这种回旋往复的叙述中被展示出来。

全词写景言情，穷极工巧，曲尽其妙。层次清晰，开合并用，有回环曲折之美。宋人毛幵《樵隐笔录》曾言，在南宋初期的绍兴年间，此词已成为当时社会上极为流行的送别曲，与王维的《渭城曲》有异曲同工之妙。

暗　香

姜　夔[1]

旧时月色，算几番照我，梅边吹笛？唤起玉人[2]，不管清寒与攀摘。何逊[3]而今渐老，都忘却、春风词笔。但怪得、竹外疏花，香冷入瑶席[4]。　江国，正寂寂。叹寄与路遥[5]，夜雪初积。翠尊易泣，红萼无言耿相忆。长记曾携手处，千树[6]压、西湖寒碧。又片片吹尽也，几时见得？

[注释]

[1]姜夔(约1155—约1209)：字尧章，号白石道人，饶州鄱阳(今江西波阳)人。终生布衣，广结名公巨卿和诗人词客，虽常困窘，却悠闲洒脱。其词多写个人情事，间有家国身世之感，素以清空幽冷著称。

[2]唤起玉人：写过去和美人冒着清寒攀折梅花的韵事。

[3]何逊：南朝梁诗人，早年曾任南平王萧伟的记室。任扬州法曹时，廨舍有梅花，作《咏早梅》。此处以何逊自比，说自己逐渐衰老，游赏的兴趣减退，对于一向喜爱的梅花都忘掉为它而歌，无法写出美妙的诗句了。

[4]瑶席：席座的美称。

[5]寄与路遥：想寄梅花给远方的爱人，表示音讯隔绝，这里暗用陆凯寄给范晔的"折梅逢驿使，寄与陇头人"句。

[6]千树：写寒冬时千树红梅映在西湖碧水之中的美丽景色。宋时，杭州西湖上的孤山梅树成林，所以有"千树"之说。

[品读]

此词是姜夔应范成大之请而作的，同时写成的还有另一首《疏影》。二词一出，备受赞誉。《暗香》《疏影》，前者多写身世之感，后者则属兴亡之悲，用意小别，而其托物言志则同。

此词上片由回忆昔日梅边月下吹笛、摘梅的美好情景，感慨年华流逝，诗情遂减。首三句"旧时月色，算几番照我，梅边吹笛"直接逗引出梅花。以旧时月色点往事，月、梅、笛、人融为一体，月光清美，梅花溢香，笛声悠扬，意境朦胧幽冷，优雅闲远。当时，词人之心应是恬淡安闲、怡然自适。"唤起玉人，不管清寒与攀摘”，月下美人与清寒之天气、清丽之月色、清香之梅花构成一个清幽渺远的意境，令人神往。此处的“玉人”是表现的主体，表明当时二人冒寒折梅的幸福。然于“旧”“算”二字之中，凭空升出一番心绪，心有幽怀，黯然神伤。此时面对梅花，词人无心叙写，只能感慨月色依旧而人事已非。

“何逊而今渐老，都忘却、春风词笔”，笔锋陡转，词人以何逊自比，而着意于“渐老”的衰飒。“而今”和开篇“旧时”相对，增加了时间的厚重感，而词人咏梅赏梅的意兴渐失，隐约含有往事不胜悲的意味。“但怪得、竹外疏花，香冷入瑶席”这两句又转入现实，竹外疏花萧瑟，冷香吹入瑶席，引人幽思，勾起回忆。“疏”“冷”烘托凄凉，热闹华丽的“瑶席”反衬哀苦。词人见花思人，生出“怪得”之心，此必是至真至深之情。

下片以雪中梅过渡到见梅怀人，由现实的境况再次勾起过去的回忆，既抒发了对一位女子的无限思恋，又融进了自己的今昔盛衰之感。头两句遥应玉人摘梅，言路远且多积雪，故虽摘梅枝，亦无从寄赠，只好借酒消愁。“翠尊易泣，红萼无言耿相忆”两句，写词人与梅花都在怀念玉人。虽然“翠尊”“红萼”色彩明丽，但置于如此清冷的环境中，反倒体现出一种冷艳的凄美。接下来，回忆当年雪中赏梅的情景，“携手赏梅”更显两人情意深厚，情趣高雅。“压”意谓花多、雪大，千枝花被雪压住，也暗含词人心情的沉重。红装素裹，雪压梅花的倩影倒映在碧水中而清影满湖，“寒碧”与上片呼应，使词始终处在一种幽冷的环境中。“又片片吹尽也，几时见得”再次从回忆转入现实，语调沉重，突出了一种凋零感，以及词人对梅花败落的伤感意绪。

此词将咏梅与思人交融，句句不离梅花，寄托怀人情思。词人擅长设色，既有月色、梅花、玉人、积雪等偏于素淡的色调，又有翠尊、红萼、碧水等较为艳丽的色彩，柔化了清幽冷峻的氛围。全词层次曲折，结构精致，音节谐婉，情韵悠长，意象淡雅，意境清空，不愧为姜词的代表作。

眉妩

新月

王沂孙[1]

渐新痕[2]悬柳，淡彩[3]穿花，依约破初暝。便有团圆意[4]，深深拜[5]，相逢谁在香径。画眉未稳。料素娥、犹带离恨。最堪爱、一曲银钩小，宝帘挂秋冷。　　千古盈亏休问。叹慢磨玉斧，难补金镜[6]。太液池[7]犹在，凄凉处、何人重赋清景。故山夜永。试待他、窥户端正[8]。看云外山河[9]，还老尽、桂花影[10]。

[注释]

[1]王沂孙(？—约 1290)：字圣与，号碧山，又号中仙，因家住玉笥山，故又号玉笥山人，南宋会稽(今浙江绍兴)人。其词长于咏物，章法缜密，多写故国之思和亡国之痛，风格凄清婉丽。

[2]新痕：指刚露出淡淡痕迹的新月。

[3]淡彩：指朦胧皎洁的月光。

[4]团圆意：团圆的趋势。唐牛希济《生查子》："新月曲如眉，未有团圆意。"

[5]深深拜：古代妇女有拜新月之风俗，以祈求团圆。

[6]慢磨玉斧，难补金镜：传说，月亮由七宝合成，日受侵蚀，于是有人常年用斧凿修理。"慢"通"漫"，徒然之意。金镜，指月亮。此句意谓缺月难补，暗喻山河残破，难以收复。

[7]太液池：汉唐宫禁中均有太液池，此处指宋朝宫廷中的池苑。

[8]端正：指月圆。

[9]云外山河：暗指辽阔的故国山河。

[10]桂花影：指月影。相传月亮中有桂树，故以桂花影指代月影。

[品读]

在宋代遗民词人群中，王沂孙词名最盛，清代常州词派周济之《宋四家词选》列其为一大家。王沂孙存词 64 首，其中咏物词达 34 首。王沂孙生于宋元易代时期，经历了家破国亡、身世飘零的深悲剧痛，因此其对于人生迷途的悔悟与自责等情感、意绪，成为咏物词表达的重要内容。

这首词咏新月，上片以体物为主，精细入微地刻画了新月的形态与神韵。“渐新痕悬柳，淡彩穿花，依约破初暝。”该句由“渐”字领起，刻画初升的新月，烘托出一种清新轻柔的氛围，写出了新月的独特韵致。对着清新美妙的新月，词人不由生出团聚的祈望。“便有团圆意，深深拜，相逢谁在香径。”“深深拜”三字，写出“团圆意”的殷切期望。但同赏者未归，词人不免顿生“相逢谁在香径”的怅惘，欣喜和祈望一瞬间蒙上了淡淡的哀愁，新月便也染上了凄清的色彩。词人由憧憬变为怅惘，不觉以离人之眼观月。纤纤新月好像尚未画好的美人蛾眉，想是月中嫦娥伤别离之故，借嫦娥之态衬托出“碧海青天夜夜心”的自伤孤独之情。“画眉未稳”照应“新痕”，随后由月及人，虚托出词人委婉曲折的情愫。最后，词句由月中嫦娥的象外兴感折回新月，秋空之“冷”，新月之“小”，使词人遂生对新月的怜爱之情，以及对新月在浩茫宇宙中之渺小的怅惘之情，具有一种幽渺的意蕴。从人间的拜月写到嫦娥的离恨，再到夜空的帘钩，比喻贴切，想象丰富，极富韵致。

下片笔墨陡转，大墨一挥，“千古”振起，兴亡之恨倾怀而出，语意苍凉凄楚，极意抒怀。“千古盈亏休问”一语括尽月亮与人世盈亏往复的变化规律，同时感叹世事的兴替无常；“叹慢磨玉斧，难补金镜”，用玉斧修月之事，表现出极为沉痛的回天无力、复国无望的绝望和哀叹。“太液池”二句，写冷月照映下寂寥荒残之深宫。这里不再有君臣吟诗赏月之盛会，暗含江山易主、物是人非之感。“故山夜永”，牵合到对家乡的怀念。“看云外山河”二句，就月而言，则是山河改姓、家非旧家、国非故国之意，又寓对团圆的期待，哀怨之中透露出一线希望。

唐人有拜新月之俗，宋人也喜欢在新月之下置宴饮酒。临宴题咏新月，也是南宋文士的风雅习尚。赏月观月，因月感怀，是贯穿全篇的线索。此词循着词人因新月而生的今昔纵横的意识情感流动轨迹、和新月相系的人情典事，运用暗示、比兴与象征的手法，以月之圆缺比国之兴亡，抒发了山河破碎的悲痛，寄托了浓重的爱国之情。

结 语

咏物诗是托物言志或借物抒情的诗歌，通过对物象的歌咏表现作者的思想情感，多运用拟人、比喻、双关、借代、侧面烘托以及比兴、象征的手法，将自身与所咏之物相联系，借物之形态和习性暗喻身世处境与心理状态。诗词看似句句写物象，实际句句关时事，句句叙人情。咏物诗所咏之物往往是诗人的自况，与诗人的自我形象完全整合在一起。明代戏曲家屠隆《论诗文》认为，咏物诗要“体物肖形，传神写意”“不沾不脱，不即不离”。意思是说，咏物时不能只停留在事物的表面，还应切合所咏之物的特点，同时引申出作者的旨意。元代诗论家杨载在《诗法家数》中亦说：“咏物之诗，要托物以伸意。”“托物”与“伸意”必须恰到好处地达到统一。没有深刻的思想内容，咏物诗就会苍白无力。情中有物，物中有情，情物交融，这才是咏物诗应有的境界。

第四讲　相思闺怨

导言

闺怨诗是古典诗歌中一个独特的门类，以女子为主要描写对象，反映闺中思妇的孤独寂寥、离愁别怨，有着悠久的历史和传承。《诗经》中就已出现《邶风·谷风》《卫风·氓》等以弃妇、思妇为主要描写对象的诗歌。汉魏南北朝时期，较著名的闺怨题材作品有《怨歌行》《白头吟》《行行重行行》《子夜歌》等，多抒写闺中少妇的伤春怀人之感。至唐朝，闺怨名作迭出，大量描写古代宫女以及失宠妃子怨情的宫怨诗的出现，丰富了闺怨诗的表现内容。这类诗剖析了女子们在特定社会情态和生活遭遇下或伤悼、或悔恨、或失落、或惆怅的复杂心理状态，展示了处于社会下层的女性群体在情爱生活中的被动与哀怨，亦借女子遭际来表达作者内心的叹惋、怨愤、不遇、无奈等多重情思，呈现出一种婉约缠绵、幽怨感伤之美。

有宋一代，词进入全面成熟与繁荣发展的时期，成为最适合表现男女相思、春愁秋怨的文学体式。经过宋朝词人的加工改造和用心经营，闺怨词以其复杂意绪和委婉气质显示出独特的魅力。虽然宋代闺怨词传承于残唐五代的传统写法，仍以抒写闺中女性的哀怨情感为中心，却将笔触伸向更为宽广的时代社会领域，生动而全面地展示了各个阶层女性的日常生活。词人通过环境的渲染、意境的营造、心理的刻画、比兴的托意，描写女性单纯活泼、痴心贞顺、自伤自怜的闺中形象，反映她们的悲喜哀乐，探析她们的现实苦楚和爱情悲剧，多蕴含物是人非、伤时念远、人生有限等世事感慨，具有含蓄悠长、凄婉无尽之味。

作品赏析

古 意

沈佺期[1]

卢家少妇郁金堂[2]，海燕双栖玳瑁梁[3]。
九月寒砧[4]催木叶，十年征戍忆辽阳[5]。
白狼河[6]北音书断，丹凤城[7]南秋夜长。
谁为含愁独不见，更教明月照流黄[8]。

[注释]

[1]沈佺期(约656—713)：字云卿，相州内黄(今河南内黄)人。高宗上元进士，官至太子少詹事。其诗多属应制之作，带六朝绮靡之风，注重声律和谐和、字句工整，促成了五七言律体的定型。

[2]卢家少妇：年轻貌美的少妇。郁金堂：以郁金香料涂抹的堂屋。

[3]海燕：又名越燕，燕的一种，因产于南方滨海地区(古百越之地)而得。玳瑁：一种似龟的动物，甲背呈黄褐色相间花纹，古人用为装饰品。

[4]寒砧(zhēn)：捣衣石，这里指捣衣声。砧，捣衣用的垫石。古诗常以捣衣声寄思妇念远之情。

[5]辽阳：在今辽宁省中部。

[6]白狼河：今辽宁省境内的大凌河。

[7]丹凤城：长安。相传秦穆公女儿弄玉吹箫，引来凤凰，故称咸阳为凤城，后以凤城称京城。唐时长安宫廷在城北，住宅在城南。

[8]流黄：黄紫色相间的丝织品，此指帷帐；一说指少妇所捣衣物。

[品读]

此诗亦题作《独不见》。通读全诗，可见主人公是一位长安少妇，“独不见”的是征戍十年而不归的丈夫。全诗以委婉缠绵的笔调，描述了女主人公在落叶萧萧、寒砧处处的秋夜，身居华屋之中，心驰万里之外，辗转反侧、久不能寐的孤独愁苦。

首联自然起兴，简洁凝练，描绘了闺中思妇的生活环境。卢家少妇即莫愁，是萧衍诗中的人物，后来用作少妇的代称。郁金是一种香料，又称郁金香，和泥涂壁，能使室内芳香。玳瑁是一种似龟的动物，甲背极美观，可作装饰品。此联浓墨重彩地描写少妇闺房之美，四壁以郁金香和泥涂饰，顶梁也用玳瑁壳装点，连海燕都被其华美吸引，栖息到房梁上。“双栖”二字暗用比兴，以燕之双栖衬少妇之孤独，从而引出其对丈夫的绵绵情思，亦奠定了作品伤感愁怨的感情基调。

颔联写景抒情，状写少妇思夫之情。首句写景传声，窗外西风吹拂，秋意渐浓，树叶纷纷下落，簌簌的落叶声和着此起彼伏的捣衣声，更添萧瑟之感。此景此声不断地撩人心绪，自然勾起了女主人公对十年未归的丈夫的思念。“寒砧催木叶”，造句十分奇警，分明是萧萧落叶催人捣衣不止，诗人却故意主宾倒置，说成寒砧捣衣催促木叶凋落，从而突出渲染了少妇的内心寂寞。

颈联承接上联，以“白狼河北”与“丹凤城南”对举，进一步抒写两地之遥远与思妇之深愁。丈夫戍边十年，一去之后，音讯断绝，生死难测，更增加了她的思念与担心。他现在身在何方？处境怎样？命运是吉是凶？有无归来之日？这一切都处在未卜之中，叫人连怀念都没有一个着落。因而，当她待在长安城南的空闺中时，心中不仅是一般的孤独寂寥，也不仅是一般的怀远盼归的愁思，而且添加了种种焦虑、担心与惴惴不安，甚至夹杂着不祥的猜测。于是，上联中的“忆”字就有了更深一层的内涵。

尾联更进一步，直接抒发思妇愁思。萧萧秋叶、阵阵砧声已让挂念丈夫的少妇难以入眠，而那一轮明月偏又来凑趣，透过窗纱把流黄帷帐照得明晃晃得炫人眼目，使人愁上添愁。如果说前六句是诗人充满同情的描述，那么这两句则转为女主人公愁苦不已的独白，从而增强了抒情色彩和情感力度。

从形式上看，此诗已是一首完整的七律。作为早期的一首七律，它不在章法上、字词上刻意求工，韵味接近古体，语言上也未完全洗尽齐梁铅华，但情致婉转，音韵和谐，境界广远，有一种“顺流而下”的朴拙飞动的气势，具有不朽的艺术魅力，历来被看做是沈佺期的代表作。

望月怀远

张九龄[1]

海上生明月，天涯共此时。
情人[2]怨遥夜，竟夕[3]起相思。
灭烛怜光满，披衣觉露滋。
不堪盈手[4]赠，还寝[5]梦佳期。

［注释］

[1]张九龄(673或678—740)：字子寿，一名博物，韶州曲江(今广东省韶关市)人，谥文献，世称“张曲江”“文献公”，以贤相为后人仰慕。其诗语言清丽，意境深远，风格淡雅，对扫除唐初所沿袭的六朝绮靡诗风有一定贡献。

[2]情人：多情的人，指作者自己；一说指亲人。

[3]竟夕：终夜，通宵，即一整夜。

[4]盈手：双手捧满之意。盈，满。

[5]还寝：返回卧室。

［品读］

这是一首月夜怀远的五言律诗。唐玄宗开元二十一年(733)，张九龄在朝中任宰相，后遭奸相李林甫诽谤排挤，于开元二十四年(736)罢相，被贬荆州。《望月怀远》大致写于此时。

开篇“海上生明月”意境雄浑阔大，是千古佳句，点明题中的“望月”。这一句虽看起来平淡无奇，没有一个奇特的字眼，没有一分点染的色彩，却具有一种高华浑融的气象。“天涯共此时”由景入情，转入主题——“怀远”。前乎此的有谢庄《月赋》中的“隔千里兮共明月”，后乎此的有苏轼《水调歌头》词中的“但愿人长久，千里共婵娟”，这些都是写月的名句。它们虽体裁不同，旨意却大抵相同，都是借月思人。面对从海面上冉冉升起的皓月，诗人自然联想到远在天涯的亲友，他们此时可能也在对月思人吧。首两句紧扣诗题，点明主旨，情景交融，浑然天成。

颔联“情人怨遥夜，竟夕起相思”继续申明怀远之意。从月出东斗到月落乌啼，这一夜的清寒月色本是自然现象，与人毫无关系，但对远隔天涯的情人而言，因为思念彼此而意绪纷乱，久不能寐，只觉得长夜漫漫，故而落出一个“怨”字。这两句以“怨”字为中心，以“情人”与“相思”呼应，以“遥夜”与“竟夕”呼应，流水对句，自然流畅，一气呵成。

颈联“灭烛怜光满，披衣觉露滋”，由室内转写室外。竟夕相思不能入睡，怪谁呢？是屋里烛光太耀眼吗？于是灭烛，披衣步出门庭，但光线还是那么明亮。这天涯共对的一轮明月竟是这样撩人心绪，它那姣好圆满的光华让人生出怜惜之情，更加难以入睡。夜已深了，寒气更重，露水也沾湿了身上的衣裳。这里的“滋”字不仅是润湿，而且含滋生不已的意思，更显出凉意袭人，得见“情人”伫立望月之久。这两句细腻巧妙地通过景物的描绘塑造了一个深夜对月不眠的生动形象，传达出深切的相思之情。

尾联生发奇想，写诗人想向远人寄赠相思之物，但是有什么是可以相赠的呢？一无所有，只有饱含诗人满腔念意的月光。那么，如何才能赠送给亲友呢？既然不得，那还是回屋睡觉吧，也许还能在梦中与亲友欢聚。“不堪”两句，构思奇妙，意境幽清，没有深挚情感和切身体会恐怕是写不出来的。这里诗人暗用晋陆机“照之有余辉，揽之不盈手”的诗意，翻古为新，悠悠托出不尽情思。诗至此戛然而止，余韵袅袅，令人回味不已。

此诗以“共”字逗起情人，“怨”字逗起相思，具体描写了“情人”彻夜难眠的情境，传达出对远方亲友的一片深情厚谊。全诗语言自然浑成，运思精妙，意境清幽，情感深挚，为望月怀思的名篇。

闺　怨

王昌龄[1]

闺中少妇不知愁，春日凝妆[2]上翠楼。

忽见陌头杨柳色，悔教[3]夫婿觅封侯。

[注释]

[1]王昌龄(？—约756)：字少伯，京兆长安(今陕西西安)人。其诗以七绝见长，宫怨与边塞题材尤佳，或悲怆清幽，或高古劲健，或清新明朗，风格多样，有“诗家夫子王江宁”之誉，又被后人誉为“七绝圣手”。

[2]凝妆：盛妆。

[3]悔教：悔使，后悔让(人做什么)。

[品读]

唐代前期国力强盛，从军远征、立功边塞成为当时人们“觅封侯”的重要途径。在这种风气的影响下，“闺中少妇”成为众多诗人笔下的重要形象。从题目可知，这是一首典型的写闺中少妇悲思愁怨的诗歌。

首句起笔似乎与怨情没有丝毫关系。“闺中少妇不知愁”，但丈夫从军在外，她怎能没有一丝愁怨呢？从社会背景而言，科举制自隋朝兴起，到唐朝前期以来，门槛极高，录取人数很少，简直可以说是万中取一，因此通过科举走入仕途的路径十分艰难。与此相补充的是另外一条取得功名的重要道路，即从军远征，立功边塞。所以，闺中少妇的丈夫从军觅封侯的行为是当时社会的风气使然。单从此诗的结构层次和表现方式来看，这是一个铺垫，为后面写闺中少妇对美好生活的幻想破灭而推波助澜。

“春日凝妆上翠楼”是对“不知愁”的少妇的具体描绘。在春日阑珊的清晨，虽然想念从军的夫婿，但她还是精心装扮自己，登楼远眺，观赏这大好春光。她之所以“上翠楼”，一是看景，其实也暗含着对在远方征战的丈夫的遥望与思念；二是以乐景衬哀情，为接下来的转折积攒足够的力量。

第三句急转直下，“忽见”二字表现时间维度的匆忙，力沉千钧，突兀腾跃。看似是不经意的一瞥，可就这一眼，路边盎然绿意、充满活力和生机的杨柳已经勾起了闺中少妇对丈夫的思念。“柳”亦留，古代有“折柳送别”的习俗，“杨柳”被赋予了离愁别绪的含义。同时，“柳”又是春天的代名词，柳树勃发的时节已是晚春时节，这其中便蕴含了春光易逝、青春易逝的伤感。看到这大好的春光，她不禁感叹时光的流逝，后悔当初放行“觅封侯”的夫婿之意也溢于言表。这位开始并“不知愁”的闺妇，此时内心深处生出了极大的伤悲和思念。

作者一反常规写法，采用欲抑先扬的手法，名为“闺怨”，却从“不知愁”写起，铺排出一个不解世事、无忧无虑的青春女子形象，可谓独具匠心。作者使用这种不符合常规的表现方式，产生强烈的对比，正是为了更好地表现闺中少妇由“不知愁”到“悔教夫婿觅封侯”的心理转变过程，虽看似突兀，但又合情合理，生动地展现了少妇细微的心态变化，似浅而深，颇有余韵。

无　题

李商隐[1]

相见时难别亦难，东风[2]无力百花残。
春蚕到死丝[3]方尽，蜡炬成灰泪始干。
晓镜但愁云鬓改[4]，夜吟应觉月光寒。
蓬山[5]此去无多路，青鸟殷勤为探看[6]。

[注释]

[1]李商隐(约813—约858)：字义山，号玉谿生，又号樊南生，祖籍怀州河内(今河南沁阳)，晚唐著名诗人，与杜牧合称“小李杜”，与温庭筠合称“温李”。其诗情思婉转，辞藻精美，构思新奇，声调和美，颇具美感，但部分诗歌过于隐晦迷离，难于索解。

[2]东风：春风。

[3]丝：与“思”谐音，以“丝”喻“思”，含相思之意。

[4]镜：用作动词，照镜子的意思。云鬓：女子多而美的头发，这里比喻青春年华。

[5]蓬山：蓬莱山，传说中的海上仙山，指仙境。

[6]青鸟：神话中为西王母传递音讯的信使。探看(kān)：探望。

[品读]

这是一首著名的爱情诗，表现了诗人对爱情的忠贞和对爱人极为真挚的思念。

首联直接入题，描写了爱情的不幸遭遇和抒情主人公的心境。由于受到某种力量的阻隔，一对情人已经难以相会，分离的痛苦使她不堪忍受。首句两个“难”字，构成一定的递进关系。第一个指相见艰难，第二个是难以分离，均含有无限的哀愁，又因重复用字而给人轻微的突兀感，造成了诗句的绵曲连贯之势，使相见无期的离别之痛显得异常低回婉转和分外缠绵深沉。次句托景寄意，晚春时节，东风无力，花草纷纷败谢，美好的春天即将远去，象征着主人公与爱人美好生活的结束。本已伤怀如此，面对的又恰是春光将逝、百花凋残的暮春景色，更使她悲怀难遣，字里行间蕴藏着无尽的惆怅哀怨。“东风无力百花残”既写自然环境，亦写心境，物我交融，心灵与自然取得了精微的契合。

颔联更是娓娓动人、广为流传的千古名句，用春蚕和蜡烛比喻主人公的爱情观念。“春蚕”句首先是人的眷恋缠绵同春蚕吐丝绵绵不尽之间的联想，“丝”与“思”谐音，暗喻相思，又从蚕吐丝到“死”方止推移到人的感情之生死不渝。“蜡炬成灰泪始干”则比喻自己为不能相聚而痛苦，无尽无休，仿佛蜡泪直到蜡炬烧成了灰才流尽一样，表现出思念一刻也不能停止，眷恋之深由此可见。这两句既有失望的悲伤与痛苦，也有缠绵、灼热的执着与追求。两个比喻极为恰切地表现了如此复杂的心理状态，深刻透彻而又自然贴切。

颈联开始转入外向的意念活动。“晓镜但愁云鬓改”写的是作者自己，“夜吟应觉月光寒”则是想象对方。主人公于夜间因痛苦而憔悴，是因为爱情的追求不得实现；清晨又为憔悴而痛苦，是为了爱情而希望长葆青春。这种昼夜回环、缠绵往复的感情，表现了抒情主人公极为执着纠结的心曲。“夜吟”句又推己及人，“应觉”字是揣度、料想的口气，表明这一切都是自己的想象，揣测对方大概也是夜不成寐，常常吟诗遣怀，但是愁怀深重，无从排遣，所以越发感到月夜的凄清，渲染了浓重的冷寂色调，映衬出心理上的悲凉。此联虽为设想之辞，但想象丰富，意境优美，写出了分别后双方的孤寂之感。

想象越具体，思念越深切，便越会燃起相见的渴望。既然相见无望，只好请使者为自己殷勤致意，代替自己去看望对方。尾联运用神话传说，写出主人公深切的相思之情。虽然二人不得以相见，但主人公仍然希望有人传递彼此的消息，以慰朝思暮想的痴情。以仙境比为对方居处，将之喻为神仙中人，既表现出主人公对爱人的爱慕之深，又为全诗增添了浪漫气息，使之更富有诗情画意。

李商隐的《无题》大都写得婉转含蓄，曲折隐晦，有一种迷离恍惚之美，此诗亦然。该诗长于用典，语言清雅明丽，构思巧妙新颖，音律和谐，意境朦胧，从头至尾都融汇着痛苦、失望却又缠绵、执着的感情，连绵往复，具有强烈的艺术感染力。

瑶瑟怨

温庭筠[1]

冰簟银床梦不成[2]，碧天如水夜云轻。

雁声远过潇湘去[3]，十二楼[4]中月自明。

[注释]

[1]温庭筠(？—866)，本名岐，字飞卿，太原(今山西太原市西南)人。精通音律，与李商隐齐名，时称“温李”。词多写闺情，刻意求精，注重声情，富艳精工，被尊为“花间鼻祖”。

[2]冰簟(diàn)：清凉的竹席。银床：洒满月光的床。

[3]远：一作“还”。过：一作“向”。

[4]十二楼：原指神仙的居所，此指女子的住所。

[品读]

这首七言绝句中没有出现一个怨字，但字字句句都在抒写少妇在别离时的悲怨。瑶瑟指镶玉的华美的瑟。在中国古典诗词中，瑟往往同琴合用，以两者声调的和谐，比作夫妻关系的和美。这首《瑶瑟怨》的诗题就包含了许多意蕴。

“冰簟银床梦不成”，首句没有直接写女主人公因伤离念远而难以入眠，而是写她寻梦不成，暗示了女主人公的一夜辗转。这正是因为团聚的渺茫难期，只好将希望寄托在虚幻的梦里。可此时，梦也难成，梦中相见的微小愿望竟然也无法实现。这种侧面描写的表现手法更深一层地表现出别离的时间之久远，思念的感情之深挚，对会合遥遥无期的失望之强烈，因为陪伴着自己的只有散发着秋天凉意和寂寞气息的“冰簟”和“银床”。

次句转而写景，从视觉角度展开。抬头所望，秋夜的长空澄碧，月光皓洁似水，偶尔有几片飘浮的云絮在空中轻轻掠过，更显出夜空的澄澈与空旷，呈现出一幅清明淡远的碧空夜月图，意境清丽而略带寂寥。这既是女主人公活动的环境背景，又是她眼中所见的景物；既衬托出人物皎洁轻柔的形象，又透露出清冷寂寞的意绪。

第三句承上而来，变换听觉角度。夜月朦胧，大雁从碧天划过，只闻其声，不见其物。“雁声远过”，写出了雁声自远而近，又由近而远，渐渐消失在长空之中的过程，暗示出女主人公凝神屏息、倾听雁声南去而若有所思的情状。古有湘灵鼓瑟和雁飞不过衡阳的传说，此处亦有雁去潇湘的联想，似乎在暗示女子所念之人在遥远的潇湘。寂静深夜中大雁的鸣叫更渲染了全诗清冷孤寂的情调。

“十二楼中月自明”，诗的最后一句似乎脱离了对女主人公的描写，只写到了明月下的“十二楼”。这或许借以暗示女主人公是女冠者流，或许借以形容楼阁的清华说明女主人公的贵族的身份。“月自明”的“自”字用得很有韵味，月无情，人有意，清月不明离人的悲苦，一夜明照高楼，而孤居独处高楼之上的离人面对明月，只会勾起别离的情思和团圆的期望。诗人虽只写了浸润于月光中的高楼，但楼中孤苦思怨的女主人公仿佛完全融入这凄清冷寂的月光中了。该句以景结情，平添了悠然不尽的余韵。

全诗除“梦不成”三字点出人物以外，全是景物描写。冰簟、银床、秋夜、碧空、明月、轻云、南雁、潇湘，以至笼罩在月光下的玉楼等诸多意象，组成了一幅清丽而又充满寂寥哀伤情调的画图，统一在一片轻柔朦胧的月色中。这一切都委婉地表达了主人公相思别离之愁绪，虽无怨字，却怨意自生。

蝶恋花

柳　永[1]

伫倚危楼风细细，望极春愁，黯黯[2]生天际。草色烟光残照里，无言谁会凭阑意。　　拟把疏狂[3]图一醉，对酒当歌[4]，强[5]乐还无味。衣带渐宽[6]终不悔，为伊消得人憔悴。

［注释］

[1]柳永(约 987—约 1053)，原名三变，字景庄，后改名永，字耆卿，因排行第七，又称“柳七”，崇安(今福建武夷山市)人。其词多写都市繁华和市民情事，以及羁旅行役之感。他善制新调，用赋笔写慢词，运用俚俗的语言、淋漓的铺叙、平淡的白描创造了雅俗相兼的艺术风格，对宋词的发展产生了深远影响。

[2]黯黯：迷蒙不明。

[3]疏狂：粗疏狂放，不合时宜。

[4]对酒当歌：语出曹操《短歌行》。当，与“对”意同。

[5]强：勉强。

[6]衣带渐宽：人逐渐消瘦。《古诗十九首·行行重行行》：“相去日已远，衣带日已缓。”

[品读]

这是一首叙写春愁、抒怀人的感情的佳篇。上片登高望远，就景叙情，含蓄凝重，凄切动人；下片赋笔铺陈，淋漓尽致地表现了词人内心世界的苦闷与纠结。

上片首写伫立高楼，倚栏远望，暗起春愁。首句“伫倚危楼风细细”，由登高念远发端，是词中常见的开篇写法。主人公独自站在高楼之上，静静感受着微风吹拂，在寂静深沉的气氛中极目远眺，将读者带入一个高深迥远的境界。词人所望何物？原来是一片暮春景色，遂引发了无尽的愁绪。“望极春愁，黯黯生天际。”“春愁”本是无形的，看不见，也摸不着，但在词人眼中，“春愁”有了重量，有了色彩，有了形态，它暗淡得如一团阴影从遥远的“天际”缓缓升起，由淡而浓，由远而近，笼罩大地，也压上心头。这一想象奇特而又真实，虽以虚笔写之，但虚中有实，虚实相生。它是词人在夜深人静的环境中陷入冥想、移情于物的结果，是词人心情的苦闷与环境的幽暗融为一体的结果。

“草色”两句，具体描写引逗春愁的暮春景象。“草色”“烟光”“残照”，这些略带昏暗萧条色调的意象组合在一起，构成了一幅迷蒙凄楚、令人心动的画面。离离的春草、淡淡的轻烟、广漠而空阔的残照，所见皆为冷落景象，一种凄楚悲凉的气氛无不浸染着充斥天地、绵延不绝的“春愁”。接下来由景自然过渡到情，“无言谁会凭阑意”，自己的满怀愁绪能向谁述说呢？谁又能真正理解自己的心思呢？这进一步点明了愁绪的无法开解，伤高念远之意已稍显，却未点破“春愁”的具体内容，含而不露，给读者留下了广阔的想象空间。

“拟把疏狂图一醉”，狂澜突起。为求在感情的重压下得以暂时的解脱，词人想一醉解千愁。无奈所有的努力都是徒劳的，“对酒当歌，强乐还无味”，狂歌纵饮后词人仍觉索然无味，更受煎熬。“拟把”宕开一笔，似乎还可开解；“强乐”五字又一笔勒转，仍合到“春愁”上。笔势的开合有力地突出了愁情的深度和强度。词由上片的“伫倚”“无言”，到下片的“疏狂图一醉”“对酒当歌”，一静一动，一抑一扬，一幽婉一高亢，准确恰当地表达了词人思想感情的波澜起伏和内心世界的强烈挣扎。终于被逼出的“为伊”两个字，让读者茅塞顿开。“衣带渐宽终不悔，为伊消得人憔悴”，结尾两句以健笔写柔情，自誓甘愿因思念伊人而日渐消瘦与憔悴。“终不悔”表现了主人公坚毅、痴情、执着的态度，词境也因此得以升华，遂成为歌颂爱情的绝唱，流传千古。王国维在《人间词话》中说：“古今之成大事业、大学问者，必经过三种之境界：‘昨夜西风凋碧树，独上高楼，望尽天涯路。’此第一境也。‘衣带渐宽终不悔，为伊消得人憔悴。’此第二境也。‘众里寻他千百度，蓦然回首，那人却在，灯火阑珊处。’此第三境也。”王国维将“衣带”二句作为古今成大事业、做大学问者所必须经历的一种境界，这当然不是柳永词的原意，但正说明了这两句的语言具有高度的概括性和感发力。

此词语言质朴，情景交融，铺叙点染，音律谐婉，构思巧妙，尤其采用“曲径通幽”的表现方式，一波三折，把漂泊异乡的落魄感受同怀恋意中人的缠绵情思融为一体，情感真挚，激情回荡，具有强烈的感染力，颇具柳词的抒情特色。

阮郎归

晏几道[1]

旧香残粉[2]似当初，人情恨不如。一春犹有数行书，秋来书更疏。　　衾凤[3]冷，枕鸳[4]孤。愁肠待酒舒。梦魂纵有也成虚，那堪和梦无？

[注释]

[1]晏几道(1038—1110)，字叔原，号小山，晏殊之子。工于小令，词风似父而造诣过之。其词主要写爱情生活，语言清丽，感情深挚，多伤感凄婉之调，有《小山词》留世。

[2]旧香残粉：旧日残剩的香粉。

[3]衾凤：绣有凤凰图纹的彩被。

[4]枕鸳：绣有鸳鸯图案的枕头。

[品读]

这是一首思妇词，“人情恨不如”是它的题旨，主要抒写了居者对行者的思念。上片写人，情不如物，表达男子的薄情和女子的痴情。下片由眼前的忧思转述到夜间的愁思，诉说其处境的悲凉和相思的痛苦。

上片起句中的“旧香残粉”虽然是写物，但更深层的是借其“似当初”来影射人的无情。作者将“旧香残粉”这种本是无情的物和充满着相思之情的“人”相比照，以“物有情”比照“人无情”，由物及人，以“旧香”比人情。女子情意如初，男子爱意却渐行消退，女子的怨恨之情油然而生。其实，不管是物也好，人情也罢，在时空的作用下，都会发生变化，词人就是通过时空的巨大反差发出了今不如昔、岁月无情的感慨。

次句通过对具体行为的描写和时间的变化进一步深化“人情恨不如”。“一春犹有数行书，秋来书更疏”，随着“春”“秋”时间的推移，岁月的变迁，情爱逐渐淡薄。从当初的“数行书”到“书更疏”，暗示了情郎与自己越来越疏远，以至于失去联系。当初的海誓山盟、海枯石烂，现在早已烟消云散、去无踪影。

下片采用倒叙的方法，通过女主人公夜晚处境的凄凉，进一步表现她的相思愁绪。起拍二句“衾凤冷，枕鸳孤”和“旧香残粉”相照应，通过“衾凤”和“枕鸳”这种客观的物象，映衬人的“冷”“孤”之情；由衾枕上的凤凰和鸳鸯，比照自己的孤独处境，淋漓尽致地展现了女主人公独守空房、痴心苦等的情态，从而反衬出对方的刻薄无情。“愁肠待酒舒”，是希望通过借酒浇愁，缓解或释放内心的愁闷。

然而，酒入愁肠愁更愁，无奈之下，主人公只好求助于虚幻的梦境，结果如何呢？“梦魂纵有也成虚，那堪和梦无”，落笔可谓惊天动地。虽然梦中相见仅是虚幻，却能稍稍得到宽慰，于是借着醉酒，做一场梦中相会的旧梦吧。但即使如此可怜的希望也被打破，梦也梦不成。此二句用递进的手法，言往日梦中尚能相见，而今连梦也没有了，顿显绝望之意，悲痛凄怆至极。

此词语言浅白晓畅，立意新颖，别出心裁，运用对比、递进的表现手法，一波三折，一唱三叹，跌宕起伏，引人无限遐想，韵味无穷。

卜算子

李之仪[1]

我住长江头，君住长江尾。日日思君不见君，共饮长江水。

此水几时休[2]，此恨何时已。只愿君心似我心，定不负相思意[3]。

[注释]

[1]李之仪(约1035—1117)，字端叔，自号姑溪居士、姑溪老农，沧州无棣(今属山东)人。元祐末年从苏轼于定州幕府，朝夕唱酬。他长于作词，佳作有余味，但总体不及其他苏门文人。

[2]休：停止。

[3]定：此处为衬字。在词规定的字数外适当地增添一二不太关键的字词，以更好地表情达意，谓之衬字，亦称“添声”。

[品读]

这是一首感情沉郁、意味隽永的相思词。北宋崇宁二年(1103)，仕途不顺的李之仪被贬到太平州。祸不单行，先是女儿及儿子相继去世，接着，与他相濡以沫四十年的夫人胡淑修也撒手人寰。事业受到沉重打击，家人连遭不幸，李之仪跌落到了人生的谷底。这时，一位年轻貌美的奇女子出现了，就是当地绝色歌伎杨姝。她的一曲《履霜操》触动李之仪，二人成为知音。这年秋天，李之仪携杨姝来到长江边，面对滚滚东逝奔流不息的江水，心中涌起万般柔情，写下了这首千古流传的爱情词。

词以长江起兴。开头两句，“我”“君”对起，一住江头，一住江尾，一此一彼，足见双方空间距离之悬隔，也暗示相思之情的绵长。重叠复沓的句式加强了咏叹的情味，仿佛可以感触到主人公深情的思念与叹息，在闺阁之中翘首思念的女子形象于此江山万里的悠广背景下逐渐凸显出来。

三、四两句，承接江头江尾的万里遥隔，引出“日日思君不见君”的词之主干。同住长江之滨，便又带出“共饮长江水”。如果我们孤立地读这两句，似乎颇无味，但如果把这两句与开头两句连起来吟诵，便觉笔墨之外别具一段深情妙理。该句字面意思虽然直白浅显，但细味之下颇具情韵。尽管思而不见，毕竟还能共饮长江之水，借“共饮”来慰藉相思离隔之恨。词人只淡淡道出“不见”

与“共饮”的事实，隐去它们之间的转折关系，任人揣度吟味，却使词情分外深婉含蕴。

下片换头用接字法，以江水比兴，推进一层。“此水几时休，此恨何时已”，承“思君不见”进一步抒写别恨。江水源远流长，永不止息，恰似我的离愁别恨，绵长无尽。用“几时休”“何时已”的口吻，一方面表明主观上祈望恨能“已”，另一方面又暗示客观上的无能为力。江水永无不流之日，自己的相思之恨也会像这江水一样永无消歇之时。

写到这里，词人觉得现实已经无力挽回，只能寄希望于他者，发出“只愿君心似我心，定不负相思意”的慨叹。我的相思像江水一样不竭，自然希望“君心似我心”。纵然不能飞越江头江尾，两相挚爱的心灵却可如悠悠长江水一样遥相会通。如此一来，单方面的相思变为双方的期许，无已的别恨便化为永恒的相爱与期待，被阻隔的双方在心灵上得到了滋润与慰藉，江头江尾的遥隔反而成为感情升华的条件。

李之仪寄情江流，用清新明快的语言、重叠复沓的句式，弹奏出一曲真切动人的恋歌，轻盈流畅而无艰涩之感，具有浓郁的民歌风情。

八六子

秦　观

倚危亭，恨如芳草[1]，萋萋刬[2]尽还生。念柳外青骢[3]别后，水边红袂[4]分时，怆然暗惊。　无端天与娉婷[5]，夜月一帘幽梦，春风十里柔情。怎奈向[6]、欢娱渐随流水，素弦声断，翠绡香减，那堪片片飞花弄晚，蒙蒙残雨笼晴。正销凝，黄鹂又啼数声。

[注释]

[1]恨如芳草：指离愁如草一样繁杂。李煜《清平乐》：“离恨恰如春草，更行更远还生。”

[2]刬(chǎn)：同“铲”。

[3]青骢(cōng)：毛色青白相间的马。

[4]红袂(mèi)：红袖，指女子或情人。

[5]娉(pīng)婷：美貌，指美人。

[6]怎奈向：怎奈、如何。宋人方言，“向”字为语尾助词。

[品读]

此为一首怀人之作，抒写作者与他曾经爱恋的一位歌女之间的离别相思。秦观当时三十二岁，还未登进士第，更未能谋得一官半职。在这种处境下，忆想起以往与佳人欢娱的美好时光，展望今后的人生路程，不免感怀身世，有所慨叹。

词的上片临亭远眺，回忆与佳人分手，以情直入。“倚危亭，恨如芳草，萋萋刬尽还生，”开门见山，登楼远眺，直入一个“恨”。词人凭倚在高高耸立的楼阁之上，心中的离恨就像那萋萋芳草，铲不尽，复又生。以眼前的“芳草”隐喻离恨，不但形象生动，而且强化了离愁之不断、思念之永远。“念柳外青骢别后，水边红袂分时，怆然暗惊”，忆及“柳外”“水边”分手之时，词人以“怆然暗惊”抒发感受，落到现实，含无限凄楚。“青骢”对“红袂”，指代男女二人，即说明二者的关系，又将分离置于如此亮丽的色彩中，反衬分离的忧愁。

下片从往昔回到现实，继续铺写其别离之根。“无端天与娉婷，夜月一帘幽梦，春风十里柔情”，用拟人手法，埋怨上苍赐予她花容月貌，使他神魂颠倒。月色朗朗，映照着闺阁的帘幔。帘幔之中，美人梦境幽幽，梦见春风如水，十里柔情。而今，两地分离，伤感无尽。接下来五句写往事如流水，佳人难再逢。词人用“怎奈”“那堪”等词语进一步把与佳人分手之后的离愁别绪与仕途不顺的身世之“根”融于一处，并使之具体化、形象化。其中，“欢娱渐随流水”又是以水寓情，将过去的欢愉之情比作流水一样远去，剩下的只有忧愁。“片片飞花弄晚，蒙蒙残雨笼晴”的凄迷之景，更增添了词人的烦闷惆怅。尾句“正销凝，黄鹂又啼数声”，刹住情感的直泻，以景结情，以声作结，急转直下，声情并茂。一个“又”字，既与起笔“倚危亭，恨如芳草，萋萋刬尽还生”遥相呼应，又再次突出了前词所述的思想情境，真可谓意蕴境中，韵逸言外，凄楚伤感之思自在其中。

全词大量运用对句，如“夜月一帘幽梦，春风十里柔情”“素弦声断，翠绡香减”等，语言工丽，意象鲜明，情辞相称，含不尽之情韵，令人回味无穷，特别体现了秦观词“专主情致”的特点。

一剪梅

李清照[1]

红藕香残玉簟[2]秋。轻解罗裳，独上兰舟。云中谁寄锦书[3]来？雁字[4]回时，月满西楼。　　花自飘零水自流。一种相思，两处闲愁。此情无计可消除，才下眉头，却上心头。

[注释]

[1]李清照(1084—1155)，号易安居士，齐州章丘(今山东章丘西北)人，有“千古第一才女”之称。前期词多写悠闲生活，风格明丽；后期多悲叹身世，情调感伤。她善用白描，语言清新，构思精巧，声律谐调，为婉约派代表词人。

[2]玉簟：洁净如玉的竹席。

[3]锦书：据《晋书》记载，窦滔妻苏氏曾织锦为《回文璇玑图诗》，寄给丈夫，后人称妻寄夫信为锦书。这里是反用其义，指在外的丈夫寄给妻子的信。

[4]雁字：群雁飞行时常排成“一”字或“人”字，诗文中因以雁字称群飞的大雁。

[品读]

此词是李清照前期的作品，当作于婚后不久。根据李清照带有自传性的《金石录后序》所言，宋徽宗建中靖国元年(1101)李清照嫁与赵明诚，由于有共同的兴趣爱好，婚后伉俪之情甚笃。之后，丈夫宦游四方，二人时常别离，不免勾起她的许多思念之情，写下了多首相思词篇。这首工致精巧的《一剪梅》是其中的代表作，寄寓着作者不忍离别的一腔深情。

起句领起全篇，“红藕香残”写室外之景，“玉簟秋”写室内之物，交代了作词的时间是清秋时节。花开花落既是自然界现象，也是悲欢离合的人事象征；枕席生凉既是肌肤触觉，也是凄凉独处的内心感受。起句笔调清丽，意境蕴藉，不仅刻画出四周景色，亦烘托着词人情怀，为全词定下了幽美清冷的抒情基调。

接下来的五句依时间顺序描写词人一天所做之事、所触之景以及所生之情。“轻解罗裳，独上兰舟”，写的是白日在水面泛舟的事情，“独”字暗示着词人的孤独处境，暗含离情。“云中谁寄锦书来”，写对丈夫书信的期盼。对此，词人没有给出答案，而是以“雁字回时，月满西楼”构成一种目眩神迷的意境。此处尤显独特的表现手法，因为按照逻辑顺序，应是在月满之时登上西楼，望云中，见回雁，而思及谁寄锦书来，但词人一反逻辑，先逗引起读者的思考，再叙写现实情况——明月自满，人却未圆；雁字空回，锦书来有，所以才有“谁寄”之叹。“谁寄”，即无人寄也。词人因惦念丈夫行踪，盼望锦书到达，遂从遥望云空引出雁足传书的遐想。

下片首句承上启下，词意绵延。“花自飘零水自流”，既是写景，又含比兴，其所展示的花落水流、自相飘零之景，与上片的“红藕香残”“独上兰舟”遥相呼应。其中蕴含人生有限、年华流逝、爱情离别之感，增添了许多凄凉无奈之恨意。

接下来，词人通过内心独白，由间接抒情转为直接抒情。“一种相思，两处闲愁”，由自己的相思之苦、闲愁之深，联想到遥远的对方，认定对方肯定也会如词人一样饱含相思。对上片“云中”句加以补充和引申，说明尽管天长水远，锦书未来，但两地相思之情却从未停止，足证双方情爱之笃与彼此信任之深。从“一种相思”到“两处闲愁”，是两情的分合与深化。其分合，表明此情是一而二、二而一的；其深化，则诉说此情已由“思”化为“愁”。正因人已分在两处，心已笼罩深愁，此情自然难以排遣，无法消除，只能“才下眉头，却上心头”。相思愁怨每时每刻都停留于眉间心上，斩不断，理还乱。“眉头”与“心头”相对应，“才下”与“却上”成起伏，语句结构工整，手法巧妙，具有很强的艺术吸引力，与《武陵春》中“只恐双溪舴艋舟，载不动许多愁”句有异曲同工之妙，皆为言有尽而意无穷。

全词语言浅显，不事雕琢，意境新奇邈远，笔法细腻委婉，感情浓郁深厚，充分体现了李清照善“用浅俗之语，发清新之思，词意并工”①的“易安体”特色。

---

① （清）彭孙遹：《金粟词话》，见唐圭璋编：《词话丛编》，721页，北京，中华书局，1986。

结 语

相思闺怨诗词或专写宫中失宠宫妃的孤寂悲怨，或抒发民间痴心思妇的别离苦情，或描写心念戍边征人妻子的幽思悲感，或借少女怀春、美人迟暮寄寓作者自己的人生感慨，内容广泛，寓意深远。作者多选择有悲郁基调的意象，营造幽深暗淡的场景，通过生动准确的形象塑造、细致入微的心理刻画和含蓄委婉的抒情手法，捕捉抒情女主人公敏感丰富的内心世界，真实而贴切地抒写她们的愁意怨绪，创造出凄迷感伤、情味丰赡的艺术境界，令人联想不断，回味无穷。

第五讲 赠友送别

导言

赠友送别诗词，顾名思义，就是指主客之间由于分离而赠别酬答的作品。由于古代通信和交通不发达，人们出门在外常常一别经年，再会难期，因此古人特别重视离别。“黯然销魂者，唯别而已矣！”（江淹《别赋》）早在先秦时期，古人就有了临别赠言的习俗。《诗经·大雅·烝民》言：“仲山甫徂齐，式遄其归。吉甫作诵，穆如清风。仲山甫永怀，以慰其心。”它记录了“临别作诵”的行为及其“以慰其心”的情感意义，此外，《邶风·燕燕》《秦风·渭阳》也咏唱了主人公的依依惜别之情。

随着社会生活的发展，人们的出行交游日益频繁，尤其对于文士来说，他们常因赴试、出使、迁谪、征戍、乡旅、归隐等原因，迁徙不定，四海为家。作为至情至性之人，诗人、词人在与挚友亲朋设宴饯别、折柳相送之时，不免以诗词相赠，述念心怀，故赠友送别一直是诗人、词人的重要题材。诗词作者常常选用杨柳、长亭、南浦、阳关、古道、夕阳、寒蝉、明月等意象，借以渲染离别时的凄楚氛围，借景抒情，为作品增添浓重的离愁别绪，如“南浦凄凄别，西风袅袅秋”（白居易《南浦别》）、“春风知别苦，不遣柳条青”（李白《劳劳亭》）、“忆君遥在潇湘月，愁听清猿梦里长”（王昌龄《送魏二》）等。亦有诗人、词人于歌颂感伤意绪之外另辟蹊径，在送别中寄寓理想抱负，呈现出豪迈激昂、洒脱旷达之格调，如“秋波落泗水，海色明徂徕。飞蓬各自远，且尽手中杯”(李白《鲁郡东石门送杜二甫》)、“尊前不用翠眉颦。人生如逆旅，我亦是行人”(苏轼《临江仙·送钱穆父》)。这些新精神的注入给一向充满感伤意绪的赠别诗词带来了新的风貌，很大程度上丰富了送别诗词的表现内容，提升了送别诗词的思想意义。

作品赏析

送杜少府之任蜀州

王　勃[1]

城阙辅三秦[2]，风烟望五津[3]。
与君离别意，同是宦游[4]人。
海内存知己，天涯若比邻。
无为在歧路[5]，儿女共沾巾。

[注释]

[1]王勃(650或649—676)：字子安，绛州龙门(今山西河津)人，“初唐四杰”之首。他自幼聪敏好学，早年应举及第。工诗，尤擅五言律绝，诗境壮阔明朗，展现初唐时代气息。

[2]城阙：唐代都城长安。辅：护卫。三秦：关中地区。项羽灭秦后，将此地分为三部分，封给秦国的三个降将，故称“三秦”。

[3]五津：岷江上的五个渡口，即白华津、万里津、江首津、涉头津、江南津，这里代指蜀州。

[4]宦游：因求仕或官职变迁而漂泊各地。

[5]歧路：岔路口，指分别之地。

[品读]

此诗是送别名作。“少府”是唐朝对县尉的通称。姓杜的少府要去四川做官，王勃在长安为他送别，临行前写了这首诗相赠。

首联“城阙辅三秦，风烟望五津”，笔势恢廓。首句描写关中一带莽莽苍苍的旷野平畴共同拱卫着长安城，突出了帝都的阔大气势与深沉的千年王气。次句写了巴蜀一带风尘烟霭、苍茫无际的地理特色，二者之间用一“望”字联结。这使读者恍惚间似乎模糊了其送别诗的性质，而将之定位于登临怀远之作。然细思之下，两句实紧扣诗题，点出了送别之地和行人将去之处的地势与风貌。虽无一字写送别，但离别之意与依恋之情已自然地流露出来。只是不同于一般送别诗，作者一开始先展开一幅壮阔的境界，显示了包举宇内的壮阔美。

颔联“与君离别意，同是宦游人”，紧承上联，明写离情，格调略微转入低沉。为求官而漂泊在外的人，离乡背井，已有一重离情，彼此又在客居中话别，再添一重别绪，寓有无限凄恻之情。此句有对自己的宽解，也含对友人的安慰，更见对友人的一片深情。此联以散调行之，以实转虚，文情跌宕，点明了离别的必然性。

颈联“海内存知己，天涯若比邻”，境界复从狭小转为宏大，情调亦从凄恻转为豪迈。远离并不能真正地分开知己，只要心意相通，就是天涯海角也如同比邻而居，一秦一蜀又算得了什么呢？诗句提出真挚永恒的友情是不受时间的限制和空间的阻隔的，表现了诗人开阔的胸襟、超凡脱俗的高远志趣和乐观豁达的性情怀抱。此联化用曹植“丈夫志四海，万里犹比邻”（《赠白马王彪》）的诗句，却更为凝练概括，冲淡了一般送别诗中低沉悲凉的情调，提高了全诗的精神境界，遂成为千古传诵的不朽名句。

尾联“无为在歧路，儿女共沾巾”，紧承上联，既是对朋友的叮咛，也是对自己情怀的吐露。它以劝慰之语收束全篇，在伤别中展示豪迈之情。整体格调从极高峻处落入舒缓，然后终止，这是一种极高妙的艺术技巧，更是一种感情的波澜洄溯，使整首诗如一曲美妙的乐章，有引曲，有过渡，有高潮，亦有纡缓回旋，给人以和谐优美的享受。

全诗仅四十字，却富含纵横变化，开合顿挫，其气脉流通，意境旷达，洗送别诗悲苦缠绵之态，体现出诗人高远的志向、豁达的情趣和旷达的胸怀，堪称送别诗中的经典。

芙蓉楼[1]送辛渐

王昌龄

寒雨连江夜入吴[2]，平明送客楚山孤[3]。

洛阳[4]亲友如相问，一片冰心在玉壶[5]。

[注释]

[1]芙蓉楼：原名西北楼，在今江苏省镇江市西北。登临可以俯瞰长江，遥望江北。

[2]连江：雨水与江面连成一片，形容雨很大。吴：三国时吴国在长江下游一带，所以称这一带为吴。

[3]平明：清晨。楚山：春秋战国时楚国在长江中下游一带，所以称这一带的山为楚山。

[4]洛阳：现位于河南省西部、黄河南岸。

[5]冰心：比喻纯洁的心。玉壶：道教概念，专指自然无为、虚无之心。

[品读]

此诗当作于天宝元年(742)，王昌龄被贬为江宁(今江苏南京)丞。辛渐是王昌龄的朋友，这次拟由润州(今江苏镇江)渡江，取道扬州，北上洛阳。可能陪他从江宁到润州，然后在此分手。此诗不仅抒写了惜别之情，还表达了不以贬谪为怀，不会因为遭到贬斥而变节的决心。

首句写送别前夜的自然景色。此次分别，发生在一个雨后凄清悄怆的深秋清晨。萧瑟秋风之中，迷蒙暮雨贴着江面而来，在天地之间织成一张无边无际的烟雨之网。“连”字极其生动地写出了疾雨蔽江而来的气韵。“入”字，着力处在雨中的浸润感。“连”和“入”的连用极写雨势的遮天蔽地，夜雨又增添了萧瑟的秋意，整个吴地都笼罩在一种凄寒的气氛之中，从而渲染出离别的黯淡愁绪。江雨的悄然而来却能为诗人如此分明地感知，暗示了诗人因离情萦怀而一夜未眠。这一幅水天相连、浩渺迷茫的吴江夜雨图，又展现了一种极其高远壮阔的境界，为下文的抒写铺垫了阔大的意境。

次句写平明送客的情形。雨后的清晨，雨止云收，天色已明，好友辛渐即将登舟北上。此时诗人应该有无数惜别的话要与朋友倾诉。然而，诗人并未做直接叙写。他遥望江北的远山，想到友人不久便将隐没在楚山之外，于是选用了“楚山孤”这一意象，从侧面暗示出自己此时孤寂的心境。一个“孤”字，既表现了楚山在蒙蒙水汽中不相连属的情状，亦是诗人内心精神世界的展现，孤独寂寥之情油然而生。

朋友辛渐马上就要离开了，将回到遥远的洛阳。洛阳是大唐的中心，也是诗人长年盘桓之所，那里有他众多的亲友故旧。对诗人而言，洛阴代表着乡音、乡味和乡愁。然而，作者并没有将别愁寄予随友人远去的江水，而是将离情凝注在矗立于苍莽平野的楚山之上。因为友人回到洛阳便可与亲友相聚，而留在吴地的诗人，却只能和这孤零零的楚山一样，伫立在江畔，空望着逝去的流水。一个“孤”字如同感情的引线，自然而然牵出了后两句叮咛之辞：“洛阳亲友如相问，一片冰心在玉壶。”诗人不是托辛渐问候洛阳亲友，而是转笔写洛阳亲友对自己的询问，构思十分巧妙。结句用恰切的比喻，表达了自己坚持廉洁操守、不愿同流合污的志向。诗人从清澈无瑕、澄空见底的玉壶中捧出晶亮纯洁的冰心，以告慰远方的亲朋，这就比任何相思的言辞都更能表达他对洛阳亲友的深情。

此诗借景抒情，以音调谐美、感情真挚见长，精巧的构思和深婉的用意融化在一片清空明澈的意境之中，浑然天成，含蓄蕴藉，余韵无穷。尤其是“一片冰心在玉壶”一句，因其比喻巧妙、含意丰富而成为广为传诵的名句。

送友人

李　白

青山横北郭[1]，白水[2]绕东城。
此地一为别，孤蓬[3]万里征。
浮云游子意[4]，落日故人情。
挥手自兹[5]去，萧萧班马鸣[6]。

[注释]

[1]郭：古代在城外修筑的一种外墙。

[2]白水：清澈的溪水。

[3]孤蓬：一种植物，干枯后根株断开，遇风飞旋，也称“飞蓬”。诗人用“孤蓬”喻指远行的朋友。

[4]浮云游子意：曹丕《杂诗》：“西北有浮云，亭亭如车盖。惜哉时不遇，适与飘风会。吹我东南行，行行至吴会。”后世用为典故，以浮云飘飞无定喻游子四方漂游。

[5]兹：此，意为从此而去。

[6]萧萧：马的嘶叫声。班马：离群的马，这里指载人远离的马。班，分别，离别；一作“斑”。

[品读]

早在战国时期，屈原就写下了“悲莫悲兮生别离，乐莫乐兮新相知”(《楚辞·九歌·少司命》)的句子。在通信极不发达的古代，一旦离别，很可能是天涯海角，再难见面了，因此那份愁肠百结也就自然而然地生发出来。然而，在盛唐，即便是这样适合慨叹的情境，也被演绎得别有一番滋味。这是一首情意深长的送别诗。诗人一生漫游四海，朋友遍及天下，每每临于歧路，则浩歌慷慨，情见于词，写了诸多送别亲友之作。例如，“金陵子弟来相送，欲行不行各尽觞。请君试问东流水，别意与之谁短长”(《金陵酒肆留别》)抒发的是依依惜别之情；“李白乘舟将欲行，忽闻岸上踏歌声。桃花潭水深千尺，不及汪伦送我情”(《赠汪伦》)表达的是绵绵酬答之意。

唐人气质发舒，自然于生离并不十分介怀。前文王勃的“海内存知己，天涯若比邻”(《送杜少府之任蜀州》)自不必说了，就连其略含悲酸不尽之意的“劝君更尽一杯酒，西出阳关无故人”(《渭城曲》)，也因为渭城的朝雨、客舍的新柳而平添了几分明丽的颜色。再看李白的这首诗，虽然暗寓着临歧失路之悲和俦侣无从之叹，但意境恢廓，笔势疏宕，自有一股苍莽浑厚的韵味。

首联“青山横北郭，白水绕东城”，以青山、白水、北郭、东城属对，点出送别的特定环境。青山白水，隐隐城堞，似乎有孟浩然“绿树村边合，青山郭外斜”(《过故人庄》)的悠遐意境。疏疏朗朗的简单几笔，便如一幅设色青绿的山水小景，给人视觉上的温暖流丽之感。然而，送别之地山横水绕，尚堪留恋，已暗含惜别之意。于是，诗人笔势转为沉郁：“此地一为别，孤蓬万里征。”原来这样明朗的景致竟然不是游赏之地，却是分别之处。用蓬草象征漂泊无依的游子，再加一“孤”字，更是写出了友人的孤独和作者心境的落寞。

颈联“浮云游子意，落日故人情”，分写双方的心理活动，既暗示人在长亭，即至日暮也不忍言别，又为整首诗增添了苍莽荒寒之感。用“浮云”与“孤蓬”相对，更强化了游子漂泊无根的凄惶无助。铺展在白水之上的落日余晖，虽注定要随夜晚的来临渐渐逝去，但此时此刻映照在即将远去的友人身上，渲染了离别将至的萧瑟气氛。

送君千里，终须一别。虽然二人不忍分手，一直话别至日落时分，但最终仍不免一别，故用“挥手”二句收束全诗。诗人和友人在马上挥手告别，频频致意。两匹马仿佛也懂得主人心情，不愿脱离同伴，临别时禁不住萧萧长鸣，似有无限深情，进一步衬托出离别之人的悲苦心情，亦烘托出深沉的缱绻友情，颇耐人寻味。

这首送别诗语言自然流畅，对仗工整，境界开朗，写得新颖别致，不落俗套。青山、流水、红日、白云相互映衬，色彩明丽。班马长鸣，形象鲜活，有声有色，充满了诗情画意。最终自然美与人情美交织在一起，情深意切，气韵生动，是李白的名篇。

送严士元

刘长卿[1]

春风倚棹阖闾城[2]，水国[3]春寒阴复晴。
细雨湿衣看不见，闲花落地听无声。
日斜江上孤帆影，草绿湖南万里情。
君去若逢相识问，青袍今已误儒生[4]。

[注释]

[1] 刘长卿(？—约789)：字文房，河间(今属河北)人。唐玄宗天宝年间进士，官至随州刺史，世称“刘随州”。其诗擅写山水之景，多借景抒情之作，长于五言，自称“五言长城”。

[2] 倚棹(zhào)：泊舟待发。阖闾(hé lǘ)城：今江苏苏州。

[3] 水国：水乡。

[4] 青袍：指唐朝九品官服。唐三品以上服紫，五品以上服绯，六、七品服绿，八、九品服青。儒生：诗人的自称。

[品读]

这是一首情致深婉、写物流畅的送别诗。严士元是吴(今江苏苏州)人，曾任官员外郎，是诗人的朋友。这首诗的写作年代和创作背景，现无可稽查。从诗的内容看，两人是在苏州偶然重遇，而一晤之后，严士元又要到湖南去，所以诗人写诗赠别。诗人通过描写送别友人途中所见景物，感慨宦海沉浮，朋友伤别，感叹怀才不遇，前途渺茫。

江南的春色是美的，南朝丘迟曾用纡徐从容之笔点染道："暮春三月，江南草长。杂花生树，群莺乱飞。"(《与陈伯之书》)曾为吴王阖闾所营造的苏州，更是江南的代表。然而，诗人显然无意描摹这春日迟迟的美景，映入他眼帘的是"春风倚棹阖闾城，水国春寒阴复晴"。阴晴不定、春寒料峭既已使得诗人心绪烦乱，不知所之，而征帆已挂、即将远行，更让人难以为怀。在春风乍起的时节，友人将起程作万里之行。二人执手相向，百感交集。回首往事，瞻念前途，心情就像水国变幻莫测的天气，忽晴忽阴，忽好忽坏，且浸润着初春的些许寒意。

"细雨湿衣看不见，闲花落地听无声。"这不是南宋释志南《绝句》中"沾衣欲湿杏花雨，吹面不寒杨柳风"的轻快愉悦，也不是北宋秦观《浣溪沙·漠漠轻寒上小楼》中"自在飞花轻似梦，无边丝雨细如愁"的淡淡闲愁。从字面上看，该句明白如话，但细细体味，又韵味无穷。雨丝轻细得让人无从感觉，花瓣轻柔得落地无声。一"看"一"听"，表明诗人不是被动地接受，而是主动地探求。他看过听过，却"不见""无声"，一无所获。花落满径，细雨湿衣，无声无息，本为寻常事，而诗人如此写来，大概是在与友人对谈之中，触及心中不愿面对之事，转而默然相对。在这霎时的沉寂中，诗人感到衣服已润湿，方知正下着细雨；看到花瓣在纷纷飘落，仔细去听，却无半点声响。这两句写出了一种极静的氛围，反衬出二人心中的沉重和忧郁。

"日斜江上孤帆影，草绿湖南万里情。"这是诗人想象的别后景象。薄暮下，孤帆远去；湖南青草之地，远水接天。这里说有友人乘舟离岸、溯江而上的身影，又有对友人将适之地的环境描绘，亦暗含二人在江边相送直到黄昏的难舍之意，以及诗人的无限感怀。诗句中有对友人的留恋，有对其仕宦前程的担忧，更有对友人孤帆远行的牵挂，其中也寓有对自己起伏不定的人生的感慨。万种深情，千般凄楚，于此生发。

"君去若逢相识问，青袍今已误儒生。"临行之前，诗人关照朋友，若遇到打听“我”的知己，请转告他们，“我”已为“青袍”所误。古之读书人，每每以匡正天下、得君行道为己任，儒家的传统观念使得读书人必须走入仕这条路，从而致君尧舜，光大门楣。然而这条路是充满荆棘的，迍邅世道，蹭蹬科场，以及宦海中的明枪暗箭，都可能使得一生被误，无法回头。如今诗人一领青衿，官微职卑，跋前疐后，动辄得咎。从这两句诗中，读者可以看出诗人既有对自己怀才不遇的感慨，同时，也有对朋友们的劝诫，抒发了自己久抑心头的愤激。

这首七言律诗气韵生动，音调谐美，景物描写细腻委婉，耐人咀嚼。其殊胜处在全篇毫不谈及分别，只是在后两句才点明送别的主题，用大量写景的句子勾勒描绘江南春寒时节的风物，给人凄清冷落之美，从而暗示出依依惜别之情与忧愁幽思之态，情景之间的互动融会达到了极高的境界。

别舍弟宗一

柳宗元

零落残魂倍黯然[1]，双垂别泪越江[2]边。
一身去国六千里[3]，万死投荒十二年[4]。
桂岭[5]瘴来云似墨，洞庭春尽水如天。
欲知此后相思梦，长在荆门郢树烟[6]。

[注释]

[1]零落：本指花、叶凋零飘落，此处用以自比遭贬漂泊。黯然：形容别时心绪黯淡伤感。

[2]越江：唐汝询《唐诗解》卷四十四：“越江，未详所指，疑即柳州诸江也。按柳州乃百越地。”

[3]去国：离开国都长安。六千里：据《通典·州郡十四》载，“(柳州)去西京五千二百七十里”，极言贬所距离京城之远。

[4]万死：历经无数次艰难险阻。投荒：被贬谪到偏僻边远的地区。

[5]桂岭：五岭之一，山多桂树，故名。柳州在桂岭以南，这里泛指柳州附近的山岭。

[6]荆、郢(yǐng)：古楚都，今湖北江陵西北。

[品读]

此诗作于元和十一年(816)春夏之交。韩醇《诂训柳集》云:"'万死投荒十二年',自永贞元年(805)乙酉至元和十一年(816)丙申也。诗是年春作。"柳宗元再贬柳州时,从弟柳宗直和柳宗一也随同前往。宗直到柳州后不久因病去世,年仅二十三岁,柳宗元伤悼不已。十余年来,柳宗元经历了充满坎坷的仕宦生涯,又不断面对着亲人的离散,所以,当柳宗一也要离开他奔赴江陵(今湖北)时,他不禁心生凄凉之感,写了这首诗为他送别。

永贞革新失败之后,主张改革的有理想有抱负的士大夫群体中的核心人物纷纷遭受厄运,或被宦官杀戮,或被流放穷裔。柳宗元亦未能逃脱这一命运,先是在出产"黑质而白章"的毒蛇的永州穷愁度日,继而被贬谪至更为偏远,自古被中原人视为畏途与"瘴疠之地"的柳州。此地距京都长安达数千里,瘴疠弥漫,百越杂处。在交通通信极不发达的古代,这种贬谪几乎意味着没有尽头的流放。与诗人情谊深笃的韩愈曾因"谏佛骨"而被贬谪潮州,他在与侄孙韩湘道别时悲叹道:"一封朝奏九重天,夕贬潮州路八千……知汝远来应有意,好收吾骨瘴江边。"(《左迁至蓝关示侄孙湘》)两位诗人这种极度的愁绪是相似的,并因传统士大夫政治理想的破灭更显痛彻心扉、无法纾解。本诗即这种愁绪的具体体现。

首联起势迅拔奇突,悲情无限,写送兄弟到越江边时,双双落泪,依依不舍,虽为人之常情,读来却字字泣血。诗人的贬谪之苦、孤寂之意,皆暗含其中,自悲身世又兼伤感离别。这两句诗既是铺叙,又是情语,其中"零落""残魂""黯然"等字眼充分表现出诗人苦涩伤痛的心境和兄弟之间深厚的骨肉情谊。

颔联"一身去国六千里,万死投荒十二年"中,极为凝练的四个数字,再加上"去国""投荒"等词语,叙写了诗人一生的政治遭际,表现了心中的不平和愤慨,内有千般惆怅、万种感伤。惜墨如金而叙事完备,感慨无限,非大手笔、真精神不能为此。这两句与同时代的刘禹锡用"巴山楚水"概括自己二十三年投闲散置的落魄生涯的心绪正自相通,其中所包蕴的寥落郁结之情亦同。

颈联主写景,景语亦是情语。"桂岭瘴来云似墨",写柳州瘴气弥漫,黑云翻墨，象征自己处境险恶，有时时陷于魑魅之手的危险。“洞庭春尽水如天”，遥想行人所去之地，春尽洞庭，水阔天长，预设柳宗一有一个美好的前程。一抑一扬，愁蕴其中；一南一北，志深笔长。唐人刘长卿送别友人，有诗云：“日斜江上孤帆影，草绿湖南万里情。”(《送严士元》)这也是悬想友人将去之所明媚美好，蕴含着诗人的自伤自嗟，也有对友人的勉励与慰藉。总之，情致是复杂而委曲的。

诗的尾联言二人一旦别离，从此以后将南北遥隔，恐怕只能寄以相思之梦了，情谊深切，意境凄迷。着一“烟”字结束全篇，确实状出了梦境相思的迷离恍惚之态，显得情深意浓，十分真切感人。

全诗苍茫劲健，雄浑阔远，感慨深沉，感情浓烈，对仗工整，写景、抒情整合无间，深得后世诗论家称赏。南宋严羽在《沧浪诗话》中说：“唐人好诗，多是征戍、迁谪、行旅、别离之作，往往能感动激发人意。”柳宗元的这首诗既叙“别离”之意，又抒“迁谪”之情，两种情意上下贯通，和谐自然地熔于一炉，确是一首难得的抒情佳作。

雨霖铃

柳　永

寒蝉凄切，对长亭[1]晚，骤雨初歇。都门帐饮无绪[2]，留恋处，兰舟[3]催发。执手相看泪眼，竟无语凝噎[4]。念去去[5]，千里烟波，暮霭沉沉楚天[6]阔。　　多情自古伤离别，更那堪，冷落清秋节！今宵[7]酒醒何处？杨柳岸，晓风残月。此去经年[8]，应是良辰好景虚设。便纵有千种风情[9]，更与何人说？

[注释]

[1]长亭：古代在交通要道边每隔十里修建一座长亭供行人休息，又称“十里长亭”，是古人送别的重要场所。

[2]都门：国都之门，这里代指北宋的首都汴京(今河南开封)。帐饮：在郊外设帐饯行。

[3]兰舟：传说鲁班曾刻木兰树为舟，这里用作对船的美称。

[4]凝噎：喉咙哽塞，欲语不出的样子。

[5]去去：重复“去”字，表示行程遥远。

[6]楚天：南方楚地的天空。

[7]今宵：今夜。

[8]经年：年复一年。

[9]纵：即使。风情：情意，指男女相爱之情。

[品读]

《雨霖铃》是柳永的代表作之一。此词写离情别绪，以冷落凄凉的秋景作为衬托，表达词人和情人难以割舍的离情，并暗含宦途失意的悲苦、漂泊天地的无奈，以及前途的暗淡和渺茫，达到了情景交融的高超的艺术境界。

上片主要写饯行时难舍难分的惜别场面。起首“寒蝉凄切，对长亭晚，骤雨初歇”三句为全词定下凄凉伤感的调子。寒蝉、长亭、骤雨确实是一个适合别离的场景。寒蝉凄切而鸣，长亭正值日暮，骤雨恰逢初停，寒凉之意溢满南浦，此时离人的心绪必然是惆怅落寞而无所适从的。句中几个简单的意象与字词，却真正做到了字字写景而字字含情。“都门帐饮”写离别的情形，指在京城门外设帐宴饮。“无绪”，指理不出头绪，有“剪不断，理还乱”的意思。人们一般认为失意时必然是幽怆满怀的，殊不知愁到深处却只剩下“无绪”——空空荡荡，不知何从。“留恋处，兰舟催发”，正在难分难舍之际，船家又阵阵“催发”，非常准确地刻画了现实的无情和词人内心的痛苦。“执手相看泪眼，竟无语凝噎。”终于到了不得不别的时刻，一对情人紧紧握着手，泪眼相对，谁也说不出一句话来。这两句用白描手法，把彼此悲痛、眷恋而又无可奈何的心情表现得淋漓尽致。“念去去，千里烟波，暮霭沉沉楚天阔”，这句写别后思念的预想。一个“念”字，告诉读者下面所写景物是想象的。别离是相对的，对于留下的那个人来说，膏沐不施，首如飞蓬，所念唯有沉沉暮霭，寥廓楚天，所见唯有脉脉斜晖，千帆过尽。漂泊的游子在强烈的思念中总是遥想自己所思念的人也思念着自己，这种真实的意绪反映在文字中就成了这种独特的写法，一代代地为诗人、词人们所因袭，虽时移世易，却总是情感相通。“去去”二字用得极好，言不愿去而又不得不去，且越去越远，包含了离人的无限凄楚。

下片着重写想象中别后的凄楚情景。江淹在《别赋》中说：“黯然销魂者，唯别而已矣!”词人把古人这种感受融化在自己的作品中，而且层层加码，造出新意。“今宵酒醒何处？杨柳岸，晓风残月”，写酒醒后的心境，也是他漂泊江湖的感受。这两句妙就妙在用景写情，真正做到“景语即情语”。“柳”“留”谐音，写难留的离情；晓风凄冷，写别后的寒心；残月破碎，写此后难圆之意。再从长远设想：“此去经年，应是良辰好景虚设。便纵有千种风情，更与何人说?”这四句更深一层地推想离别以后惨不成欢的境况。此后漫长的孤独日子怎么挨得过呢？纵有良辰好景，也等于虚设，因为再没有心爱的人与自己共赏。再退一步，即便对着美景，心有所感，又能向谁去诉说呢？总之，词人一切都提不起兴致了。这几句把词人的思念之情、伤感之意刻画到了细致入微、至尽至极的地步，也传达出彼此挂念、相思的愁闷。以问句结束全篇，又留下无穷的想象空间，韵味无穷。

柳永是音乐大家，此词充分利用《雨霖铃》这一词调声情哀婉、篇幅较长的特点，写得委婉凄恻，尽情尽致，读之令人感叹。全篇首尾连贯，层次清楚，详略得当，虚实结合，语言清丽，声韵错落有致，音韵节奏与内情表达完美结合，体现了作者善于驾驭长调慢词的艺术才能。

卜算子

送鲍浩然之浙东

王　观[1]

水是眼波横[2]，山是眉峰聚[3]。欲问行人[4]去那边？眉眼盈盈处[5]。　　才始[6]送春归，又送君归去。若到江南赶上春，千万和春住。

[注释]

[1]王观(1035—1100)：字通叟，如皋(今江苏如皋)人。宋仁宗嘉祐二年(1057)进士，官至翰林学士。其词学柳永，造语佻丽，构思新奇，情景交融，生动风趣。

[2]水是眼波横：水像美人流动的眼波。古人常以秋水喻美人之眼，这里是反用。

[3]山是眉峰聚：山脉就像美人蹙起的眉毛。《西京杂记》载卓文君容貌姣

好，“眉色如望远山”，时人效画远山眉。后人遂喻美人之眉为远山，这里是反用。

[4]行人：词人的朋友鲍浩然。

[5]眉眼盈盈处：一说比喻山水交汇的地方，另有说指鲍浩然前去与心上人相会。盈盈，美好的样子。

[6]才始：方才。

[品读]

此词题目一作《别意》，以新巧的构思和轻快的笔调在送别之作中别具一格。

词的上片写回程的山水行程，借景抒情，启人遐思，将山水塑造成会为离情别绪动容的有情之物，对仗工整，巧妙形象地描绘出眼前一幅诗情画意的山水情景，含蓄地表达了与友人的惜别深情。下片直抒胸臆，兼写离绪与对友人的深情祝福，将送春与送人联系在一起。送春含伤春愁绪，送人添别离恨意，然“若到江南”二句一笔宕开，将词人心中沉痛伤感的离情暂时搁置下来，情绪转而因对友人的祝福变得明朗起来。

此词的奇巧处首在譬喻，开篇“水是眼波横”两句匠心独运。前人惯以“眉如春山”“眼如秋水”之类的譬喻形容女子容颜之美，而词人直说水是眼波横转，山是眉峰攒簇，思致纤绵，清新可喜。其妙处又不只在于推陈出新，发想奇绝，而且运用移情手法，化无情为有情，使原本不预人事的山水也介入送别的场面，为友人的离去动容。借此绮丽的一笔，友人所往的江南山水一变而为美人的俏眉眼，活灵活现，盈盈动人。顺此笔势而下，词人的两大愁事——送春、送友——也全没了往常的缠绵徘徊，变得轻轻巧巧。送春也没什么愁，江南还留得一段春；送人也用不上悲，友人兴许还赶得上春，不如叮咛一句“千万和春住”。

古之送春送友词，很少不作凄凄切切、幽怆满怀之语，而细玩王观此词，既无牢落穷愁之态，更无悲伤憔悴之声，词中洋溢着的是润如酥油的熨帖，是美如明眸的清丽。分别又何妨，侬去处是眉眼盈盈，含情脉脉；春归又何妨，侬到时逢江南春好，群莺乱飞。归处若非朔风暮雪，送别又何妨春暖花开。山程水驿，得友人清词一曲，也应变得玉簪螺髻、罗带萦回了吧。此词在感情格调上一反送别词中惯常的悲悲切切，写得情意绵绵又富有灵性。千载而下的伤春惜春怀抱、伤别悲别愁肠，皆因这首轻盈灵致的小词而有所缓解，不由让人精神为之一振。

反复吟咏，读者越发能体会到此词的美妙意境和盎然情趣。水像美人流动的眼波，山如美人蹙起的眉毛。想问友人将要去哪里？要到那山水交汇的地方。刚送走了春天，又要送你回去。假如你到江南，还能赶上春天的话，千万要把春天的景色留住。古人有送春词，又有别友词，此词将送春与别友熔为一炉，幻化出如此清新自然、绮丽婉转的意境，读之不禁让人浮想联翩。

蝶恋花

早行

周邦彦

月皎[1]惊乌栖不定，更漏[2]将残，辘轳牵金井[3]。唤起两眸清炯炯，泪花落枕红绵[4]冷。　　执手霜风吹鬓影，去意徊徨[5]，别语愁难听。楼上阑干横斗柄[6]，露寒人远鸡相应。

[注释]

[1]月皎：月色洁白。《诗经·陈风·月出》：“月出皎兮。”

[2]更漏：刻漏，古代计时器。

[3]辘轳：井上用来拉吊桶的滑车。金井：用黄铜包裹的井栏，是富贵人家的象征。张籍《楚妃怨》：“梧桐叶下黄金井，横架辘轳牵素绠。”

[4]红绵：用棉花填充的红色枕头。

[5]徊徨：徘徊、彷徨的意思。

[6]阑干：横斜的样子，非指楼上的栏杆。唐人刘方平《月夜》：“北斗阑干南斗斜。”斗柄：北斗七星第五至第七的三颗星像古代酌酒所用的斗把，叫作“斗柄”。

[品读]

周邦彦是继柳永之后的婉约词大家，他的婉约之作，承续了晚唐以来的柔情绮靡之风，即如本篇，便不脱一般才子佳人相会离别的传统题材。然而，周邦彦的高明之处在于俗而能雅，蕴藉风流，入乎其内，出乎其外。这首《蝶恋花》便是此中佳作，写了一对情侣于深秋之晨离别时依恋不舍的情景，令人黯然神伤。

上片写别前情景。“月皎”句，点明夜深。月光分外明亮，巢中乌鸦误为天明而飞身鸣叫。月明惊鹊乃诗中常见之物象，一静一动，别具风致。“更漏”两句，点明将晓。辘轳金井，烘托出一派富贵气象，给人雍容气象之感，暗示这是高门深闺之中的情事，亦说明已有早起之人做汲水之事了。这几句分别从视觉和听觉入笔，暗示行者一夜未眠。更漏将残，天色将晓，故不得不唤人起，但被唤之人猛惊将别，故先眸清，继之以泪落，落泪至于湿透红绵，悲伤更甚。“两眸清炯炯”，描摹极为传神，写将别之人因为意识到这是最后一晚的缠绵而夜不能寐，对分别之不舍又化作清泪润湿了眼眶，于是双眸清炯，给人无限柔情，亦复无限不舍。

下片铺叙别时别后的情景，更是凄清透骨。“执手”句，为月下送别之状。柳永《雨霖铃》有：“执手相看泪眼，竟无语凝噎。”执手而不欲放，欲言而又复止，可谓写尽情人内心之凄楚。“风吹鬓影”，头发在秋季的晨风中微微拂动，写实极生动，说明离人心中悲苦，又难以表达，只好在远去之前将对方形象深深地刻在脑海之中。“去意”二句，看似写情，实则写动作，表现二人难分难舍的缠绵之情。词人几次要走，又几次转回，与情人相互倾吐离别情语。“别语愁难听”，难听不是口不择言，难于入耳，而是值此最难为怀之际，便是再巧于对答的人也拙于言辞，便是最富涵养的人也心生烦虑，觉得分别之言是那样不堪听、不忍听。“楼上”两句，为离人去后的景象，其句法实应为“楼上斗柄横阑干”，点明天将破晓，斗斜露寒，鸡声四起，新的一天将要来临，而那人却已然远去，留给主人公的只能是独自回味往日缱绻，并默祝离人征途安好。两眸清炯炯、泪落红绵冷是不容置疑的了，只不过之前是相对愁肠，此时却只能向隅而泣。

全词将别前、别时及别后之情景一一写到，描绘出一幅幅具有连续性的画面。词中并没有对情感的直接抒发，而是靠时间相续的四幅画面的巧妙组合，以及人物的动作和表情来完成的，再配合以不同的声响，生动呈现了凄楚伤感的送别情状，充分表达了沉重难解的离情别绪。

临江仙

送钱穆父[1]

苏　轼

一别都门三改火[2]，天涯踏尽红尘。依然一笑作春温[3]。无波真古井[4]，有节是秋筠[5]。　惆怅孤帆连夜发，送行淡月微云。尊前不用翠眉颦[6]。人生如逆旅[7]，我亦是行人。

[注释]

[1]钱穆：名勰，又称“钱四”。元祐六年(1091)春，钱穆赴任途中经过杭州，苏轼作此词相送。父：对有才有德的男子的美称。

[2]都门：都城(开封)的城门。改火：古代钻木取火，四季换用不同木材，称为“改火”，这里指年月的更替。

[3]春温：春天的温暖。

[4]古井：枯井，比喻人心寂然不动，不起波澜。

[5]筠：坚韧的竹皮，引申为竹之别称。

[6]翠眉：古代妇女的一种眉饰，即描画绿眉，也专指女子的眉毛。颦：皱眉头。

[7]逆旅：客舍、旅店。

[品读]

这首词是苏轼知杭州时，为送别自越州(今浙江绍兴)北徙途经杭州的老友钱穆而作。词人浸淫老庄多年，复直入禅关，精于佛理，故每每有精解超脱之语。而有宋一代，浓厚的理学的空气吹入文学的畛域，诗歌的坛坫也被覆盖，于是“理趣”便成了宋代文学的标志。这首《临江仙》可谓借送别写理趣的佳作。

词的上片写与友人的久别重逢。元祐初，苏轼在朝为起居舍人，钱穆为中书舍人，二人志趣相投，友情甚笃。元祐三年(1088)，钱穆出知越州，都门帐饮时，苏轼曾赋诗赠别。日往月迈，此次杭州重聚，已是别后的第三个年头了。三年来，钱穆奔走于汴梁、吴越之间，此次又远赴瀛州，真可谓“天涯踏尽红尘”。分别虽久，可二人情谊弥坚，相见欢笑，犹如春日之和煦。此词又化用白居易《赠元稹》中“无波古井水，有节秋竹竿”句，说明友人与自己尽管尝尽人生苦难，却都能坚持以道自守，始终保持耿介风节，暗示二人皆因性情耿介、不偕于俗而招致祸端，彼此的遭遇极为相似。写法上，该词先从时间着笔，回忆前次离别，再就空间落墨，概述仕宦生涯，接下来抒发对失意人生、所处逆境所持的达观态度，并用对偶连喻的句式，通过对友人的赞颂，表明自己的淡泊心境和坚贞操守。词的上片既是对友人的安慰，也是词人的自勉，寓有强烈的身世之感。

词的下片切入送别的主题，写月夜送别友人。“惆怅孤帆连夜发，送行淡月微云”一句，描绘出一种凄清幽冷的氛围，仿佛云与月亮都参与了送别的仪式，照人清愁。孤舟也落寞地泊在岸头，似乎知道它将要载着一个惆怅的人远去。“尊前不用翠眉颦”一句，意绪由哀愁转变为旷达、豪迈：我与你都是心如无波之井，命若不系之舟，因而一般送行宴席上的儿女沾巾之举都可以省去了。临别惆怅而又欢颜慰藉，这二者看似有矛盾，实则可以统一到强抑悲怀、勉为达观这一点上，这也符合苏轼宦途多年所锻炼出来的思想性格。词末二句言人生如寄，世间离别本也是常事，又何必为暂时离别伤情。既然人人都是天地间的过客，又何必计较眼前聚散和江南江北呢？又何必为人间的蜗角蛮触之争蹙额疾首、叹息弥襟呢？词末以对友人的慰勉和开释总收全词，既动之以情，又揭示出得失两忘、万物齐一的人生态度。

苏轼一贯的旷达襟怀使得他总能“游于物之外”，“无所往而不乐”(《超然台记》)，总是能以一种恬淡自安、随缘自适的态度来应对外界的纷纷攘攘，表现出超然物外、无往不适的洒脱情怀。此词一改送别词或缠绵感伤或慷慨悲壮的传统格调，创新意于法度之中，寄妙理于豪放之外，清韵悠然又不失理趣，笔势豪宕又颇具风致，洋溢着东坡式的达观与温醇，充分体现了作者的个性风貌。

贺新郎

送胡邦衡[1]待制

张元幹[2]

梦绕神州路。怅秋风，连营画角，故宫离黍。底事昆仑倾砥柱[3]，九地黄流乱注[4]？聚万落千村狐兔[5]。天意从来高难问，况人情，老易悲难诉！更南浦，送君去。　凉生岸柳催残暑。耿[6]斜河、疏星淡月，断云微度。万里江山知何处？回首对床夜语。雁不到、书成谁与？目尽青天怀今古，肯儿曹恩怨相尔汝？举大白[7]，听《金缕》[8]。

[注释]

[1]胡邦衡：胡铨(1102—1180)，字邦衡，号澹庵，南宋爱国名臣。

[2]张元幹(1091—约1170)：字仲宗，号芦川老隐、真隐山人，长乐(今属福建)人。金军南下时入李纲幕，坚决抗金，力谏死守。后忤秦桧，漫游江浙等地，客死他乡。其词风格壮阔，笔势雄姿，与张孝祥号称南宋初期“词坛双璧”。

[3]底事：何事。昆仑倾砥柱：古人相信黄河源出昆仑山，传说昆仑山有铜柱，其高入天，称为天柱。

[4]九地黄流乱注：喻金兵的猖狂进攻。

[5]聚万落千村狐兔：形象描写中原被金兵铁蹄践踏后的荒凉景象。

[6]耿：明亮。

[7]大白：酒杯名。

[8]金缕：曲调《金缕曲》《金缕衣》的省称。

[品读]

此词作于绍兴十二年(1142)。胡铨四年前因反对屈辱的“和议”，上书高宗请斩秦桧等人，被贬为福州签判，此时再度遭遣，编管新州(今广东新兴)。张元幹作此词为胡铨壮行，后因这首词下狱，削职为民。这首词极度地抒发了当时主战派被压抑迫害，回天无力之激愤，椎心泣血，感人肺腑。

词的上片述事感时，对金兵在中原故国的横遭掠杀和南宋朝廷的昏庸无能忧虑不已，抒发了对金国侵略的愤恨和对南宋统治者屈辱投降的悲愤。首句“梦绕神州路”，“绕”字既有身体徘徊故路之意，又有牵挂与不能忘怀之意。词人日夜思念北方故土，梦寐之中都围着故都汴京的街道回转，时时刻刻地牵挂着沦陷的山河。此为实景虚写，人心的惨痛溢于言表。赤县神州，只是因为人谋之不臧，尽陷于敌手，真让人心痛难忍！“怅秋风”三句，应写梦中所见的中原沦陷之惨。值此金秋时节，在萧萧的风声之中，一方面号角之声连绵不断，似乎武备军容，十分雄武；另一方面词人想起故都汴州已是禾黍稀疏，一片荒凉。以“怅”字领起，表达了面对此景时词人心中的浓重忧伤，传达了对中原地区的深沉怀念和收复失地的强烈愿望。此句将南宋局势缩摄于尺幅之中，以下便是由此发出的强烈质问之声。

是什么使国家变成了这个样子？词人发问的，同样也是经历天崩地解的巨大变局的人们所共同沉思的：为何似昆仑天柱般的黄河中流之砥柱，竟然一朝崩塌，以致浊流泛滥，使中原人民遭受痛苦，使九州之土全成沉陆？衣冠礼乐的文明乐土又因何变成狐兔盘踞横行的惨境？面对当时情境，词人不禁发出千古之问，这是志士之问，是勇士之问。继用杜少陵句“天意高难问，人情老易悲”(《暮春江陵送马大卿公，恩命追赴阙下》)，言天高难问，人间又无知己，只得胡公者一人同在福州，而今胡公又要分别，可知何其悲痛矣！上片一气呵成，苍劲有力，字字沉实，有掷地金石之响。突出了作者与友人共同的忧国思想。词人把个人的伤离放在了次要地位，使二人的离别不同于一般的分别，遂提升了词的境界。

下片转而写赠别，叙离情，追忆往事，以慰勉之语表现出朋友间的真挚友谊和共同的爱国情怀。首先铺叙送别场景，水畔饯别，夏末秋初，凉风吹过，柳枝随之飘起，驱散了残余的暑气，又仿佛在牵裾萦带，不忍友人的离去。“耿斜河”三句，表示夜已深，残月当空，疏星点映，语言节奏放缓，意境清幽，是以凄清之环境衬托离别时的气氛与心情，用语虽浅却意味深长。然后词人设想分别后的情形，表达怀念。此别之后，不知胡公流落之地将在何处，二人相距万里，想像过去一样共吐心事，已经是不可能的了。雁之南飞，不逾衡阳，而新州距离衡阳几许？宾鸿不至，书信将凭谁寄付？不但问天之意直连上片，而且痛别之情亦古今所罕。由眼前的送别，词人想到了今后可能书信难通，只能靠回忆述说友情，更深一层地表达了对友人离去的留恋和悲伤，格调悲壮沉郁。

然而，词之末尾，调子转而激昂。“目尽青天怀今古”照应“天意从来高难问”，远望天空，想到古今世态的变化，有四顾苍茫之感。“肯儿曹恩怨相尔汝”，言二人所关切的绝非个人的得失穷达，并不会像孩子一样只顾及个人恩怨，展现了彼此的高蹈情怀。既然无关“儿曹恩怨”，则直须看取万古江河。“举大白，听《金缕》”，饮尽此杯，听我唱一曲，为你壮行。词之结句，用豪放雄壮的笔调创造了激昂阔大的意境，既表现了词人顽强斗争的精神气质，又传达了对朋友的鼓励和支持，具有鼓舞人心的强大力量。

通观全词，它打破了历来送别诗歌的俗套与旧调，把个人的友情放到民族大义中进行咏叹，既有深沉的家国之痛，又有真切的朋友之情；既有悲伤的感慨，又有昂扬的勉励。特别是词的结尾所显示的与友人共勉的磊落襟抱和远大抱负，在当时是难能可贵的。

结 语

重团聚，怨别离，古往今来，文人墨客对于离别总是歌吟不绝。故国乡土之思、骨肉亲人之念、挚友离别之感牵动了众多旅人的心弦。临别赠行时，文人借诗抒写与亲友的不舍之意，表达对亲友的祈福祝好之情，或借之言心志、感世运、叹人生，亦有劝慰、激励和警示之意，内容多样，不一而足。这类诗词的表现手法与艺术风格也是丰富多彩，有的用语直白显露，明快流畅，词浅情深；有的选择借景言情，含蓄蕴藉，意味深长；有的着力渲染氛围，缠绵悱恻、令人泪下；有的全然抒发怀抱，力透纸背，激昂人心。“悲莫悲兮生别离”（屈原《楚辞·九歌·少司命》），赠友送别诗以其独特的魅力感染着读者，使人千载之下读之而可想见其离别场景，产生强烈的共鸣。

第六讲　羁旅怀乡

导言

羁旅怀乡，顾名思义，即抒写客居他乡的艰难孤寂、漂泊凄苦的心境以及对家乡和亲人的思念。故乡情结是人类的普遍情感，故乡之于个人，尤其是对安土重迁的中国古人来说，是心灵的港湾，精神的家园。诗人、词人因漫游、访友、求仕、贬谪、赴任等多种原因，长期滞留他乡，孤处一地，情绪不定，常生郁闷，于是将所见所闻所感融汇于笔下，表达无尽的乡愁、浓郁的亲情和失意的不遇情怀。

先秦时期，《诗经》《楚辞》中即已有羁旅内容，至汉朝尤其是汉末乱世，羁旅题材大量进入诗歌的表现领域。经过魏晋南北朝的发展，到唐宋时期，羁旅怀乡已经成为诗歌中一个极为重要的题材门类。诗人、词人通过鲜明的艺术形象和凄清的环境渲染，融情入景，又采用虚实相生、今昔对比的手法，抒写亲朋的离散、旅途的艰难、客居的寂寥、仕途的不顺、归思的无望，展示人生的坎坷、世事的难料、理想的幻灭，表达对家人的思念、对朋友的牵挂、对故乡的怀念，以及对幸福安定生活的向往与期待。这类诗词意象独特，意境幽清，含蕴深沉，情韵悠远。其内容更为广泛，技巧更为多样，风格亦丰富多彩，展现了唐宋士人的生存状况和情感心志，成为后人了解唐宋士人社会生活的一个窗口。

作品赏析

和晋陵陆丞早春游望

杜审言[1]

独有宦游人[2]，偏惊物候新。

云霞出海曙，梅柳渡江春。

淑气[3]催黄鸟，晴光转绿苹[4]。

忽闻歌古调[5]，归思欲沾襟。

[注释]

[1]杜审言(约645—708)：字必简，祖籍襄阳(今湖北襄阳市襄州区)，迁居河南巩县(今巩义西南)。唐高宗咸亨元年(670)进士，累官修文馆直学士，与李峤、崔融、苏味道并称“文章四友”。其诗多为写景、唱和及应制之作，尤擅五言律诗，格律谨严，唐代“近体诗”的奠基人之一。

[2]宦游人：离家做官的人。

[3]淑气：和暖的天气，春天的气息。

[4]绿苹：浮萍。

[5]古调：陆丞写的诗，即题目中的《早春游望》。

[品读]

杜审言中进士后，仕途失意，一直充任县丞、县尉之类的官。武则天永昌元年(689)前后，他到江阴县任职。此时诗人宦游已近二十年，诗名甚高，却仍然远离京洛，在江阴这个小县当官，心绪不免惆怅落寞，于是借此酬唱之作抒发自己宦游江南的感慨与归思。晋陵是今天江苏省常州市。陆丞是诗人的友人，不详其名，此诗即诗人与友人的唱和游赏之作。

江南早春天气，和朋友一起游览风景，本是赏心乐事，诗人却像王粲登楼那样“虽信美而非吾土”，不如归去。盖诗人满腹愁绪，眼前乐景皆为哀情，遂不免惊心而不快，悦目而不乐，感受新鲜而思绪凄清，景色优美而情调暗淡。如此种种，皆由诗人的宦游之身所致。

首联感叹宦游者对自然界的变化最为敏感。游子漂泊在外，于异乡之美景、异乡之节庆，总怀有无限伤感，绝不会全身心投入、流连忘返。诗人自也不例外。他久坐署中，一旦出游，于异乡之新奇景色不是欣喜，不是欢呼，而是于游人如织中慨叹零落，在江南春好时悲愁羁旅。“独有”句突出了诗人作为一个异乡游子与当地人对节物气候的变化有迥然不同的心情。“偏惊”含义丰富，耐人回味，语气强调，色彩浓郁，生动而强烈地表现出诗人宦游江南的复杂心情。

中间二联即承上句对物候之新进行具体描绘。“云霞出海曙，梅柳渡江春。”初春时节，应该是风已暖而水犹寒，江南早春却与太阳一起从大海升临人间，像曙光一样映照着满天云霞。云蒸霞蔚之下，梅花、嫩柳一时齐放，春鸟也在树上相互争鸣。“淑气催黄鸟”，“淑气”谓春天的温暖气候，“黄鸟”即黄莺。该句以一个“催”字，突出了江南二月春天到来的急促与黄鸟活泼灵动的特点。“晴光转绿苹”，“绿苹”，即浮萍。在春天温暖的阳光照耀下，水中绿草也是柔美温婉的，怎能不令人生出怜爱之意呢？如此优美的江南风物足以让人乐不思归。

尾联“忽闻歌古调，归思欲沾襟”，诗风一转，由乐景转哀情。原来是友人的一曲思乡之词牵动了诗人的愁肠，使得本就怀有无限悲戚、强作冶游的诗人忽地意识到自己终归是一个游子。梁园虽好，不是久恋之家，遑论自己宦游四海，如今仍是沉沦下僚，碌碌无为？

此诗抒发了诗人长期宦游在外的深长感慨，结构完密，章法井然，格律谨严，寓情于景，为唐初近体诗形成时期的杰作。诗人虽未写中原之景，但体察诗意，恰是通过比较故乡中原物候来写异乡江南的新奇，在江南仲春的新鲜风光里有着诗人对故土的深深怀念与情意，故而句句惊新而处处怀乡。

春夜洛城闻笛

李　白

谁家玉笛暗飞声[1]，散入春风[2]满洛城。

此夜曲中闻折柳[3]，何人不起故园情。

[注释]

[1]暗飞声：声音不知从何处传来。

[2]春风：又作“东风”。

[3]折柳：《折杨柳》曲，内容多写离情别绪。

［品读］

这首诗是开元年间李白游洛城（今河南洛阳）时所作。一个春风沉醉的晚上，歌钟鼎沸了一天的洛阳城终于平静下来。诗人大概正在客栈里，因偶然听到玉笛演奏《折杨柳》而触发故园之情，于是作诗一首，用他一贯清新脱俗的文字表达了对故乡的思念。

竹笛声音悠扬婉转，清冽洞达，特别适宜传达私密幽微的心曲，使怀抱同样幽忧之思的人得到了情感上的共鸣。自古以来，悠扬的笛声时时撩拨诗人的情思，再加上中国文化传统中向来讲求伯牙子期式的听声辨志，笛子在众多纤细敏感的诗人那里时时显现，具有丰富浓郁的诗意内蕴。唐人白居易在寒夜江上听闻笛声，思故园而作“江上何人夜吹笛，声声似忆故园春。此时闻者堪头白，况是多愁少睡人”（《酬和元九东川路诗十二首・江上笛》）。李白的这首《春夜洛城闻笛》，更是此类绝唱，且因其疏宕之笔势而更添清朗阔大意境。

“谁家玉笛暗飞声，散入春风满洛城”，前两句借笛声暗寓乡情。凡太白之作，皆擅长将细微之物象置于阔大场景中，给人恢廓之感。如其《子夜吴歌》中“长安一片月，万户捣衣声”，砧杵之声本为秋夜之寻常物事，而置于月下之长安，加一“万”字，则境界顿开。又如此诗之笛声，置于春夜之东都，复加一“满”字，则诗境自放。王尧衢《古唐诗合解》说：“忽然闻笛，不知吹自谁家。因是夜闻，声在暗中飞也。笛声以风声而吹散，风声引笛声以远扬，于是洛城春夜遍闻风声，即遍闻笛声矣。折柳所以赠别，而笛调中有《折杨柳》一曲。闻折柳而伤别，故情切乎故园。本是自我起情，却说闻者‘何人不起’，岂人人有别情乎？只为‘散入春风’，满城听得耳。”可见“满”字实非闲笔。

“此夜曲中闻折柳，何人不起故园情”，后二句由己及人，言普天下共同的故园情结。玉笛虽传自某家某户，然既满于洛城，则听者实人人皆可为伤心人，人人皆可起故园情。诗人在这里将自己的愁思推衍开来：天下何人不曾思乡？岂独现在按笛而吹者乎？而着一“何”字，更见诗人欲把愁肠相与诉，恨无知音赏的落寞之感。这二句直接抒情，明白如话。古人送别时折柳，盖因“柳”

谐“留”音，故折柳送行表示别情，长安灞桥即有名的送别之地。《折杨柳》伤离惜别，其音哀怨幽咽。北朝《折杨柳歌辞》说：“上马不捉鞭，反折杨柳枝。蹀座吹长笛，愁杀行客儿。”其用意或伤行役之苦，或叹羁留之恸。因此，当诗人听到这首《折杨柳》，自然生起客愁乡思。折杨柳为全诗点睛，也是“闻笛”的题义所在。

短短的一首七绝，造语清新凝练，思致纤绵悠长，情感真切诚挚，意境开阔纵逸，颇能显现李白强烈主观抒情性的艺术风格。

旅夜书怀

杜　甫[1]

细草微风岸，危樯独夜舟[2]。
星垂平野阔[3]，月涌大江流[4]。
名岂文章著[5]，官应老病休。
飘飘[6]何所似？天地一沙鸥。

[注释]

[1]杜甫(712—770)：字子美，河南巩县(今河南巩义西南)人。出身京兆少陵杜氏，故自号“少陵野老”，因曾任左拾遗和工部员外郎，又称“杜拾遗”“杜工部”。其诗沉郁顿挫，格调沉雄，诗艺精湛，展现了大唐由盛转衰的波澜历程，被世人尊为“诗史”。他是唐代最伟大的现实主义诗人。

[2]危樯(qiáng)：高竖的桅杆。独夜舟：孤零零一人夜泊江边。

[3]星垂平野阔：星空低垂，原野显得格外广阔。

[4]月涌：月亮倒映，随水流涌。大江：长江。

[5]名岂文章著：此句连下句，用了“反言以见意”的手法。

[6]飘飘：飞翔的样子，这里含有飘零、漂泊的意思。

[品读]

唐代宗永泰元年(765)正月，杜甫辞去节度参谋职务，返居浣花草堂。四月，节度使严武去世，杜甫在成都失去依靠，遂携家由成都乘舟东下，经嘉州(今四川乐山)、渝州(今重庆市)至忠州(今四川忠县)。此诗即作于此时，抒发了诗人漂泊奔波的孤寂落寞。

首联“细草微风岸，危樯独夜舟”，写孤舟漂荡的景象。静谧的夜是适宜人有所思的，更遑论江上之清风，山间之明月，渔歌的欸乃，桨橹的低语，甚至那掠舟而过的翩翩鸥鸟。这些都使人不由得叹息感喟，使眼前之景无不染上所思之人的情感色彩。就此诗而论，微风轻拂着江岸上的细草，诗人独居于一叶孤舟，呈现出一派静寂苍茫之景色，一种苦闷伤感之氛围，诗人的心境之凄苦悲凉自在言外之。

颔联“星垂平野阔，月涌大江流”继续写旅夜。遥望原野，远处天与地似乎连为一体，天边的星宿也仿佛下垂得接近地面。大江之中，江水浩荡东流，一轮明月映照在江水中，随着江水的流动而浮荡。“星垂”言原野之平旷，“月涌”见江流之雄浑，用字精练，极为生动形象地营造了一个恢廓绚烂、雄壮阔大的江边夜境。诗人写辽阔的平野、浩荡的大江、灿烂的星月，更衬托出一叶扁舟的渺小，亦反衬出诗人孤苦伶仃的形象和颠沛流离的凄怆，为下文的“书怀”奠定了凄凉悲寂的情感基调。

颈联“名岂文章著，官应老病休”，出以反语，颇耐人寻味。杜甫素有大志，却一直没有机会实现，首句言自己的声名不因政治抱负而著，反因文章而显，这本非自己的本愿，故说“岂”，这就抒发出政治理想不得实现的愤慨。次句说诗人辞去官职，并非因老而多病，那是什么原因呢？诗人没有直接说出。说“应”，本身却不在“应”的范围之内，透露出诗人天不遂人愿的不遇情怀，暗寓了诗人心中极为浓郁的愤激与痛苦。

尾联“飘飘何所似？天地一沙鸥”是自问自答。诗人面对辽阔寂寥的原野，想起自己的遭遇，深感自己漂泊无依，在这静夜孤舟的境地中恰如天地间无所依存的沙鸥。水天空阔，沙鸥飘零；拣尽寒枝，何处栖息？此句以沙鸥自况，借景抒情，深刻地表现了诗人无所依归和孤独寂寞的感伤情怀。

杜甫后期的诗歌，不论是“亲朋无一字，老病有孤舟”(《登岳阳楼》)，还是“万里悲秋常作客，百年多病独登台”(《登高》)，都透露着比前期诗歌的沉郁风格更为凄怆的意味。正是在这一时期，诗人在“天地一沙鸥”式的漂泊中走向了生命的尽头。一身作客，四海何归，妻子冻馁，骨肉离散，诗人的一生是令人唏嘘的。但他“名岂文章著”的穷且益坚，“戎马关山北，凭轩涕泗流”(《登岳阳楼》)的圣贤襟怀，都将永垂诗史。

邯郸冬至夜思家

白居易

邯郸驿里逢冬至，抱膝灯前影伴身。
想得家中夜深坐，还应说着远行人。

[品读]

这首诗写于唐贞元二十年(804)岁末，时值冬至。唐代，冬至是一个非常隆重的节日。这一天，官员要放假，民间更为重视。大家竞试新衣，互赠饮食，互致祝贺，一派过节的热闹景象。诗人时任秘书省校书郎，年三十三岁，写这首诗时，正宦游在外，夜宿于邯郸驿舍中。耳畔是节庆的贺词，眼前是异乡人的欢乐，其中况味不无惆怅。

诗的前两句叙事写实，首句"邯郸驿里逢冬至"即点明节序与地点，一个"驿"字说明了诗人过客的身份。驿站大都是为宦游者提供饮食住宿的所在，诗人在节日里也不得休息，辗转于风尘之途，内心难免辛酸落寞。次句"抱膝灯前影伴身"，描写作者在客栈里过节的情景。抱膝本为隐者之姿态，展现的是孤高不群、清高自赏的风采，然而诗人值此不过是百无聊赖之际的枯坐，寒夜侵逼之时的颓唐罢了。"灯前"二字，既烘染环境，又点出"夜"，托出"影"，同时用一个"伴"字将"身"与"影"联结在一起，并赋予此身影孤寂之感，思家之情已溢于言表。

诗的后两句运用想象，虚写思家，揭示诗旨。诗人并未直接写自己如何思家，而是从反面着笔，想象家人在冬至夜深时分围坐，谈论着诗人这个在邯郸道上孤独的远行人，从而扩大了思念的范围，增强了思念的力度，平添了思念的浓度，更深地表现了诗人的怀亲思乡之情。

全诗语言质朴无华而韵味含蓄，构思精巧别致，不写自己对家人的相思，却从家人着笔；往篇无一"思"字，只平平叙来，却处处含着"思"情，字里行间无不传达出浓浓的思乡怀亲之意。可见，该诗与王维《九月九日忆山东兄弟》中的"遥知兄弟登高处，遍插茱萸少一人"、杜甫《月夜》中的"今夜鄜州月，闺中只独看"有异曲同工之妙。

商山早行

温庭筠

晨起动征铎[1]，客行悲故乡。
鸡声茅店月，人迹板桥霜。
槲[2]叶落山路，枳花明驿墙[3]。
因思杜陵[4]梦，凫雁满回塘[5]。

[注释]

[1]征铎：车行时悬挂在马颈上的铃铛。铎，大铃。

[2]槲(hú)：一种落叶乔木，叶子在冬天虽枯而不落，到春天树枝发芽时才落。

[3]枳花明驿墙：枳花鲜艳地开放在驿站墙边。明，使明艳。枳(zhǐ)，一种落叶灌木或小乔木。驿墙，驿站的墙壁。

[4]杜陵：地名，在长安城南(今陕西西安东南)，古为杜伯国，秦置杜县，汉宣帝筑陵于东原上，因名杜陵，这里指长安。

[5]凫(fú)雁：凫，野鸭。雁，一种候鸟，春往北飞，秋往南飞。回塘：岸边曲折的池塘。这句写的是“杜陵梦”的梦境。

[品读]

这首诗的准确写作年代已不可考，但联系温庭筠生平，当是他于唐宣宗大中末年离开长安，经商山赴襄阳投奔友人徐商时所作。商山在今天的陕西商州市东南。温庭筠虽是山西人，但久居杜陵，已视之为第二故乡。他久困科场，年近五十又为生计所迫，投奔故人，羁旅怀乡之情在所难免。这首诗通过对征途中风物的细腻描绘传递出旅人的惆怅心绪，写法高妙，感情真挚，有着极强的感染力。

首联概述诗人启程时间、情景和早行时的情绪，选象精练。“动征铎”指人们套车备马准备远行。清晨起床，旅店外已经响起了车马的铃铎声，同行的旅人紧张地套着马，准备驾车。“悲故乡”不仅写出诗人当时的心情，也概括了羁旅之人的共同感受。古人由于种种客观条件上的不便，往往安土重迁，怯于远行。然而王仲宣有登楼之悲，姜尧章有江湖之叹，皆由于功名难致，故不得不碌碌因人，依傍门墙，其内心是十分悲哀的，其处境也是十分可悲的，故“客行悲故乡”能引起读者情感上的共鸣。

颔联写诗人初离驿站时的所见所闻。诗人选择了“鸡声”“茅店”“月”“人迹”“板桥”“霜”六个最贴近早行场景，又颇具表现力的意象，未用任何连接词，却异常生动形象地绘成了一幅北方山村春日早行的画面，清冷萧疏，引人伤感。此联因其独特的语辞结构及生动的画意备受推崇，成为家喻户晓的名联。

颈联“槲叶落山路，枳花明驿墙”，写早行一路的所见景色，再次暗示了早行季节与地点。商州一带，枳树、槲树很多，槲树的叶片很大，冬天也存留于枝上，至初春树枝发芽时才开始掉落，而此时的枳树已开出白花。从开篇至此，除了数声鸡鸣及铃铎以外，这个忙碌的早晨始终是静谧的。此处一改颔联的凄清色调，用槲叶之飘落、枳花之明丽、幽静的山道、闲置的白墙等鲜亮醒目的色彩，赋予诗人将要踏上征途的清晨雅致清闲之美。

尾联“因思杜陵梦，凫雁满回塘”，承上联而起，追述早行之前夜的梦境。旅途早行的景色使诗人想起了昨夜在梦中出现的故乡景色。春天来了，回塘水暖，凫雁自得其乐，故乡的友人也应该在这萋蒿满地之时，一起冶游了吧。但诗人此刻，奔赴在异乡的路上。该句以“杜陵梦”回应首联的“悲故乡”，含蓄委婉地表达了诗人难以排遣的思乡之情。

此诗语言明净，结构缜密，情景交融，含蓄有致，字里行间流露出游子在外的孤寂之感和浓浓乡思，真切地反映了古代社会里一般旅人的某些共同感受，是唐诗中的名篇。

八声甘州

柳　永

对潇潇[1]暮雨洒江天，一番洗清秋[2]。渐霜风凄紧[3]，关河冷落，残照当楼。是处红衰翠减[4]，苒苒[5]物华休。唯有长江水，无语东流。　　不忍登高临远，望故乡渺邈[6]，归思难收。叹年来踪迹，何事苦淹留[7]？想佳人妆楼颙望[8]，误几回、天际识归舟[9]。争[10]知我，倚阑干处，正恁[11]凝愁！

[注释]

[1]潇潇：风雨之声。

[2]一番洗清秋：一番风雨，洗出一个凄清的秋天。

[3]霜风凄紧：秋风凄凉紧迫。霜风，秋风。

[4]是处红衰翠减：到处花草凋零。是处，到处。红、翠，指代花草树木。

[5]苒(rǎn)苒：通“冉冉”，渐渐的意思。

[6]渺邈：遥远。

[7]淹留：久留。

[8]颙(yǒng)望：抬头远望。

[9]误几回、天际识归舟：多少次错把远处驶来的船当作心上人的归舟。

[10]争：怎。

[11]恁(nèn)：如此。

[品读]

作为宋词发轫期的大词人，柳永在词体形式上有开拓之功。在这之前，词体多是小令的天下。及至柳永，他大力创制慢词长调，词法与词风为之一变。这首《八声甘州》即其慢词的代表作之一，写羁旅行役之苦。上片铺叙风物，如一篇写景小品；下片描写襟怀，似一曲抒情哀歌。

上片主要描写雨过天晴的暮秋景色。开头一个“对”字，已写出登临纵目、望极天涯的境界，总写秋景。天色已晚，暮雨潇潇，洒遍江天，千里无垠，仿佛可以听到雨声，看到雨态。其中“雨”“洗”二字，平平无奇却又不可移易，循声高诵，便可觉素秋的清爽之气。“渐霜风凄紧”三句，用排比句式接写所望高处景象。一个“渐”字，极为传神地写出经过秋雨洗涤的物候的变化。秋已更深，雨洗暮空，乃觉凉风忽至，其气息冷而遒劲，直令衣单之游子心有余悸。“凄紧”“冷落”“残照”，层层紧逼，境界全出。凄冷的寒风和潇潇暮雨紧相吹来，关山江河一片冷落，残日余晖映照着词人所在的高楼，写尽悲秋之气息。每一个景色都渗透着词人深沉的感情，气象开阔苍茫，笔力遒劲刚健，境界高远雄浑，景色生动如画，勾勒出深秋雨后的一幅悲凉图景，也浸润了天涯游客的忧郁感，因此被苏轼评为“不减唐人高处”的佳句。“是处红衰翠减，苒苒物华休”，由仰观转至俯察，词意由苍莽悲壮转入细致沉思。到处花落叶败，万物凋零，自然界的变化自然引起人的许多感触，此处一个“休”字寓有无穷的感慨愁恨。“唯有长江水，无语东流”写的是短暂与永恒、变与不变之间的直令千古词人思索的人生哲理，寄托了韶华易逝的悲感，蕴含着词人百感交集的复杂心理。至此，从高到低，由远及近，层层铺叙，该词把大自然的浓郁秋气与内心的悲哀感慨完全融合在一起，淋漓酣畅。

词的下片由景转情，写对故乡亲人的怀念，以“不忍”二字领起，委婉曲折。登高望远本为遥看故乡，却望而不见，所见只是极易引发悲愁的凄凉之景，故有不忍之意。“叹年来踪迹，何事苦淹留?”词人扪心自问，问中带恨，暗含有家难归的深切悲哀。然有问无答，一个“叹”字传出千回百转的思绪，词人回顾四周、茫然若失的神态被准确地呈现出来。“想佳人”三句推己及人，本是自己登高远眺，却偏想故园之闺中人，应也是登楼望远，伫盼游子归来。该句从反面虚笔写来，与自己倚楼远望相对照，进一步写出两地思念之苦。“误几回”三字更觉灵动，情思更加悱恻。篇末再由对方回归自己，写佳人在数次希望和失望的反复纠结中自然会产生埋怨，却难以知晓词人此刻也正“倚阑”远望，愁肠满腹。“争知我”三字化实为虚，把思归之苦、怀人之情表达得更为曲折动人。

此词语浅而情深，首尾照应，构思巧妙，跌宕开阖，层次曲折，融写景、抒情为一体，运用铺叙的手法描写了清秋薄暮景色，表达了词人漂泊江湖的愁思、仕途失意的悲慨，以及久客他乡的思归念家之情，写出了封建社会知识分子怀才不遇的典型感受，具有人生普遍意义，遂成为传诵千古的名篇。

阮郎归

秦　观

湘天[1]风雨破寒初，深沉庭院虚。丽谯吹罢《小单于》[2]，迢迢清夜徂[3]。　　乡梦断，旅魂孤。峥嵘岁又除[4]。衡阳[5]犹有雁传书，郴阳[6]和雁无。

[注释]

[1]湘天：湘江流域一带。

[2]丽谯：城门楼。《小单于》：乐曲名。《乐府诗集》："按唐大角曲亦有《大单于》《小单于》《大梅花》《小梅花》等曲，今其声犹有存者。"

[3]迢迢：漫长沉寂。徂(cú)：往，过去。

[4]峥嵘：比喻岁月艰难，极不寻常。除：逝去。

[5]衡阳：古衡州治所。相传衡阳有回雁峰，鸿雁南飞望此而止。

[6]郴阳：今湖南郴州市，在衡阳之南，道路险阻，书信难传。

[品读]

《阮郎归》又名《醉桃源》《碧桃春》，其名源于古代神仙故事，适合写凄苦的情感。宋哲宗绍圣三年(1096)，秦观被贬处州，一心避世，常常到法海寺修行，但还是被罗织了罪名，再次被贬至郴州，并被削去了所有官职和俸禄。词人丢官削禄，越贬越远，内心悲愤异常。他在郴州贬所度过了整整一年，岁末时节，心情无比惆怅，乃有此作。

词的上片写除夕长夜难眠的苦闷。起首二句，以简练的笔墨勾勒了一个寂静幽深的环境。潇湘之地气候向来湿润，岁末年初之时，余寒尤厉，这时如果恰逢满川风雨，那种弥漫天地的湿冷更是令人刻骨铭心。这天是除夕夜，万家灯火是不必说的了，一家闲坐，灯火可亲，爆竹声传，屠苏酒暖。这种以团聚为主要标志的盛大节庆是风雨遮不住、南北隔不断的。然而词人呢？此时的他，历经整整一年的贬谪生涯，幽居在贬所之中，环顾所居庭院的四周，深沉而又空虚，没有一丝除旧岁、迎新年的热闹气象。湘天风雨，极其恢廓；贬所深沉，尽其幽折；万家灯火，极显欢乐；一室独卧，尽呈凄楚。词人的写作手法很是高妙，将一个孤单而纤弱的灵魂置于阔大而欢乐的场景之中，由对比产生了巨大的压迫感，于是那种不堪承受的孤独感也越发令人不忍卒读了。

"丽谯"二句是写词人夜不能寐，坐待天明。《小单于》是何种乐曲，今已无从考证，但从使用情境来看，当是一种悲愁色调的曲子。除夕之夜，在寂寞的城楼独自吹奏这首曲子的人，该是别有怀抱的伤心人吧，说不定也是天涯薄宦，又或许是幽居怨女，意用如怨如诉之悲歌消减愁绪，以求自解。词人深居孤馆，听着从城门楼上传来的画角声，再加上繁杂的风声雨声，倍感凄楚，尤觉这清冷的夜晚竟是如此漫长难耐。

转至下片，词人的思乡之情如万斛泉源，不可遏止，节奏逐渐加快。“乡梦断，旅魂孤”，贬谪以来，词人离开家乡已经三年了，日夜盼归，如今却依然像游魂一样孑然一身，漂泊在外。词人想要借梦解思，但风雨之声与城楼角声充盈于耳，阻碍了梦境的生成，亦隔断了自己与故乡的联系，由是深觉这是多么可悲的人生啊。“峥嵘岁又除”，正面点除夕。峥嵘，指不寻常、不平凡，寓含着无数艰难之义，着一“又”字，表明一个又一个除夕到来，接着又一个一个消逝了。词人依旧流徙外地，心中的归乡之望随着一个又一个的除夕趋于暗淡，凄怆之情，痛楚之意，溢于言表。“衡阳犹有雁传书，郴阳和雁无”，衡阳有回雁峰，相传鸿雁至此而北返，因此郴州并无传书之雁。词人在此抒写离家时间长，去乡遥远，音讯久疏，贴切而又自然。

此词笔触精致，用典恰切，情景交融，含蓄巧妙，浅淡语词中含蕴深远意味。细读全篇，从内容到音调，此词无不充满了凄苦哀伤的色彩。明人沈际飞评此词曰“伤心”，可谓精到。

苏幕遮

周邦彦

燎沉香[1]，消溽暑[2]。鸟雀呼晴[3]，侵晓[4]窥檐语。叶上初阳干宿雨[5]，水面清圆，一一风荷举[6]。　　故乡遥，何日去？家住吴门[7]，久作长安[8]旅。五月渔郎相忆否？小楫[9]轻舟，梦入芙蓉浦[10]。

[注释]

[1]燎(liáo)：烧。沉香：一种名贵香料，置水中则下沉，故又名沉水香，其香味可辟恶气。

[2]溽(rù)暑：潮湿的暑气。溽，湿润、潮湿。

[3]呼晴：呼唤晴天。旧有鸟鸣可占晴雨之说。

[4]侵晓：快天亮的时候。侵，渐近。

[5]宿雨：昨夜下的雨。

［6］风荷举：意味荷叶迎着晨风，每一片荷叶都挺出水面。举，擎起。

［7］吴门：今江苏苏州，此处以吴门泛指江南一带。词人为钱塘人，钱塘古属吴郡，故有此称。

［8］长安：唐以前，长安久做都城，故后世每借指京都。词中指北宋都城汴京。

［9］楫：短桨。

［10］芙蓉浦：有溪涧可通的荷花塘，词中指杭州西湖。芙蓉，又叫“芙蕖”，荷花的别称。

［品读］

此词作于宋神宗元丰六年(1083)至宋哲宗元祐元年(1086)之间，当时周邦彦久客京师，以献《汴都赋》为神宗所赏识，任太学正，可谓仕途顺畅。然而词人敏感的内心使他时时怀有羁旅长安的幽忧之思，不过整首词的格调还算疏朗纡徐。

周邦彦的词向以富艳精工著称，但这首《苏幕遮》清新自然，是清真词中的特例。大约思乡为最难假饰亦最不需假饰之情感。每当人处于逆境之中，徬徨无计之时，往往追怀往昔，父母、弟兄、故人、故乡、故国，甚至乡音、乡味，便成为永恒歌咏的主题。晋代的张籍，因为在秋风中想到家乡的莼鲈之美，进而挂冠东归。一生宠命优渥的贺知章，在鬓毛衰颓之际，也愿意在家乡的镜湖边听一回乡音，赏一回柔波。这些读书求仕的士人，为了致君尧舜的理想，远离亲人，远离家乡，其中滋味往往“不可以语妻孥”。词人虽谈不上困居京华，但中原与吴中相隔迢遥，家乡那田田莲叶、欸乃渔歌时时入梦，却是不难想见的。

词的上片先写室内燎香消暑，继写屋檐鸟雀呼晴，静中有噪，噪而愈静。“鸟雀呼晴”，一“呼”字极为传神，暗示昨夜雨、今朝晴，传递出词人欣喜明快的心绪。“侵晓窥檐语”，更是鸟雀多情，窥檐而告人新晴之欢，生动而有风致。“叶上”句，清新美丽。“水面清圆，一一风荷举”，写室外荷叶经过宿雨的清洗，又在初阳的照射之下，迎风起舞的姿态，词境尤活泼清新，动态可掬，以至于被王国维《人间词话》评为“真能得荷之神理者”。对荷花的描摹为下片遥想吴中做了很好的铺垫。

下片由眼前五月的水面清圆、风荷凌举的景象联想到相似的故乡吴门的初夏风物，思乡之情由此被表达得淋漓尽致。“故乡遥，何日去？家住吴门，久作长安旅”，明白如话，不饰雕琢，直接叙说了词人久居长安，远离家乡，常思归去的情态。紧接三句，通过回忆与梦境，写故乡荷塘的美好，与上片所写眼前之荷相呼应。“五月渔郎相忆否”，不言己思家乡友朋，却写渔郎是否思念自己，这是深一层的对面写法。“小楫轻舟，梦入芙蓉浦”，既然不能亲至，便只能诉诸梦寐，以解乡思了。词人的冰雪襟怀，亦由此可见。

此词以雨后风荷为中心，引入故乡归梦，表达思乡之情，意绪清晰。描景、写人、叙情皆语出自然，虚实变幻相生，构思新颖巧妙，意象清新明丽，境界淡远高超，诚如周济《宋四家词选》所评：“若有意若无意，使人神眩。”

秦楼月

向子諲[1]

芳菲歇，故园[2]目断伤心切。伤心切，无边烟水，无穷山色。

可堪更近乾龙节[3]，眼中泪尽空啼血。空啼血，子规声外，晓风残月。

[注释]

[1]向子諲(yīn)(1085—1152)：字伯恭，号芗林居士，临江(今江西清江县)人。其诗词以南渡为界，前期风格绮丽，南渡后多伤时忧国之作。今存《酒边词》。

[2]故园：诗人于政和年间曾居宛丘(今河南淮阳县)，此处即指宛丘居所。

[3]乾龙节：宋钦宗生日。

[品读]

1127年靖康之变，徽、钦二帝被金人掳走，中原尽失。在这样的时局中，朝野志士无不拔剑斫地，气冲斗牛，词坛上产生了一批慷慨悲凉、令人数百年后尚见其慷慨磊落之气的作品。向子諲这一首《秦楼月》即作于这一时期，绝非一般的羁旅怀乡的作品，而是蕴含着深刻的家国之恸。

起调“芳菲歇”三字，写春光消逝景象，似实而虚。当此春末夏初时节，萦绕词人心间的是什么呢？“故园目断伤心切”，此句“故园”可作家乡解，但向子諲家在江西临江，该地并未沦于金人之手，所以显然是指失去的国土。词人登高遥望北方故国，而故国不可见，对于一个胸怀报国之情的南渡词人来说，怎能不悲伤痛苦呢？接着，词人笔锋一转，展现了一片“无边烟水，无穷山色”。这是对“故园目断”的丰富和扩展，又再次形象注解了“伤心切”的心理活动。词人眼中所见，唯有迷离的烟水、朦胧的山色，而凄迷幽婉的湖光山色又恰到好处地隐隐传达出词人此时此地情感的悠远、惆怅，可谓景与情合，情以景生，情景交融。

下片以“可堪”起笔，意为不能堪，词境转为凄楚。词人为何于春末夏初时节，产生了思念故国之意呢？因为“更近乾龙节”。古人以“乾龙”喻帝王，乾龙节是庆贺帝王生日的节日。这本应该是一个欢乐的日子，但如今徽、钦二帝已成俘虏，这个节日已成为耻辱的象征，故用“可堪”进行反问。在古人的意识中，天子是国家社稷之象征，深沉的古典道德感使得词人不可能不在这样一个特殊的日子追怀往昔，对故主寄予无限的哀悼与同情。于是万千感触，化为使人不忍卒读的词句“眼中泪尽空啼血”，哀怨悲凉，撼人心魄。稍晚的词人辛稼轩有句曰：“啼鸟还知如许恨，料不啼清泪长啼血。”（《贺新郎·别茂嘉十二弟》）其中的故国之思是一脉相承的，都充满极度的愤恨和悲哀。词人因情设景，由“空啼血”联想到自然界的“子规”鸟，以“子规声外，晓风残月”这样凄厉萧索的意境结束全词。子规即杜鹃鸟，子规啼血在诗词中往往蕴含深切的哀愁，词人由子规声联想到化为啼鸟的蜀帝，进而联想到在极寒之地受尽屈辱的故主，表达的已不是普通的乡关之思了，而是因神州荡覆而生的故国之思。

全词从春尽花谢着笔，联想到中原，又推及金人占据的北方与身陷异域的皇帝，最后以悲凉的景语作结，感情真挚，情景交融，音韵和谐，结构严谨，层层递进，脱离了一般羁旅之作缠绵悱恻、苦闷痛楚的格调，达到了耿慨多气、志深笔长的艺术境界，以丰富的内蕴震撼着读者的心扉。

一剪梅

舟过吴江[1]

蒋　捷[2]

一片春愁待酒浇[3]。江上舟摇，楼上帘招[4]。秋娘渡[5]与泰娘桥，风又飘飘，雨又萧萧[6]。　　何日归家洗客袍？银字笙[7]调，心字香烧[8]。流光容易把人抛，红了樱桃，绿了芭蕉。

[注释]

[1]吴江：在今江苏苏州南。

[2]蒋捷(约1245—1305后)：字胜欲，世称竹山先生，常州宜兴(今属江苏)人。宋亡，隐居不仕，气节为时人所重。工词，多抒发故国之思、山河之恸，词风以悲凉清俊、萧寥疏爽为主，与周密、王沂孙、张炎并称“宋末四大家”。有《竹山词》传世。

[3]浇：以酒消愁。

[4]帘招：酒旗。

[5]秋娘渡：吴江渡。秋娘，唐代歌伎常用名，用以通称善歌貌美之歌伎。渡，一本作“度”。

[6]萧萧：拟声词，雨声。

[7]银字笙：一种管乐器。

[8]心字香烧：点熏炉里心字形的香。

[品读]

宋亡后，词人深怀亡国之痛，隐居姑苏一带太湖之滨，漂泊不仕。词人生逢乱世而一生保有读书人的忠贞之气，这就注定了他不偕于朝的孤冷与强烈的去国哀伤。此词为词人乘船经过吴江时，眼见春深似海，内心愁绪无处排遣，借春光明艳的风景抒发转徙江湖哀愁的名作。

起笔“一片春愁待酒浇”，指出时序，点题明旨，作者的愁意怨绪顷刻间笼罩全篇。“待酒浇”说明词人心中浓浓的愁绪急需用酒进行排解。接下来，词人并不接续写愁，而将笔墨投射到喝酒之处。“秋娘”句以地名表现了香艳色调，挑逗人心，随之展现出一幅清新明媚的江南早春景色。词人对江南风物是极为熟悉的，选用了几个常见的代表性意象，如酒、江、舟、楼、帘招、桥等，呈现出一幅典型的江南图景。酒可浇愁，但“举杯销愁愁更愁”，又恰逢“风又飘飘，雨又萧萧”，风的吹拂，雨的飘洒，传达的是清寒与潮湿，是从外在的感觉转入心态上的感知。当风吹酒醒之时，雨滴更添人愁绪。此处，作者以明艳的春光与凄楚的离悉进行了强烈的对照，“春愁”依然无法排遣，却因风雨之声而倍增。

下片“何日归家洗客袍”用一问句，反映了作者倦游思归的心情。“何日”言对漂泊的厌倦和归家的急迫，“洗客袍”“银字笙调，心字香烧”，都是词人想象回家之后的情景。洗去旅途的劳累，焚香静坐，听妻弹上一曲，该是多么惬意啊。词人通过想象，描写了归家之后的家庭之乐，与其凄苦的现实处境形成鲜明的对比，突出了思归的心绪。在这亡国之时，词人像一只失群疲倦的大雁，愿拣一处寒枝而栖，结束这无有底止的身与心的流放，表现了遗民群体普遍而共通的乡关之思。

“流光容易把人抛，红了樱桃，绿了芭蕉。”最后三句以精妙的语言，化抽象的时光为可感的意象，具体地显示出时光的匆匆流逝。樱桃果红，芭蕉叶绿，花落花开，年复一年，对自然而言，时间是回环永恒的。对人而言，却是青春不再，盛世难逢，词人借此抒发了年华易逝、人生易老的沧桑感，更寓有深沉的亡国之悲与流离之苦。这种春愁不属于后来在江南遍地皆有的、善于伤春的“团扇才人”，而只能属于如词人这样的余悲不尽的遗民与游子。

此词语言清丽明艳，善用叠字与色彩，点染结合，层层勾勒，情思悠长，以景结语，余韵不尽。尤其逐句押韵，节奏和谐，读之朗朗上口，大大加强了词的艺术表现力。

结语

古代文人的怀乡诗词很多，但真正能回到家乡的人却很少，正因如此，羁旅怀乡诗词才能因诗人、词人求归不得的悲剧性色彩与凄苦哀婉、绵长不尽的真挚情感触动人心，尤其一些意蕴团聚的节日更易引发旅人异客的思乡怀人之情。羁旅在外的诗人、词人常选择月亮、归舟、秋风、梧桐、杜鹃、鸿雁、浮云、宿鸟、故园等独特意象，借用孤、悲、怜、空、独、哀、愁等字眼，塑造漂泊不定、孤苦伶仃的典型形象，表达幽独凄凉、惆怅悲愁的独特情感。他们或以乐景衬哀情，以客观景物与主观感受的鲜明对照，反衬诗人浓厚的思乡之情；或借言远方的亲朋与故乡对自己的想念与牵挂，侧面落笔，令人备觉凄凉。正是由于羁旅怀乡诗词表达的诸多情感常是亘古相通的，极易引起后人的共鸣，故千百年来被人们不断歌吟与传诵。

第七讲　咏史怀古

导言

咏史诗多感悟于具体历史事件或历史人物，借此表达作者的思考与见解；怀古诗多值登临古迹之时，由此产生联想，有感而发。二者都以历史题材为咏写对象，对历史人物的是非功过、历史事件的成败得失等发表议论，抒发感慨。

东汉班固的《咏史》被认为是中国诗歌史上的第一首咏史诗，多叙议，少抒怀，形成一诗咏一事的格局。西晋左思的《咏史》八首，始错综史实，融汇古今，表达用世之心，抒写不遇之情，真正实现了叙史和咏怀的结合。至唐宋诗歌大发展时期，咏史怀古诗亦大放异彩，李白、杜甫、刘禹锡、李商隐、杜牧、王安石、苏轼、周邦彦、姜夔、辛弃疾等大家都是创作类诗词的高手。

他们追念古人，怀人伤己，着眼于个人境遇的变化，借古人古事感慨身世遭际，展现渴望建功立业的心志，传达怀才不遇的感伤；追思史实，怀古伤今，表现对现实的强烈关注，警醒当世，劝诫后人，别有寄托；追怀古事，思考人生，展示物换星移、物是人非、盛衰难料的无奈伤感。作者常常将无尽的情思编织在特定的自然景观，穿梭于昔日繁华与今日荒芜之间，行走在古人与自身的虚实交集之中，借他人酒杯，浇自己块垒。或大气磅礴，展英雄之叱咤豪情，或深沉悲凉，示人生之凄婉心境，发思古之幽情。咏史怀古类诗词常常会触及作者心灵的最深处，是对古代中国士大夫文化心绪的传递。

作品赏析

夜泊牛渚怀古

李　白

牛渚西江[1]夜，青天无片云。登舟望秋月，空忆谢将军[2]。

余亦能高咏[3]，斯人不可闻。明朝挂帆席[4]，枫叶落[5]纷纷。

[注释]

[1]西江：从南京以西到江西境内的一段长江，古代称“西江”。牛渚也在西江这一段中。

[2]谢将军：东晋谢尚，今河南太康县人，官至镇西将军。

[3]高咏：谢尚赏月时，曾闻诗人袁宏在船中高咏，大加赞赏。

[4]挂帆席：一作“洞庭去”。

[5]落：一作“正”。

[品读]

此诗自伤不遇知音，当作于李白青年时代名声未振之时。诗云“明朝挂帆席”，疑开元十五年(727)秋“东涉溟海”后，诗人溯江往洞庭，拟安葬友人吴指南，途经牛渚时所作。

“牛渚西江夜”，首句开门见山，点名时间、地点。牛渚是山名，在安徽当涂西北紧靠长江，北端有巨石突入江中，即著名的采石矶。此诗题下原有注说：“此地即谢尚闻袁宏咏史处。”据《晋书·文苑传》记载：袁宏少时孤贫，以运租为业。镇西将军谢尚镇守牛渚，秋夜乘月泛江，听到袁宏在运租船上吟咏己诗，非常赞赏，于是邀袁宏过船谈论，直到天明。袁宏得到谢尚的赞誉，从此声名大著。题中所谓“怀古”，就是指这件事。

次句“青天无片云”，接着写牛渚的夜景，大处落墨，展现出一片碧海青天、万里无云的辽阔景象。空明寥廓的天宇，苍茫浩渺的西江，在夜色中融为一体，越发显出境界的空旷开阔和绵邈深远。诗人置身其间，那种悠然神远的感受自然融入其中。

“登舟望秋月，空忆谢将军”是全诗的过渡，即由牛渚“望月”过渡到“怀古”。谢尚在牛渚乘月泛江时遇见袁宏月下朗吟这一富于诗意的故事，和诗人眼前所在之地(牛渚西江)、所接之景(青天朗月)的巧合，固然是使诗人由“望月”而“怀古”的主要原因。但不仅如此，诗中所呈现出来的开阔的自然景观与旷远的情调境界本身就很容易触发对于今昔的联想。空间的无垠和时间的永恒，在人们的意念活动中往往可以相互引发和转化。因此，此联中的“望”“忆”，虽有很大的跳跃性，读来却并未感到突兀。“望”字当中就含有诗人由今及古的联想和未曾明言的意念活动。“空”字则表现了对过去的回忆，亦抒发了知音难觅、怀才不遇的感慨。

诗人由眼前的牛渚秋夜景色联想到往古，又由往古回到现实，情不自禁地发出“余亦能高咏，斯人不可闻”的感慨。“不可闻”回应前面的“空忆”，诗人登舟望月吟诗，联想到袁宏泛舟咏诗遇知音，受到谢尚的赏识，名声大噪。诗人自叹，尽管自己也像当年的袁宏那样富于文学才华，而像谢尚那样的人物却不可再遇了，寓蕴着世无知音的深沉感叹。

“明朝挂帆席，枫叶落纷纷。”尾联结笔写景，运用虚实结合、想象等手法，想象明天秋风萧瑟，枫叶飘落，自己挂帆远去的情景。枫叶纷纷迎风而落，像是无言送别寂寞离去的行舟，营造了寂寥凄清的环境氛围，烘托出诗人因不遇知音而产生的孤寂、凄苦之情。

整首诗意蕴明朗，写景疏朗有致，写情含蓄不露，用语自然清新，辅以寓情于景、以景结情等手法，有助于产生一种悠然不尽的神韵。这首五律不以锤炼凝重见长，而以自然明丽为主要特色，意境高远，构成一种萧散自然、风流自赏的意趣，正与抒情主人公飘逸不群的性格相合。

蜀　相

杜　甫

丞相祠堂何处寻？锦官城[1]外柏森森。
映阶碧草自春色，隔叶黄鹂空[2]好音。
三顾频烦天下计，两朝[3]开济老臣心。
出师未捷身先死，长使英雄泪满襟。

[注释]

[1]锦官城：成都的别名。

[2]空：白白地。

[3]两朝：刘备、刘禅父子两朝。

[品读]

此诗是唐代诗人杜甫定居成都草堂后，翌年游览武侯祠时创作的咏史怀古诗。此时的杜甫在政治上很不得志，“致君尧舜上，再使风俗淳”的理想已经完全落空，生活也异常艰苦，心情极为苦闷。当他来到武侯祠，缅怀诸葛亮的为人，特别是他那“鞠躬尽瘁，死而后已”的精神，以及他和刘备君臣之间鱼水相得的关系时，不禁百感交集，心潮澎湃，以至泪流满襟，写下了这首千古佳作。

诗题为“蜀相”，即指诸葛亮。公元221年，魏、蜀、吴三国鼎立之时，刘备在四川成都立国称帝，历史上称为“蜀汉”。他任命诸葛亮为丞相，所以杜甫称诸葛亮为“蜀相”。此以“蜀相”为题，并不是单纯的历史记录，而是表达了对诸葛亮的崇高敬意和无限仰慕，寄寓了作者请缨无路、报国无门的悲哀。

首联“丞相祠堂何处寻？锦官城外柏森森”用自问自答的方式，点明丞相祠堂的所在地。公元223年，蜀后主刘禅封诸葛亮为武乡侯，武侯即武乡侯的简称。丞相祠堂，就是现在的“武侯祠”。一个“寻”字，饱含着诗人对诸葛亮的无限追慕之情和虔诚拜谒的执着。因为心念其人，所以才要寻访其庙。“锦官城”是成都的别称，这里柏树成林，高大茂密，呈现出一片静谧肃穆的气氛。柏树高大挺拔，生命力强，常年不凋，具有一定的象征意义，常用作祠庙中的观赏树木。作者抓住武侯祠的这一外在景观，展现了柏树郁郁葱葱、苍劲伟岸的形象特征，象征了诸葛亮的人格精神，不禁让人肃然起敬。

颔联“映阶碧草自春色，隔叶黄鹂空好音”，将视角由外部拉近，进而描写祠堂内的景物。茵茵绿草铺展到台阶之下，映现出一片春意；几只黄莺在树叶之间飞行，发出清脆婉转的叫声。该句色彩鲜艳，动静相衬，恬淡闲适，展示了武侯祠内春意盎然之景。然而，美妙的春景并未让诗人沉湎其中，忧国忧民的爱国精神让他无时无刻不牵挂着国家的中兴。“自春色”的“自”、“空好音”的

“空”，二者互文见义，极为准确地传达出诗人的惆怅之感。诗人将强烈的主观意绪投射在客观景物之中，由此引发了对诸葛亮的怀念之意。

颈联“三顾频烦天下计，两朝开济老臣心”，从大处着眼，言简意赅地概括和评价了诸葛亮一生的功绩和才德。上句写诸葛亮的才略得到刘备的器重，刘备曾三次去拜访他，二人隆中对策，分析当时的政治形势，并制定了“天下计”，即东连孙权、北拒曹操、西取刘璋、南抚夷越等恢复国家统一的策略。这一句虽然写到了刘备，但刘备之所以不厌其烦地三顾茅庐，看重的正是诸葛亮的雄才大略。下句写出山之后，诸葛亮辅助刘备开创帝业、建立蜀汉，辅佐后主刘禅巩固帝业、济美守成，却从不居功自傲，歌颂他为国呕心沥血的一片忠心，从品德和事业方面赞扬了诸葛亮的忠贞。

尾联“出师未捷身先死，长使英雄泪满襟”，表达了对诸葛亮病死军中，未能实现复兴汉室、还于旧都的深切痛惜，寄寓了无限的哀思和深沉的感慨。诸葛亮“鞠躬尽瘁，死而后已”的崇高精神和功业未成的遗憾让诗人不由得泪流满襟。“长使”二字大大地扩大了诸葛亮的影响范围，不但把普天之下的英雄人物，而且把千百年后所有有志未遂的英雄人物都包括在内，具有强烈的震撼力，亦有一定的普泛化意义。

这首七言律诗抒发了诗人对诸葛亮才智品德的崇敬和功业未成的感慨，语言简洁明畅，结构紧凑，对仗工整，声调和谐，蕴藉深厚，寄托遥深，意境雄浑悲壮，融情、景、议于一炉，既有对历史人物的评说，亦有对现实的寓托，在历代咏赞诸葛亮的诗篇中堪称绝唱。人称杜诗“沉郁顿挫”，《蜀相》可为典型代表。

西塞山怀古

刘禹锡[1]

王濬楼船下益州[2]，金陵[3]王气黯然收。
千寻[4]铁锁沉江底，一片降幡出石头[5]。
人世几回伤往事，山形依旧枕寒流。
今逢四海为家日，故垒萧萧芦荻秋。

[注释]

[1]刘禹锡(772—842)：字梦得，河南洛阳人。贞元九年(793)进士，曾任

太子宾客，世称“刘宾客”。其性格刚毅倔强，高扬豪迈。诗文俱佳，涉猎题材广泛，境界开阔疏朗，风格明快清峻，有“诗豪”之称。有《刘宾客集》存世。

[2]王濬(jùn)：西晋益州刺史。益州：西晋时郡治在今成都。晋武帝谋伐吴，派王濬造大船，出巴蜀，船上以木为城，起楼，每船可容二千余人。

[3]金陵：今南京，当时是吴国的都城。

[4]寻：长度单位，古以八尺为一寻。

[5]降幡(fān)：指降旗。石头：指石头城，故址在今江苏省南京清凉山。

[品读]

安史之乱后，唐代形成了宦官专权、藩镇割据、朋党之争的社会局面。刘禹锡对此颇为不满，参与了王叔文领导的政治革新运动，但遭遇失败，以致仕途坎坷，多次受贬。唐穆宗长庆四年(824)，刘禹锡由夔州(今重庆奉节)刺史调任和州(今安徽和县)刺史，沿江东下，途经西塞山，即景抒怀，写下这首感叹历史兴亡的佳篇。西塞山位于今湖北省黄石市西塞山区。

诗的前四句描写了当年西塞山之战的场景。包含了三组对比：一是“下”和“收”。“下”符合地理形势，谓由上游向下游进军。“下”字置于益州之前，显示出一种浩浩荡荡、居高临下的进军气势。金陵是六朝古都，底蕴深厚，而面对王濬的军队，金陵王气亦黯然消失。一“下”即“收”，既显示了王濬军队的强劲攻势，也显示了吴王闻风丧胆的情态。二是“千寻铁索”和“一片降幡”。“千寻铁索”说明吴国的防御军事非常强大，但是再强大，最后换来的也只是“一片降幡”。一边是晋军烧毁铁索的冲天火光，一边是吴国战败投降的屈辱白旗，对比鲜明。三是“沉”和“出”。动作上的下沉或高扬，形象地说明了吴国在历史的长河中消失了，晋国完成了统一大业。通过三组对比，形象地交代了西塞山之战双方的力量强弱、进军路线、作战方式以及战争结局。诗歌在对历史事件的描述中，寓有深远的意蕴，那就是“兴废由人事，山川空地形”。一个政权的建立与巩固，靠的不是险要的地形，而是人事。失去人心，任何防御工事都形同虚设、不堪一击。

“人世几回伤往事，山形依旧枕寒流”承上启下，让读者的思绪从历史的悲哀中挣脱出来，回到现实，概括了整个南朝三百余年政权频繁更替的历史。曾经的那些英雄、权贵，成功也好，失败也罢，都在历史的长河中远去了，唯一不变的只有矗立于此的西塞山和奔流不止的长江。“依旧”二字是说西塞山以前如此，现在如此，以后还将如此，用拟人的修辞手法写出了西塞山超然世外的精神。一个“寒”字，固然有客观的秋水之寒的实感，亦是作者政治失意的心境的反映。江水无言，青山依旧，但世事变幻，人生无常，于是诗人兴起了无限的兴亡之感。

“今逢四海为家日，故垒萧萧芦荻秋”，先言“今逢”之世，四方一家，次句言往日的军事堡垒，如今都已荒废，在一片秋风芦荻中显得异常破败。这些残破荒凉的遗迹既是六朝覆灭的历史见证，又是国家分裂失败的象征，亦是今天“四海为家日”、江山统一的结果。诗人庆幸唐王朝依旧统一的局面，同时又表达了对藩镇割据、国家分裂的担忧，有警喻世人、劝告朝廷之寓意，怀古慨今，收束全诗。

此诗叙说的内容是历史上的真实，状摹的景色是眼前的实景，抒发的感叹是诗人胸中的真情。它巧妙地把特定的历史情节和山川形胜的自然背景和谐地糅合在一起，并将秋色不露痕迹地涂抹在画面之上，形成了含蓄蕴藉、意味深长的艺术境界，展示了诗人历史家的严峻、政治家的敏锐、哲学家的深邃、文学家的伤感，是一首优秀的咏史怀古诗篇。

筹笔驿

李商隐

猿鸟犹疑畏简书[1]，风云长为护储胥[2]。
徒令上将[3]挥神笔，终见降王走传车[4]。
管乐有才真不忝[5]，关张无命欲何如？
他年锦里[6]经祠庙，梁父吟成恨有余。

[注释]

[1]简书：指军令。古人将文字写在竹简上。

[2]储胥：指军用的篱栅。

[3]上将：犹主帅，指诸葛亮。

[4]降王：指后主刘禅。传车：古代驿站的专用车辆。后主是皇帝，这时

却坐传车，隐含讽喻义。

[5]管：管仲。春秋时齐相，曾辅佐齐桓公成就霸业。乐：乐毅。战国时人，燕国名将，曾大败强齐。

[6]锦里：在成都城南，有武侯祠。

[品读]

筹笔驿，古地名，旧址在今四川省广元市北。相传三国时诸葛亮出兵伐魏，曾驻此筹划军事。很多诗人都留下了以“筹笔驿”为题材、怀念诸葛亮的作品。大中十年(856)冬，李商隐罢梓州幕随柳仲郢回长安，途经筹笔驿，有感而发，遂写了这首怀古诗。诗中极力赞颂了诸葛亮的济世雄才，表达了对其功业未成的无限遗恨，贬斥了懦弱昏庸的后主刘禅。

首联“猿鸟犹疑畏简书，风云长为护储胥”，写诗人来到筹笔驿，面对诸葛亮驻守此地的遗迹肃然起敬。作者将“猿鸟”“风云”人格化，说尽管六百多年过去了，猿猴和飞鸟还犹豫着不敢靠近，似乎依然畏惧诸葛亮森严的军令；风起云涌，聚集变幻，像是为古人长久护卫着当年的军营壁垒。这其实都是筹笔驿的实景，但在诗人的笔下染上了主观感悟色彩。以它们的情状衬托诸葛亮的军事才能，突出他治军严明，至今军威尚存，这种以虚写实的手法，尚未正面着笔就已经使人看见诸葛亮的风烈神威。

颔联“徒令上将挥神笔，终见降王走传车”，写目睹实景后，诗人心中所生的感慨。“上将”指主帅，即诸葛亮。“传车”指古代驿站的专用车辆。“徒令”“终见”，反跌一笔，感慨即便拥有运筹帷幄的雄才大略，诸葛亮也未能挽回蜀国的败亡。后主刘禅最终还是投降做了俘虏，被驿车押送到洛阳，隐含讽刺之意。此时，诗人的感情由上联的景仰变为愤懑。尽管诸葛亮有非凡的军事才能和卓越的政治远见，尽管他鞠躬尽瘁，死而后已，可最终的结果却让诗人在种种赞叹之后，继之以痛惜之情。

颈联“管乐有才真不忝，关张无命欲何如”，分析蜀国的败亡原因，抒发了一种无奈的喟叹。首句肯定诸葛亮具有管仲和乐毅的才干，本可辅主以图霸业，次句做一转折，言关羽和张飞早逝，蜀国无得力大将，只靠他一个人的力量，难以支撑全局。这两句既展示了诗人对他独撑局面、能力非凡的赞叹，也为其势单力薄、不得天助而感到惋惜和同情。

尾联“他年锦里经祠庙，梁父吟成恨有余”，表示对诸葛亮的景仰之情。昔年诗人经过锦里瞻仰武侯祠时，曾经写下了为诸葛亮抱恨的诗篇；今日经过丞相出师的故地，深感余恨未尽。这区区纸笔怎能道尽武侯的千古遗恨，怎能述尽自己吊古伤今、感时伤世的情怀，同时暗示着诗人怀才不遇、彷徨无依的人生感慨。正如纪昀所说，此诗“结局隐然自喻”。

全诗运用虚实相生、抑扬交替的手法，融抒情、议论、叙事、写景等多种表现方式于一体，歌颂了诸葛亮的威名、智慧与才气，借以寄托遗恨，抒发感慨。该诗评判历史人物，总结历史经验，以咏叹贯穿始终，波澜起伏，跌宕生姿，蕴含着诗人惋惜、激愤与无奈相交织的复杂情结，别具一格。

赤　壁

杜　牧

折戟[1]沉沙铁未销，自将磨洗认前朝。

东风不与周郎便[2]，铜雀春深锁二乔[3]。

［注释］

[1]戟：一种武器。

[2]东风：东吴若想火攻曹营，必须借助东风。周郎：周瑜，吴军统帅。

[3]二乔：吴国二美女，大乔嫁给吴国国君，小乔嫁给周瑜。

［品读］

这是一首咏史怀古的名作。发生于汉献帝建安十三年(208)十月的赤壁之战，是对三国鼎立的历史形势起着决定性作用的重大战役。而三十四岁的吴军统帅周瑜，是这次战役中的头号风云人物。诗人经过赤壁(今湖北省武汉赤矶山)时，有感于这个著名的古战场上所发生的三国时代的英雄成败事迹，遂诉诸笔端，写下此篇。

诗篇开头“折戟沉沙铁未销，自将磨洗认前朝”重在叙事，借一件古代武器，触发了对前朝历史人物和事件的慨叹。那一次大战中遗留下来的一支折断的铁戟，沉没在水底的沙中，经过了数百年，还没有被时光销蚀掉，现在又被人发现了。经过一番磨洗鉴定，它的确是赤壁之战的遗物。这不禁让人思绪万千，遂发怀古之幽情，为后文抒情做了很好的铺垫。

“东风不与周郎便，铜雀春深锁二乔。”这是久为人们所称赏和传诵的佳句，重在议论。意思是如果当年周瑜没有东风的帮助，那么铜雀台可能就会锁住东吴二乔了。赤壁之战中，周瑜用火攻战胜了数量上远远超过己方的敌军，而其计谋得以成功的最主要原因是决战时刻适时刮起了强劲的东风。作者并未从正面描摹东风如何帮助周郎取得了胜利，却从反面落笔，说假使东风不与周郎方便，那么胜败双方就要易位，历史形势将完全改变。故设想如果曹操成了胜利者，大乔和小乔必然会被抢去，关在铜雀台中。诗人用“铜雀春深锁二乔”描写在“东风不与周郎便”的情况下，曹操胜利后的骄恣和东吴失败后的屈辱，正是极其有力的反跌。同时，以美人衬托英雄，与上句的周郎互相辉映，弱化了战争的刚烈之气，使诗句更显情致，更为蕴藉。

本篇作为咏史怀古之作，诗人以小见大，虚实结合，借一支残戟引发了对历史的追忆，抒发了深长的感慨，表达了诗人对赤壁之战这一历史事件的独特见解，即成就英雄需要各种条件，仅有个人的努力是不行的。

桂枝香

金陵怀古

王安石[1]

登临送目，正故国[2]晚秋，天气初肃。千里澄江似练[3]，翠峰如簇。征帆去棹[4]残阳里，背西风酒旗斜矗。彩舟云淡，星河[5]鹭起，画图难足。

念往昔，繁华竞逐，叹门外楼头[6]，悲恨相续。千古凭高对此，谩嗟荣辱。六朝[7]旧事随流水，但寒烟衰草凝绿。至今商女，时时犹唱，《后庭》遗曲[8]。

[注释]

[1]王安石(1021—1086)：字介甫，号半山，临川(今江西抚州)人，曾主持熙宁变法，后被迫辞相，退居江宁，被封荆国公，死后谥号文，故世称“王荆公”“王文公”。其诗词或清新工致，情韵深远，或气势豪纵，沉郁悲壮，自成一家。

[2]故国：旧时的都城，指金陵。

[3]练：白色的绢。

[4]棹(zhào)：划船的一种工具，形似桨，也可引申为船。

[5]星河：银河，这里指长江。

[6]门外楼头：指南朝陈亡国惨剧。杜牧《台城曲》："门外韩擒虎，楼头张丽华。"意思是说隋朝开国大将韩擒虎已带兵来到金陵朱雀门(南门)外，陈后主还在与他的宠妃张丽华于结绮阁上寻欢作乐。

[7]六朝：指三国吴，东晋，南朝宋、齐、梁、陈六个朝代。它们都建都金陵。

[8]《后庭》遗曲：指歌曲《玉树后庭花》，传为陈后主所作。杜牧《泊秦淮》："商女不知亡国恨，隔江犹唱《后庭花》。"后人用其指代亡国之音。

[品读]

此词可能是王安石出知江宁府时所作。宋英宗治平四年(1067)，王安石第一次任江宁知府，写有不少咏史吊古之作，宋神宗熙宁九年(1076)，王安石罢相，第二次出知江宁府。这首词当作于上述两个时段之一。作者描写登高所见的壮丽之景，联想到六朝兴亡的史实，发出了深沉的感慨。

上片写景，描绘出一幅晚秋时节的金陵景色。首句以"登临送目"四字领起，为词开拓出一个高远的视野。接下来则点明了地点是"故国"，即金陵，季节是"晚秋"。天气清肃明朗，登高远眺，周围的山川景色尽收眼底。"千里澄江似练，翠峰如簇。"首先映入眼帘的是高山大江。"千里"二字，开始了全景扫描，开阔高远，境界扩大。"澄江似练"化用谢朓诗句，写江水如白色丝带一样静静流淌，蜿蜒东下，"翠峰如簇"一句自铸伟辞，言碧绿的山峰连绵不断，参差竞秀。这两句不仅在语词上对仗严谨、工整，在构图上还以曲线绵延与散点铺展相映成趣，既有平面的铺展，又有立体的呈现，一幅金陵锦绣江山图立时展现在读者眼前。

"征帆去棹残阳里，背西风酒旗斜矗"紧承前文之静态景观，续写动态画面。在夕阳的映照下，江中的船只缓缓前行，酒家的招旗迎风摆动。这是由客观的自然景物过渡到人们的行旅活动，画面顿时生动起来。"残阳""西风"已透露出萧条衰飒之象，为下文的抒情营造了气氛。“彩舟云淡，星河鹭起，画图难足”再次将视线拉向远方。“星河”指长江。远在天际的小舟罩上一层薄雾，似被轻盈的浮云遮掩，依稀可辨，一群白鹭腾空而起。“彩舟”“星河”，色彩鲜明；“云淡”“鹭起”，动静相生。广漠的空间上，随着征帆渐渐远去，水天已融为一体，分不清哪里是水哪里是天，再加上鹭鸟的形象，该句极为生动地展开了一幅金陵江上秋景图。“画图难足”四字表明如此优美的景致是难以用语言或画面加以描绘的，表达了对这样的壮丽图景由衷的赞美、称赏之意。

下片抒怀。“念往昔”一句，由登临所见过渡到所思所想。面对着六朝古都，词人自然联想到六朝的史实，“繁华竞逐”四字深刻地揭示出六朝更替的根本原因。“叹门外楼头，悲恨相续”化用杜牧诗句，表达了对六朝亡国之君腐朽荒淫的指责，又隐含着更深刻的现实意义。“千古凭高对此，谩嗟荣辱”发出对历史的感叹。“凭高”与“登临”相呼应。“谩嗟荣辱”即空叹兴亡，但若仅是空叹，又有何用？至此，词人情绪达到顶点，此句成为全词的警句，把金陵怀古之类的作品统统推倒，显示了雄放的政治家气度。那么，怎样才能做到不空叹呢？词人并未明言，留下了许多令人揣测悬想的空间。

“六朝旧事随流水，但寒烟衰草凝绿”又从抒情转回写景。“流水”“寒烟”“衰草”对应上片的“澄江”和“晚秋”。六朝的繁华与衰败等一切兴废之事都已随江水逝去，成为历史的陈迹，只剩下寒烟笼罩下的一片芳草，寄予了作者浓重的惆怅心情。然而，历史的教训并未引起统治者们的重视，他们依旧过着醉生梦死的荒淫生活：“至今商女，时时犹唱，《后庭》遗曲。”该句此处化用杜牧《泊秦淮》的诗句，虽是冷静客观的陈述之语，却异常痛心尖锐地谴责了那些沉醉于歌舞声色享乐的统治者，隐寓着对北宋王朝内忧外患、积贫积弱等社会危机深重的忧虑和强烈的讽刺。

此词描写了金陵及长江奇丽无比的景色，抒发了吊古伤今的感叹。通过叙写六朝统治者荒淫腐朽、纸醉金迷以致相继灭亡的史实，诗人表现了对现实政治的深切关注，颇有现实意义，体现了政治家的胸襟气度。该词境界阔大，气势非凡，写景与抒情映衬，怀古与讽今结合，善用典故，表达含蓄却寓意深刻，突破了“词为艳科”的藩篱，为苏轼等士大夫之词的全面登台奠定了坚实的基础。

双声子

柳 永

晚天萧索，断蓬踪迹，乘兴兰棹[1]东游。三吴[2]风景，姑苏台榭[3]，牢落[4]暮霭初收。夫差旧国，香径[5]没、徒有荒丘。繁华处，悄无睹，惟闻麋鹿呦呦。　　想当年、空运筹决战，图王取霸[6]无休。江山如画，云涛烟浪，翻输范蠡扁舟。验前经旧史，嗟漫哉、当日风流。斜阳暮草茫茫，尽成万古遗愁。

[注释]

[1]兰棹：画船的美称。

[2]三吴：说法不一，今采用《水经注》之说，指吴兴(今浙江吴兴)、吴郡(今江苏苏州)、会稽(今浙江绍兴)。

[3]姑苏台榭：指姑苏台，在今苏州市郊灵岩山。春秋时吴王夫差与西施曾在此游宴作乐。

[4]牢落：稀疏。

[5]香径：指采香径，在灵岩山上，是当年吴国宫女采集花草时所走之路。

[6]图王取霸：指吴、越为建立王霸事业而纷争图谋。

[品读]

这首词以晚秋为背景，抒发了词人吊古伤今的历史感慨。柳永从汴京出发，经汴河东下至江淮一带，再向南到镇江、苏州、杭州，随着越走越远，他内心因羁旅生涯而引发的伤感情绪，也越来越浓，于是在游苏州姑苏台时写下了这首《双声子》。

首三句，以“晚天萧索”点明游历的时间，渲染气氛，为全词奠定了冷落感伤的情感基调。接着两句“断蓬踪迹，乘兴兰棹东游”，前句写自己仕途坎坷，一生失意，到处漂泊，就像断根的蓬草一样随风飘荡，无着无落；后句表示既然现实无法改变，那就放下牢骚，随遇而安，趁时享受吧，故乘兴坐船东游。“三吴”句，写其沿江而下所见之景，主要描写了如今吴地的荒凉景色。吴王夫差当年修筑的姑苏台榭笼罩在沉沉暮霭之中，一派残败。喧嚣华丽的城市已经远去，清冷荒凉的历史陈迹触目惊心地扑入眼帘，境界顿时开阔，将人带入历史的回忆中。于是，词人以层层铺叙之法，点出“夫差旧国”。昔日的华台香径已成荒丘，繁花似锦的姑苏台成了野鹿出没之所，一切的风流豪奢都随着时间的推移而烟消云散了。强烈的今昔对比，使词人的兴亡之感油然而生，词的下片自然转入怀古之情的抒发。

换头“想当年”三句，进一步拓开词境，继续呈现历史画面。吴王夫差与越王勾践的你争我夺，到头来只是一场空。用一个“空”字冠于“运筹决战”之前，具有强烈的历史穿透力，从而深化了词作的主题。接着，词人从对历史的纷争叙写中回到现实，放眼远眺，只见“江山如画，云涛烟浪”，山河依旧，人事全非，只有急流勇退的范蠡在越国胜利之后，驾扁舟逍遥于五湖的明智之举，至今使人叹服。在这样的历史反思之中，一切功名成败都被淡化了，词人的不平之气也得以消解。“验前经旧史”三句，表示通过对历史的体察和反思，终于明白所有的风流人物和英雄事业都会沉入历史长河之中，消失在人们的记忆中。留下的只有“斜阳暮草茫茫”，勾起人们的“万古遗愁”。

柳永词一向以艳婉轻柔，此词却表现了他的另一面。全词以深秋萧索、暗淡的景色为背景，通过今昔对比，抒发了怀古之思，表现了身世之感。该词以其阔大的境界、沉雄的气魄、清劲的情调以及深沉的历史和睿智的理性光芒，成为怀古词中的佳作。

念奴娇

赤壁怀古

苏　轼

大江[1]东去，浪淘尽，千古风流人物。故垒[2]西边，人道是，三国周郎赤壁。乱石穿空，惊涛拍岸，卷起千堆雪[3]。江山如画，一时多少豪杰。　　遥想公瑾当年，小乔初嫁了，雄姿英发。羽扇纶巾[4]，谈笑间，樯橹[5]灰飞烟灭。故国神游，多情应笑我，早生华发。人生如梦，一尊还酹江月[6]。

[注释]

[1]大江：指长江。

[2]故垒：黄州古老的营垒，可能是古战场的陈迹。

[3]雪：比喻浪花。

[4]羽扇纶(guān)巾：手持羽扇，头戴纶巾，这是古代儒将的装束。纶巾，古代配有青丝带的头巾。

[5]樯橹：这里代指曹操的水军。樯，挂帆的桅杆。橹，一种摇船的桨。

[6]酹(lèi)：将酒浇在地上祭奠。这里指洒酒酬月，寄托个人情感。

[品读]

这首词是宋神宗元丰五年(1082)苏轼在黄州时所作。苏轼因反对新法被贬谪到黄州(今湖北黄冈)。两年来，他经常到赤鼻矶游览眺望，或泛舟江中。望着滚滚东去的江水，词人想起自己建功立业的抱负也付之东流，不禁俯仰古今，浮想联翩，写下了这首名篇。这是苏轼豪放词的代表作。

此词上片，先即地写景，为英雄人物的出场做铺垫。词人登高眺远，东流的江水波涛汹涌，气势奔放，“浪淘尽”三字把浩荡的长江与拥有非凡气概的千古英雄人物融合在一起，布置了一个极为广阔而悠久的时空背景，作者站立江边对景抒情的壮怀与气魄隐然而出。“故垒”两句，点出这里是传说中的古代赤壁战场。在苏轼写此词的八百多年前，东吴名将周瑜曾在长江南岸指挥了以弱胜强的赤壁之战。关于当年的战场的具体地点，向来众说纷纭，东坡在此不过是聊借怀古以抒感。“人道是”，用字极有分寸。“周郎赤壁”，既照应词题，又为下片缅怀公瑾预伏一笔。

“乱石”三句，集中描写赤壁雄奇壮阔的景物。陡峭的山崖散乱地高插云霄，汹涌的骇浪猛烈地搏击着江岸，滔滔的江流卷起千万堆澎湃的浪花，词句用浓墨重彩从不同角度进行了生动描写，一扫平庸萎靡的气氛，把读者顿时带进一个奔马轰雷、惊心动魄的奇险境界，使人心胸为之开阔，精神为之振奋。结拍二句，总述上文，带起下片。“江山如画，一时多少豪杰”，这明畅精切、脱口而出的赞美，是作者从面前大自然的雄伟画卷中自然得出的结论。这两句仍是江山与人物合写，与开头两句相应合，只是前者囊括“千古风流人物”，后者仅指“一时”“豪杰”，遂引起下片对具体历史人物的咏叹。

上片重在写景，将时间与空间的距离紧缩集中到三国时代的风云人物身上。词人又把镜头拉得更近一些，选中了周瑜，为他拍出特写。从“千古风流人物”到“一时”“豪杰”，再到“公瑾”，词人一层层缩小描写的范围，从远到近，从多到少，从概括到具体，从一般到个别，于是，周瑜作为一个典型的“风流人物”和“豪杰”而登场。然而，“遥想”之后，作者并未开始对周瑜的直接描写，而是插入“小乔初嫁了”，以美人烘托英雄，更见出周瑜的丰姿潇洒、韶华似锦、年轻有为。同时，也使人联想到：赢得这次抗曹战争的胜利，是东吴据有江东、发展胜利形势的保证，否则难免出现“铜雀春深锁二乔”的严重后果，也说明这次战争的重要意义。

“雄姿英发”“羽扇纶巾”，从肖像仪态上描写周瑜装束儒雅，风度翩翩，着力刻画其仪容装束，反映出指挥官周瑜临战的潇洒从容，说明他对这次战争早已成竹在胸、稳操胜券。于是，“谈笑间，樯橹灰飞烟灭”。这句抓住了火攻水战的特点，精切地概括了整个战争的胜利场景。“灰飞烟灭”四字，已将曹军的惨败情景形容殆尽。“故国”以下，转入自抒怀抱。作者临“故国”，思“豪杰”，想到周瑜三十四岁的时候，便建立了那样惊天动地的功业，而自己如今年过半百，满头霜发，贬谪于此，一事无成。随后词人自我纾解，认为人生短暂，不必让种种闲愁萦回于心，还不如放眼大江，举酒赏月。“一尊还酹江月”一句言近意远，一位襟怀超旷、识广明达、善于自解自慰的词人形象仿佛就浮现在读者眼前。

此词以怀古为契机，以奔放的气势和豪宕的语言描写了江流奔腾汹涌和山石陡峭挺拔的赤壁古战场雄伟壮观的景色，抒发了对风云际会的英雄人物无限的景仰与向往之情，流露出人生短暂、壮志难酬的深重哀叹。词人将写景、咏史、言志、抒情融为一体，笔触灵活自由，情感跌宕起伏，虚实互用，以空前的气魄和艺术力量塑造出英气勃发的抒情主人公形象。

西河

金陵

周邦彦

佳丽地[1]，南朝盛事[2]谁记？山围故国绕清江，髻鬟对起[3]；怒涛寂寞打孤城，风樯遥度天际。　断崖树，犹倒倚；莫愁艇子曾系。空余旧迹郁苍苍，雾沉半垒。夜深月过女墙[4]来，伤心东望淮水。　　酒旗戏鼓甚处市？想依稀、王谢邻里。燕子不知何世；入寻常巷陌人家，相对如说兴亡，斜阳里。[5]

［注释］

［1］佳丽地：指金陵。

［2］南朝盛事：南朝宋、齐、梁、陈四朝建都于金陵。

［3］髻鬟对起：以女子髻鬟比喻长江两边相对而立的山。

［4］女墙：城墙上的矮墙。

［5］“燕子不知何世”四句：化用刘禹锡《乌衣巷》“朱雀桥边野草花，乌衣巷口夕阳斜。旧时王谢堂前燕，飞入寻常百姓家”，感叹今昔世事的沧桑巨变。

［品读］

此词是周邦彦的晚年作品，隐括刘禹锡《石头城》和《乌衣巷》二诗而成。时值北宋末年，宋王朝危机四伏。宣和二年(1120)，南方爆发了方腊领导的农民起义，周邦彦仓促间从杭州经扬州，一路颠簸来到南京，切身体会到农民起义对北宋王朝的巨大冲击。面对金陵胜地，目睹自然界的沧桑变化，词人不由得产生了人事兴衰的感触，抒发了自己的政治见解和哲理观念，表达了追念今昔和寄慨当今的思想情感。

词分三片，上片从金陵山川形胜说起，化用谢朓的“江南佳丽地，金陵帝王州”，点明六朝故都金陵的繁华，又以“盛事谁记”引起下文。“山围故国”四句化用《石头城》前半首诗的诗意，添加了“髻鬟”“风樯”二句，境界深远，描绘形象。上片总写金陵的山川景色，展现了一幅开阔高远、清新秀丽的江山图景，但“孤城”“寂寞”等字眼又传达出一种莫名的哀感。

中片继续写景，着重写金陵的古物陈迹，情调有所变化。由“山围故国”到断崖倒树，再到似乎系过美女莫愁的游艇的地方，由“孤城”到掩隐在浓雾中的“半垒”和冷月照映下的“女墙”，触目之处皆一片荒芜。词人将视角聚焦于这些具有沧桑意蕴的景物上，借景写物是人非的愁绪。

下片转换角度，始写金陵坊市。词人伤心东望，淮水苍茫，不禁回想起昔时盛事，如迎风飘扬的酒帘、社戏中铿锵有力的鼓声，这种喧闹的场景今日却要去何处寻找？一片迷茫之中，词人化用《乌衣巷》的诗意，描写了一幅颇有意味的画面：屋檐下燕语呢喃，好像饱经沧桑的过来人，在斜阳里闲话兴亡。借燕子诉说兴亡，暗寓不胜今昔之慨。

此词结构严整，层次井然。词人没有直接叙写南朝史实，而是通过对眼前金陵古都的历史遗迹的描写，创造了一种凄清苍凉的氛围，借以抒发对历史上封建王朝兴衰变迁的感叹，形象地表现了沧桑之感，寓悲壮情怀于空旷意境之中。同时，该词大量化用前人诗句与诗意，浑然无迹，显示出高超的艺术表现力，是怀古词中别具匠心的佳作。梁启超评此词曰："张玉田谓清真最长处，在善融化古人诗句如自己出，读此词可见此中三昧。"①

永遇乐

京口[1]北固亭怀古

辛弃疾

千古江山，英雄无觅孙仲谋[2]处。舞榭歌台[3]，风流总被雨打风吹去。斜阳草树，寻常巷陌，人道寄奴[4]曾住。想当年，金戈铁马，气吞万里如虎[5]。　元嘉草草[6]，封狼居胥[7]，赢得仓皇北顾[8]。四十三年[9]，望中犹记，烽火扬州路[10]。可堪[11]回首，佛狸祠[12]下，一片神鸦社鼓[13]。凭谁问：廉颇[14]老矣，尚能饭否？

[注释]

[1]京口：古城名，即今江苏镇江，因临京岘山、长江口而得名。

[2]孙仲谋：三国时的吴王孙权。他始署京口镇。

[3]舞榭歌台：演出歌舞的楼台。榭，建在高台上的房子，此处代指孙权故宫。

[4]寄奴：南朝宋武帝刘裕的小名，南北朝时期宋朝的建立者。

[5]"想当年"三句：刘裕曾两次领兵北伐，收复洛阳、长安等地。金戈，用金属制成的长枪。铁马，披着铁甲的战马。金戈、铁马都是当时精良的军事装备，这里指代精锐的军队。

① (清)梁启超：《饮冰室评词》，见唐圭璋编：《词话丛编》，407页，北京，中华书局，1986。

[6]元嘉草草：元嘉是刘裕之子刘义隆的年号。草草，轻率。刘义隆好大喜功，仓促北伐，反而让北魏国主拓跋焘抓住机会，以骑兵南下，兵抵长江北岸而返，重创宋军。

[7]封狼居胥：狼居胥山，在今内蒙古自治区北部。汉武帝元狩四年(前119)，霍去病远征匈奴，歼敌七万余，在狼居胥山祭祀天地而还。词中用“元嘉北伐”失利事，影射南宋“隆兴北伐”。

[8]赢得仓皇北顾：指宋文帝刘义隆命王玄谟率师北伐，为拓跋焘击败，北魏趁机大举南侵，直抵扬州，吓得宋文帝亲自登上建康幕府向北观望形势。赢得，剩得、落得。

[9]四十三年：作者于宋高宗绍兴三十二年(1162)从北方抗金南归，于宋宁宗开禧元年(1205)任镇江知府，登北固亭写这首词时，前后共四十三年。

[10]烽火扬州路：指当年扬州地区到处都是金兵南侵的战火烽烟。路，宋朝时的行政区划，扬州属淮南东路。

[11]可堪：表面意为可以忍受得了，实则犹“那堪”“岂堪”。堪，忍受。

[12]佛(bì)狸祠：北魏太武帝拓跋焘小名佛狸。公元450年，他曾反击刘宋，在两个月的时间里分兵南下，五路远征军分道并进，从黄河北岸一路穿插到长江北岸。后在长江北岸瓜步山建立行宫，即后来的佛狸祠。

[13]神鸦：指在庙里吃祭品的乌鸦。社鼓：社日(古时祭祀土神的日子)祭神所奏的鼓乐。这句话的意思是，南宋时期，当地老百姓只把佛狸祠当作供奉神祇的地方，而不知道它曾是皇帝的行宫。

[14]廉颇：战国时赵国名将。《史记·廉颇蔺相如列传》记载，廉颇被免职后跑到魏国，赵王想再用他，派人去看他的身体情况。廉颇的仇人郭开贿赂使者，使者回来报告赵王说：“廉颇将军虽老，尚善饭，然与臣坐，顷之三遗矢(通‘屎’)矣。”赵王以为廉颇已老，遂不用。

[品读]

此词写于宋宁宗开禧元年(1205)，辛弃疾时年六十六岁。当时韩侂胄执政，正积极筹划北伐，闲置已久的辛弃疾于前一年被起用为浙东安抚使。这年春初，他又受命担任镇江知府，戍守江防要地京口。辛弃疾到任后，一方面积极布置军事进攻的准备工作，另一方面又清楚地意识到政治斗争的险恶和自身处境的孤危，深感很难有所作为。他登上北固亭，极目眺望，怀古忆昔，心潮澎湃，感慨万千，写下了这篇怀古杰作。

上片即景生情，由眼前所见联想到古代英雄人物。“千古江山”四句，追忆三国时的吴王孙权，感叹山河长存、人世沧桑。当年的歌舞楼台经过长期的风吹雨打早已茫然无存，英雄的辉煌事业和丰功伟绩也都随着时光的消逝而无处寻迹。“斜阳草树”六句，缅怀东晋刘裕。遥想当年，他统帅雄师北伐，横戈跃马，驰骋中原，气吞山河，转战万里，势如破竹，这让词人心绪难宁，暗示了自己杀敌报国的决心。通过对两位与京口有密切关系的英雄人物事迹的叙写，词人歌颂了他们的雄姿和声威。然而，这一切都已成过眼云烟，他们生活战斗过的地方如今都变得荒芜衰败，表现了对英雄的哀叹。悼古意，伤今怀，言外之意是当前社会缺失英雄，无人能力挽狂澜，振兴宋室，抵御外侮。

下片的“元嘉草草，封狼居胥，赢得仓皇北顾”，用宋文帝刘义隆匆忙北伐的失败，告诫南宋当权者吸取历史教训，不要草率出兵，说明了词人对政治形势的清醒认识和深谋远虑。“四十三年，望中犹记，烽火扬州路”，宕开一笔，由怀古转入忆昔。词人站在北固山上，北望中原，对四十三年前金主完颜亮大举南侵，占领扬州，造成严重破坏的情景记忆犹新。可如今依然山河破碎，中原未复，自己却垂垂老矣，怎能不令人痛心呢？“可堪回首”句回到现实，老百姓正在祠庙前鼓乐喧天地迎神赛会，似乎忘却了国家的耻辱和分裂，这更使辛弃疾揪心难挨。“可堪”二字用反语表达了作者强烈的忧时伤世之感。结尾三句，以老将廉颇自喻，概括一生的坎坷遭际，表明老当益壮、尚能为国杀敌的决心。然而，此心无人能识。“凭谁问”三字包含作者无限的悲愤、郁闷与感慨。

全词将写景、抒情与咏史紧密结合，托古讽今，表达了词人的深谋远虑和报国豪情，愤慨激昂，纵横捭阖，用典妥帖，含蕴深厚，颇能代表稼轩词风。故杨慎《词品》言：“辛词当以京口北固亭怀古《永遇乐》为第一。”

结语

咏史诗多针对某一历史事件或人物，发表自己的独到见地，长于议论抒情；怀古诗往往跟登临远望结合，描写古迹的地理环境与自然景观，长于情景交融。无论见古迹，还是思古人，皆是以此为契机，感慨兴衰，寄托哀思，托古讽今，即忆古事，抒己志。此类诗词常常运用叙史与言志、怀古与叹今相结合的手法，通过用典、双关、对比、反衬、借景抒情、虚实结合、借古讽今等，抨击社会现实，感慨个人命运。它们或清峻峭拔，或雄浑悲壮，或含蓄沉郁，感情基调以苍劲悲凉为主。

第八讲　哲思理趣

导言

诗歌是一种抒情文学样式，亦有言志说理之功能，哲理诗即表现诗人哲学观点、反映人生道理的诗歌。《诗经》中已有不少说理的诗歌，如《小雅·十月之交》中的“百川沸腾，山冢崒崩。高岸为谷，深谷为陵”，形象地说明事物都是发展变化的。汉乐府《长歌行》用露水易干、春花至秋衰败、百川东流一去不回返等一连串的比喻说明了“少壮不努力，老大徒伤悲”的道理。两晋玄言诗呈现出以诗说理的高潮，亦因多老庄玄理的说教和诗歌形象的缺失受到后人的批评。唐人变革玄言诗，将哲理融入自然景观的描写中，情韵与哲理并存。宋人重视思辨，爱发议论，说理成为宋代诗词的一个特点，哲理诗进入极度繁盛时期。

哲理诗篇幅短小精悍，有的直接从生活中加以提炼，语言简洁，内蕴深刻，但易缺少意境的营造，乏诗韵，少情趣，欠含蓄。其上乘之作理趣诗则是将抽象的哲理融于诗歌的形象之中，借助景物描写和生动的比喻，在吟咏之间寄寓微妙深刻、具有普遍意义的哲思，深沉浑厚，含蓄隽永，富于理致与情趣。正是由于理趣蕴含在诗的形象之中，故诗之理趣多见于山水、咏物、咏史以及形象化的议论之中。诗人常在拔山涉水、登高望远时有所感悟，把哲理与情趣结合起来，抒写生活体验与人生感悟，这使哲理诗成为一种特殊的存在。

作品赏析

春江花月夜

张若虚[1]

春江潮水连海平，海上明月共潮生。滟滟[2]随波千万里，何处春江无月明！江流宛转绕芳甸[3]，月照花林皆似霰[4]；空里流霜[5]不觉飞，汀[6]上白沙看不见。江天一色无纤尘，皎皎空中孤月轮。江畔何人初见月？江月何年初照人？人生代代无穷已，江月年年望相似。不知江月待何人，但见长江送流水。白云一片去悠悠，青枫浦上[7]不胜愁。谁家今夜扁舟子？何处相思明月楼[8]？可怜楼上月徘徊，应照离人妆镜台。玉户[9]帘中卷不去，捣衣砧上拂还来。此时相望不相闻，愿逐月华流照君。鸿雁长飞光不度，鱼龙潜跃水成文[10]。昨夜闲潭梦落花，可怜春半不还家。江水流春去欲尽，江潭落月复西斜。斜月沉沉藏海雾，碣石潇湘无限路。不知乘月几人归，落月摇情满江树。

[注释]

[1]张若虚(约647—约730)：字、号均不详，江苏扬州人，与贺知章、张旭、包融并称“吴中四士”。诗仅存二首，其中《春江花月夜》沿用乐府旧题，语言清丽，描写细腻，音韵宛转，富有情韵与哲思，意境深远，可谓“孤篇盖全唐”。

[2]滟(yàn)滟：波光荡漾的样子。

[3]芳甸(diàn)：芳草丰茂的原野。甸，郊外之地。

[4]霰(xiàn)：白色不透明的小冰粒，形容月光下春花晶莹洁白。

[5]流霜：飞霜，古人以为霜和雪一样，是从空中落下来的，所以叫流霜。这里比喻月光皎洁，月色朦胧流荡，所以不觉得有霜霰飞扬。

[6]汀(tīng)：沙滩。

[7]青枫浦上：泛指游子所在的地方。《楚辞·招魂》：“湛湛江水兮上有

枫，目极千里兮伤春心。”青枫浦，地名，今湖南浏阳境内有青枫浦。浦上，水边。《九歌·河伯》：“送美人兮南浦。”此句隐含离别之意。

[8]明月楼：月夜下的闺楼。曹植《七哀诗》：“明月照高楼，流光正徘徊。上有愁思妇，悲叹有余哀。”

[9]玉户：形容楼阁华丽，以玉石镶嵌。

[10]文：同“纹”。

[品读]

《春江花月夜》是乐府《清商曲·吴声歌》旧题，创始于陈后主，艳丽柔靡。这首长篇歌行以春江花月夜为背景，将画意、诗情与对宇宙奥秘和人生哲理的体察融为一体，创造出情景交融、玲珑透彻的诗境。

全诗分为三个部分。第一部分从开头到“皎皎空中孤月轮”，以江月为中心，勾勒出一幅春江、花林、江月的美妙图画。水面宽阔，春潮高涨，江海相连，更有那一轮明月伴随着汹涌的海潮一同升起，光耀万里。江水绕着长满芳草野花的江边小洲流过，月光照射着花树梢头，仿佛为它铺上一层雪珠。月光洁白明亮，反而使人看不到空中的流霜与岸上的白沙，浑然只有一轮皎洁明月高悬空中。诗人用细腻的笔触描绘了一个令人陶醉的神话般的世界，引起无限遐想。

由“江畔何人初见月”至“但见长江送流水”是第二部分，写岸汀江天的美景引发了诗人内心无限的感慨。诗人由自然想到人生，不由得追问道：究竟是谁先看到这轮明月？明月又是从何时起普照大地的呢？诗人有感于人生代代相传，自然万物却永恒不变，好像在等待着它一直所期待的人。此问无人能解答，故以流动不止的江水作结。作者诗人面对浩瀚的长江，默然站立，心绪繁杂的形象跃然纸上。

从“白云一片去悠悠”到最后为第三部分，重点抒写人间思妇游子的离愁别绪。首二句承上启下，由对自然景观的描绘过渡到对两地思念之情的抒写。再用“扁舟”与“明月楼”点出两地相思一样愁的苦楚。明月满怀同情地映照在思妇楼前，将月光洒在妆台、门帘、捶衣石上，引起思妇对昔日美好生活的回忆。望着无处不在的月光，孤独无依的思妇竟产生了奇妙的想象——“愿逐月华流照君”。一轮明月同照两地，夫妇二人望月互念。“昨夜”句交叉描绘了梦境与现实，虚实相间，把月夜将尽、梦境难以实现的惆怅之情衬托得缠绵悱恻、迷离惝恍。末四句写梦醒之后斜月沉雾的场景，一切都随着月光的消失不见了，却将离情遍洒人间，极好地照应了篇首。

此诗纯用白描，运用多角度写景的手法，从月生、月照、月轮、月徘徊、月华、月斜，一直写到月落，辅以江潮、江流、江天、江畔、江月、江浦、江潭、江树等特定场景，呈现出完整的艺术境界，更融入了深长的情思与哲理。全诗四句一换韵，平仄交错使用，回环往复，与诗歌的情感变化节奏精妙配合，富有音乐性。该诗以律句入古体，具有如歌的意味，从而避免了平板滞重的毛病，而有了抑扬顿挫、清新流丽的语言特征，被誉为“诗中的诗，顶峰上的顶峰”①。

登鹳雀楼

王之涣[1]

白日依山尽[2]，黄河入海流。
欲穷千里目[3]，更上一层楼。

[注释]

[1]王之涣(688—742)：字季凌，晋阳(今山西太原市西南)人，性格豪放不羁。其诗语言质朴，意境雄浑，格韵优美。惜仅六首存世。

[2]尽：消失。这句是说太阳依傍山峦沉落。

[3]千里目：指眼界宽阔。

[品读]

这首诗是王之涣在赶考途中，路经山西蒲州(今山西永济)鹳雀楼时写下的。鹳雀楼高三层，前瞻高山，下瞰大河，景色极佳，是唐代著名的登临胜地。唐时在此留诗者甚多，尤以此诗最为人称赏。此诗抒写了诗人在登高望远中表现出来的不凡胸襟，反映了盛唐时期人们积极向上的进取精神。

① 闻一多：《宫体诗的自赎》，见《唐诗杂论》，11页，上海，上海古籍出版社，1998。

诗的前两句写景，描绘登楼所见的壮观景象，开笔就有缩万里于咫尺之势，勾勒出一幅豪迈雄劲的山水画卷。“白日依山尽”写山，是仰观，是远景。向西望去，一轮落日向着楼前一望无际、连绵起伏的群山沉降，在视野的尽头渐渐消失。“黄河入海流”写水，是俯视，是近景。向东望去，奔腾咆哮的黄河一泻千里，狂流不息，向东汇入浩瀚无涯的大海。“依山尽”“入海流”，皆在动态中描摹景物，气势雄浑，境界开阔。诗人运用极其朴素、极其浅显的语言，高度形象地将广阔视野中的万里河山收入短短十个字中，让人如临其地，如见其景，胸襟为之开阔，为后文的议论做了很好的铺垫。

后两句笔锋一转，由写景转向说理，把景物、情势和哲理融合得天衣无缝。“欲穷千里目，更上一层楼”；收尾处用一个“楼”字，起点题作用。“欲穷千里目”写诗人有无止境探求的愿望，还想看得更远，看到目力所能达到的最远方，而唯一的办法就是“更上一层楼”。表面看来，该句只是平铺直叙地写出了登楼的过程，却含意深远，耐人寻味。“千里”“一层”，都是虚数，是诗人想象中纵横两方面的空间。“欲穷”“更上”层层递进，词语中包含着对未来的希望与憧憬。此联别有新意，出人意料，与前两句诗承接得十分自然紧密，更与前句的景物描绘融会和谐，浑然一体，从而提升了全诗的境界，给读者提供了联想的广阔天地，遂成千古传诵的名句。它饱含诗人向上进取的精神气度和高瞻远瞩的胸襟怀抱，也道出了要站得高才能看得远的生活哲理。

此诗虽仅有二十字，却以千钧之力描绘了北国河山的磅礴气势和壮丽景象，令人襟怀豪宕。因其气势充沛，故无雕琢呆板之病，反而从精工之中显出壮阔之美。清代沈德潜评此诗说：“四语皆对，读去不嫌其排，骨高故也。”①王之涣因之名垂千古，鹳雀楼也借此名扬天下。

次北固山下

王　湾[1]

客路青山外，行舟绿水前。

潮平两岸阔，风正一帆悬。

① （清）沈德潜：《唐诗别裁集》，425页，长沙，岳麓书社，1998。

海日生残夜[2]，江春入旧年。

乡书何处达？归雁[3]洛阳边。

[注释]

[1]王湾（约693—约751）：字号不详，河南洛阳人，唐玄宗先天元年(712)进士。其诗多写自然山水，格调壮美，意境开阔，颇有盛唐诗歌的气象。

[2]残夜：夜将尽、天快亮时。

[3]归雁：北归的大雁。大雁每年秋天飞往南方，春天飞往北方。古代有用大雁传递书信的传说。

[品读]

王湾作为开元初年的北方诗人，往来于吴、楚间，为江南的清丽山水所倾倒，并受到当时吴中诗人清秀诗风的影响，写下了一些歌咏江南山水并寓意深刻的作品，此诗可为代表作。

首联"客路青山外，行舟绿水前"点题。"青山"当指北固山，在今江苏镇江以北，面临长江，三面环水。诗人此刻在船上，"客路"即驿道，指作者要去的路。这路既在青山之外，那他是看不到的，可见这是诗人的想象，表明船到镇江后，他还要乘驿车到别的地方去，已暗含旅途奔波之意。"客路"的漂泊羁旅之情，已流露于字里行间，与末联的"乡书""归雁"遥相照应。诗人以平实之笔开篇，犹如画家作画前在纸上铺设的底色，为抒情言志创设出收缩自如的挥洒空间。

颔联"潮平两岸阔，风正一帆悬"写船上所见景色，融情寓理，耐人寻味。"平""阔""正""悬"四个形容词把景色描绘得细致生动。"潮平"才显得两岸宽阔，放眼望去，江面似乎与两岸相连；"风正"帆才有悬空的态势，写出风顺浪平、一帆高挂的豪迈气势。这两句对仗工整，意境开阔，给人水天寥廓、风送舟轻的舒畅之感。

颈联"海日生残夜，江春入旧年"是即景生情。黎明时分，早起的诗人举目东望，只见江天一色，一轮红日从东方江海相接的地平线上慢慢升起，回眸西望，却见西边天幕上的夜色尚未完全褪去。一夜之间已是两年，早上升起的海日预示着新的一年的开始，春天已按捺不住自己的脚步，悄悄渡江北上，走进了旧年。“生”和“入”的选用，把一个昼夜更替的壮观景象与新旧相接的时光荏苒描绘得传神入化，又暗含比兴意味，开辟出一片自由想象的空间，引人无限遐想，自然无迹地表现了某种人生境界和生活哲理，可谓写景逼真，叙事确切，哲理深蕴。时间的流逝、季节的变幻、新旧事物的交替，皆展示着旧事物中孕育着新事物的哲理，表现了作者乐观豁达、积极向上的精神。

尾联“乡书何处达，归雁洛阳边”紧承三联而来，遥相呼应首联。诗人离家日久，日复一日、年复一年地旅居他乡，见到此景，情何以堪？他肯定会想到归雁，想到家书，想到亲人，乡思愁绪就自然而然地流露出来，委婉巧妙，耐人寻味。

这首五律用笔自然，写景鲜明，抒情真切，寓意丰富，加之结构完整，首尾呼应，风格壮美，又极富韵味，故胡应麟《诗薮》将其列为“盛唐绝作”之一。尤其第三联炼字、炼句极见功夫，历来广为传诵，为千古名句。

晚　春

韩　愈[1]

草树知春不久归，百般红紫斗芳菲[2]。

杨花榆荚无才思[3]，惟解漫天作雪飞。

[注释]

[1]韩愈(768—824)：字退之，河南河阳(今河南孟州南)人。郡望昌黎，世称“韩昌黎”“昌黎先生”，晚年官至吏部侍郎，又称“韩吏部”。他是唐代古文运动倡导者，被后人尊为“唐宋八大家”之首。他以赋笔写诗，语言生新，意象险怪，气势雄奇峭拔，别具特色。

[2]斗芳菲：争奇斗艳。

[3]杨花：指柳絮。北周庾信《春赋》：“新年鸟声千种啭，二月杨花满路飞。”榆荚(jiá)：榆树的种子。初春时先于叶而生，连缀成串，形似铜钱，俗称榆钱。才思：才气和思致。

[品读]

这是一首写晚春景物的诗，通过对杨花、榆钱漫天飞舞之姿的描绘，表达了一定的人生领悟，颇富奇趣。

前两句“草树知春不久归，百般红紫斗芳菲”写暮春景象。该句并没有和一般写暮春的诗歌一样，展示东风吹落残花的情状，而是描写了一幅百花盛开、万紫千红的热闹繁华场景。此时的花草树木就像探知到春天不久就要逝去的消息，明白展示自己生命姿态的时间不多了，所以都特别珍惜这段难得的时光，于是各自施展出浑身解数，竞相吐艳争芳，尽情表现自己美好的一面，呈现出一幅色彩缤纷、繁花似锦的画面。诗人巧妙地运用了拟人的修辞手法，赋予草木百花强烈的人性化色彩。“草木”本属无情物，竟然能“知”，能“解”，还能“斗”。诗人通过“草木”有情、惜春争艳的场景描写，反映的其实是自己对春天大好风光的珍惜之情。面对晚春景象，诗人一反常见的惜春伤感之情，变被动感受为主观参与，情绪乐观向上，很有新意。

后两句“杨花榆荚无才思，惟解漫天作雪飞”，仍采用拟人的修辞手法，继续抒写草树芳花。作者选择了两个特定意象“杨花”和“榆荚”，展示了它们不同于其他花树的姿态与神情。此时的杨花、榆荚也不甘示弱，虽然它们没有鲜亮的色彩、多样的形状和怡人的香气，但依然执着地在天空中飘扬，就像洁白的雪花一样随风飞舞，从而以自己优美的身姿加入了留春的行列，为暮春的一种色调。从诗意的顺承关系来看，此处的“有才思”可以理解为“杨花榆荚”的乏色少香，说它们不愿藏拙，不畏其他花草的讥嘲，也勇敢地、漫天遍野地飞舞，为“晚春”添色。

诗人似乎并不认同“杨花榆荚”比其他花树逊色，而是觉得这满天遍野、星星点点的白色也是晚春时节不可缺少的，即使作为“红紫”的陪衬和暮春画面色彩的补充，也有其存在的价值与意义，蕴含一种生活哲理。联系韩愈的生平为人，他是文章宗师，是中唐古文运动的倡导者，具有非凡的胆识和气魄，开创了奇崛险怪的诗风，力赞不为人所重视的孟郊、贾岛，他能欣赏“杨花榆荚”的勇气和精神应该是源于现实体悟。

自古以来，人们对后面两句的理解都见仁见智，诸说不一。或言“无才思”不可怕，但要珍惜光阴，抓住机会，通过自身努力实现人生价值；或说不管才思如何，都要迎难而上，敢于创新；或合而言之，人们应该乘时而进，抓紧时机创造有价值的东西。不管如何，这皆说明此诗在写景中寄寓某种人生哲理，而人们对它的多解，正是其工巧奇妙之处，尤耐细思体味。

酬乐天咏老见示

刘禹锡

人谁不顾老，老去有谁怜！身瘦带频减，发稀冠自偏。废书缘惜眼，多炙[1]为随年。经事还谙事，阅人如阅川[2]。细思皆幸[3]矣，下此便翛然[4]。莫道桑榆[5]晚，为霞尚满天。

[注释]

[1]炙(jiǔ)：艾灸，在穴位燃艾灼之。中医的一种治疗方法。

[2]谙(ān)：熟悉。阅人如阅川：意谓阅历人生如同积水成川一样。陆机《叹逝赋》："川阅水以成川，水滔滔而日度；世阅人而为世，人冉冉而行暮。"阅，经历。

[3]幸：幸运，引申为优点。

[4]翛(xiāo)然：自由自在、心情畅快的样子。

[5]桑榆：指桑、榆二星。太阳西下到桑、榆二星之间，天色便晚了，喻指人至晚年。

[品读]

唐文宗开成元年(836)，六十四岁的刘禹锡以太子宾客的身份分司东都洛阳，实际上等于退出了政治舞台。此时，他的同龄人白居易以同样的身份留居洛阳也已三年。这两位早已是诗文至交，在经历长期的仕途辗转，阅尽人世沧桑之后，终于相聚。两人因为同病相怜，自然少不了诗歌唱酬。白居易作《咏老赠梦得》："与君俱老也，自问老何如？眼涩夜先卧，头慵朝未梳。有时扶杖出，尽日闭门居。懒照新磨镜，休看小字书。情于故人重，迹共少年疏。唯是闲谈兴，相逢尚有余。"表现出对衰老的消极悲观情绪，刘禹锡便写了这首答诗。

此诗前六句承接白居易的原唱，表示对白居易关于"老"的看法颇有同感。第一句先写"顾老"是人之常情，每个人都顾虑衰老，老了就没人喜欢怜爱了。接下来四句形象地描写了衰老的状态。身体一天天消瘦，腰带要不断地紧缩；头发渐渐稀疏，帽子常常偏斜。眼睛不济了，只能废置书卷；身体容易生病，只好经常使用艾灸祛除疾病，以图延年益寿。这样的姿态当然令人不免自悲自怜。

“经事还谙事，阅人如阅川。细思皆幸矣，下此便翛然。”诗人笔锋一转，针对白居易的“伤老”意绪表达了自己的见解。诗人认为，“老”固然有不好与缺憾的一面，但也有其优势与长处，那就是丰富的阅历和善于识人的本领。年岁大了，经历的事多，了解的理多，看见的人更多，阅历自然比年轻时更为深广。仔细想起来，这也是一件幸事。所以，他劝慰朋友不要过多地忧虑衰老，只要心态放正，便可翛然自乐。

末句“莫道桑榆晚，为霞尚满天”是全诗的点睛之笔。桑榆虽晚，还能放射出满天灿烂的霞光，意境超然，寓意丰富，写出了诗人对老年生活的美好追求，体现了诗人气势豪壮、奋进不息的精神。面对衰老，诗人不消极，不悲观，而是要用有生之年实现人生最后的价值。这两句诗既是诗人内心世界的自我剖白，又是对老朋友白居易的宽慰和鼓励。

这首诗前后两段一反一正，转折自然，很有辩证的观点和说服力。最后两句尤为精辟，实为警策之语，劝诫后人树立正确的老年观，从嗟老叹老的情绪中解脱出来。

浣溪沙

晏　殊[1]

一向年光有限身[2]，等闲离别易销魂[3]。酒筵歌席莫辞频。

满目山河空念远，落花风雨更伤春。不如怜取眼前人[4]。

[注释]

[1]晏殊(991—1055)：字同叔，抚州临川(今江西抚州)人。十四岁以神童入试，赐进士出身，官至右谏议大夫、礼部尚书、兵部尚书等，谥号元献，世称“晏元献”。工词，尤擅小令，其作富贵娴雅，含蓄清丽，颇有冯延巳之风。

[2]有限身：有限的生命。

[3]等闲：平常，随便，无端。销魂：极度悲伤，极度快乐。

[4]怜取眼前人：元稹《会真记》载崔莺莺诗：“还将旧来意，怜取眼前人。”怜，珍惜，怜爱。取，语助词。

[品读]

惜春光之易逝，感盛年之不再，这是晏殊词中常有的内容，此词即为代表作。词人通过对伤春念远、离情别绪的抒写，感叹人生有限、时光不再，表达了及时行乐的思想。

首句“一向年光有限身”叹浮生有限。生命对于每一个人而言都是有一定的时间限度的，暗含了作者对时光易逝的担忧，对生命无法抗拒生老病死规律的无奈，以及对盛年不再的哀怨。次句“等闲离别易销魂”伤别离之哀。人生不仅短暂有限，别离还占去了其中大部分的时间，这就让人更为悲伤痛心，表达了词人对时光的珍惜，对生命的珍爱，以及对人生价值的追求。那么，该怎样对待年光易逝、世事无常的人生呢？词人选择了“酒筵歌席莫辞频”。既然自然规律不可抗拒，生命周期无法永远持续，伤心、难过或者哭泣都是无益的，何不对酒当歌，自遣情怀，也算不愧对自己这一生。上片三句直抒胸臆，虽各主其意，却又陈陈相因，环环相扣。

下片的“满目山河空念远，落花风雨更伤春”，承上片次句，感情深沉，以健笔写闲情，兼有刚柔之美，为宋词佳句。登临远望之际，放眼辽阔的河山，总会怀思远别的亲友，但念远也只能是徒然，相聚却没有希望；欣赏春光时，看到风雨摧落了繁花，自然更加心生感伤。层层铺垫，终于逼出最后一句“不如怜取眼前人”。与其远望“满目山河”只能“空念远”，赏看“落花风雨”只能“更伤春”，还不如“怜取”“酒筵歌席”中的“眼前人”，传达出珍惜现在、及时行乐的人生观念。

此词抒写伤春念远的情怀，既深刻沉着，又能保持一种温婉的气象，使词意不显得凄厉哀伤。该词结构严密，文字洗练，不作绮词丽语，基本上脱离了花间派、南唐派的范围，也明显地体现了晏殊词“情中有思”的艺术特色。

定风波

苏　轼

三月七日，沙湖[1]道中遇雨。雨具先去，同行皆狼狈，余独不觉。已而遂晴，故作此。

莫听穿林打叶声，何妨吟啸[2]且徐行。竹杖芒鞋轻胜马，谁怕？

一蓑[3]烟雨任平生。　　料峭春风吹酒醒，微冷，山头斜照却相迎。回首向来萧瑟[4]处，归去，也无风雨也无晴。

［注释］

[1]沙湖：在黄州城东南三十里。

[2]吟啸：吟咏长啸。

[3]蓑(suō)：蓑衣，用棕叶制成的雨披。

[4]萧瑟：风雨吹打树叶的声音。

［品读］

宋神宗元丰五年(1082)春，是苏轼因“乌台诗案”被贬为黄州(今湖北黄冈)团练副使的第三个春天。一次，词人与朋友出游，风雨忽至，朋友深感狼狈，词人却毫不在乎，泰然处之，吟咏自若，缓步而行，写下了这首著名的记事抒怀之词。

上片写词人在风雨中潇洒自如、泰然自若的情景。“莫听穿林打叶声，何妨吟啸且徐行。”面对一场能“穿林打叶”的急雨，苏轼悠然自得，任凭风雨肆虐，坦然面对。他劝同行者“何妨吟啸且徐行”，认为既然不能改变大自然的风雨，不如改变我们的心态，在雨中吟诗放歌，徐徐前行。“莫听”“何妨”二词已见出词人性情，是其人生态度的展示。无论是大自然的风雨交加，还是人生的坎坷遭际，都需要用平静闲适、乐观旷达的心态去面对。“竹杖芒鞋轻胜马”隐含了两种生活的对比，一是竹杖芒鞋的平民生活，二是肥马轻裘的贵族生活。“轻胜”二字明显地传达出苏轼的人生选择。在历经政治上的血雨腥风之后，苏轼越来越认同简单真实、平和淡泊的平民生活。末句“谁怕？一蓑烟雨任平生”通过反问的方式，由眼前风雨推及整个人生，反映了词人任凭风吹雨打，始终都能保持从容镇定、豁达潇洒的超然情怀。

下片写雨过天晴，夕阳返照，词人并不以此为乐的超凡襟怀。“料峭春风吹酒醒，微冷，山头斜照却相迎”描绘了一个富有情趣并且充满哲理的画面：一方面是带来丝丝凉意的料峭春风，另一方面是迎面斜照的山头夕阳。世界就是这样到处充满着辩证法，人生亦然：清冷中有温暖，寒雪中有梅花，逆境中有希望，忧患中有喜悦。当你对人生的这种辩证法有了领悟之后，就不会永远沉陷在悲苦和挫折之中。“山头斜照却相迎”是对生活的一种积极观照，是一种通观，是苏轼历经磨难和打击之后灵魂的升华，表达的是一种儒家入世的人生境界。

在此基础上，苏轼进一步彻悟人生：“回首向来萧瑟处，归去，也无风雨也无晴。”归去之后，回看刚才刮风下雨的地方，哪里还有一丝痕迹。所谓“风雨”，所谓“晴”，不过是人心中的幻象而已。这似有佛家禅悦之理，亦是饱含人生哲理意味的点睛之笔，道出了词人在微妙的一瞬所获得的顿悟与启示。无论何时何地，我们都要以平静达观的心态面对生活中的风雨或阳光。词人不以物喜，不以己悲，不以得失荣辱为怀的人生哲学于此得到完美的体现。

此词即景生情，语言诙谐，通过野外途中偶遇风雨这一生活中的小事，于简朴中见深意，于寻常处生奇景，表现出旷达超脱的胸襟，寄寓着超凡脱俗的人生理想，体现出一个正直文人如何在坎坷人生中力求解脱之道。该词篇幅虽短，但意境深邃，内蕴丰富，诠释了任天而动、苦乐随缘、处变不惊、开朗豁达的人生态度，展现了悠游自在的达观精神。

鹊桥仙

秦　观

纤云弄巧，飞星[1]传恨，银汉迢迢暗渡。金风玉露[2]一相逢，便胜却人间无数。　　柔情似水，佳期如梦，忍顾鹊桥归路。两情若是久长时，又岂在朝朝暮暮[3]。

[注释]

[1]飞星：流星；一说指牵牛、织女二星。

[2]金风玉露：指秋风白露。李商隐《辛未七夕》：“由来碧落银河畔，可要金风玉露时。”

[3]朝朝暮暮：指朝夕相聚，语出宋玉《高唐赋》。

[品读]

这是一首纯美的爱情颂歌。以牛郎织女七夕相会的故事，表现人世间男女真挚美好的爱情，这从题材上说并无多大创新，然而，作者独出机杼，立意极高，手法极妙，使此词成为古代七夕词中的绝唱。

上片写佳期相会的盛况。起句描写七夕独有的场景氛围。轻柔多姿的云彩变化出许多优美巧妙的图案，显示出织女的手艺何其精巧绝伦，烘托了织女的美丽与才慧。明亮的牵牛星在长空中飞驰，象征牛郎迫不及待地向织女飞奔，准备迎接难得的团圆。“纤云弄巧，飞星传恨”二句为牛郎织女每年一度的聚会渲染气氛，用墨极简，笔触轻盈。一个“恨”字，传达出牛郎织女的离愁别恨，以及词人对二者爱情为天所阻的不满与同情。接着，词人以“迢迢”二字形容银河的辽阔，牛郎织女相距之遥远，更突出他们感情之深、相思之苦、相聚之难。“暗渡”二字既点“七夕”题意，同时紧扣“恨”字。他们千里迢迢来相会，没有彩灯，没有锣鼓，没有仪仗，只有暗夜中的微茫。

但这样美好的事情一年只能有一次，这是何等痛苦的爱情啊！笔墨却至此一转，前面的恨意忽而翻为欢乐。“金风玉露一相逢，便胜却人间无数。”这是由叙述转为议论，借高爽的秋风和纯白的露水烘托赞颂牛郎织女真挚纯洁的爱情。他们虽然难得见面，却心心相印，息息相通，而一旦相聚，在那清凉的秋风白露中，他们互诉衷肠，互吐心音，这种诗情画意岂是凡俗之人所能理解的，岂是看似热闹的世间的普通爱情所能比拟的！这样就自然过渡到下片的“柔情似水，佳期如梦”。

下片写依依惜别之情。“柔情似水”取眼前之景，“似水”照应“银汉迢迢”，即景设喻，形容牛郎织女缠绵此情，犹如天河中的悠悠流水，深厚悠长。“佳期如梦”既点出了相会的短暂，又真实地揭示了他们久别重逢后那种如梦似幻的心境。“忍顾鹊桥归路”转而写到分离。相会如此短暂，转瞬间又到分手的时刻，怎么忍心回头去看鹊桥上的归路呢？刚刚借以相会的鹊桥，转瞬间又成了和爱人分别的归路。不说不忍离去，却说怎忍看鹊桥归路，婉转语意中，含有无限惜别、无限辛酸，恋情忧思，可谓至极。

在这极度失望伤心之时，词笔又一转，以“两情若是久长时，又岂在朝朝暮暮”收束。双方的爱情如果能始终不渝，那又何必贪求卿卿我我的日日相会？何必在乎朝朝暮暮在一起呢？词人由此对牛郎织女致以最深情的慰勉。这一惊世骇俗、振聋发聩之笔，超越了追求朝夕暮处、耳鬓厮磨的传统世俗爱情观，将全词升华到一个崭新的高度，揭示了爱情的真谛：爱情要经得起长久分离的考验，只要彼此真诚相爱，即使终年天各一方，也会天长地久永不变。

此词上片写相聚，下片写离别，哀乐交织，熔写景、抒情、议论于一炉，打破古代爱情题材作品欢娱苦短的传统主题，打破天上人间的界限，将优美的形象与深沉的感情相结合，讴歌了真挚、纯洁、坚贞的爱情。词作自由流畅，设想奇巧，意境新颖，余韵无穷。尤其“两情”二句，可谓立意高古、议论精警之语，诚为千古不朽之佳句。

相思会

曹　组[1]

人无百年人，刚作千年调[2]。待把门关铁铸，鬼见失笑。多愁早老。惹尽闲烦恼。我醒也，枉劳心，谩计较[3]。　粗衣淡饭，赢取暖和饱。住个宅儿，只要不大不小。常教洁净，不种闲花草。据见定、乐平生，便是神仙了。

[注释]

[1]曹组：生卒年不详，约逝于宋徽宗末年，字元宠，颍昌(今河南许昌)人。其词以侧艳、滑稽、俚俗著称，语言、构思与手法都较为新颖，北宋末曾传唱一时。

[2]千年调：词牌名。

[3]谩计较：徒然计较。

[品读]

这首词写作背景不详，但是初读该词，我们便能体会到词人那种知足常乐的心境，这是一种人生感悟、生活哲思和生存智慧。

“人无百年人，刚作千年调。”词的开头直接明了，说人常追求年寿延绵，但那都是徒劳之举，人的一生是短暂的，没有谁可以长生不老，这是自然规律，是无人能改变的人生现实。无论老的少的，无论年寿长短，人最终的归宿都是一样的，所以不用惧怕死亡。“待把门关铁铸，鬼见失笑。”人离开世间的那刻是自己所不能掌控的，鬼魅都会耻笑人们对死亡的担忧和畏惧。“多愁早老。惹尽闲烦恼。”想得太多必定伤心伤脑，让生活充满烦恼和忧愁。既然我们都是人间的匆匆过客，何苦要把生活过得那么愁思满肠，把自己弄得心力交瘁、烦恼无边呢？最后两句“我醒也，枉劳心，谩计较”，写作者的醒悟。既然如此，那就应该懂得知足常乐，不要自寻烦恼。而且即便去计较成败得失，那也只能是徒劳。

下片承上片描写人生的闲适逍遥，从衣、食、住等方面，具体地呈现知足常乐的平和生活。人活着不需要太多的欲望与贪念，不用费尽心机追求功名利禄、锦衣玉食，只要有粗衣淡饭解决温饱就够了；也不需要拼命追求高大宽敞的房屋，只要有一间不大不小、干净整洁的屋子遮风避雨就够了，何苦让贪婪把自己压得喘不过气来。人世间如果谁能懂得知足常乐这个道理，谁就会过上赛神仙的日子。

懂得知足方能常乐，就好像纪晓岚的老师陈伯崖所写的一副对联：“事能知足心常惬，人到无求品自高。”人的欲望是无止境的，过分膨胀的欲望只会导致心灵的痛苦。有平常心就是福气，此词通过浅白通俗的话语、白描与议论的结合，很好地诠释了这一点。

西江月

朱敦儒[1]

世事[2]短如春梦，人情薄似秋云。不须计较苦劳心，万事原来有命。

幸遇三杯酒好[3]，况逢一朵花[4]新。片时欢笑且相亲，明日阴晴未定[5]。

[注释]

[1]朱敦儒(1081—1159)：字希真，河南洛阳人，志行高洁，清高狂傲。工词，语言流畅，清新自然，较完整地表现出一生的出处行藏和心态变化，获得“词俊”之名。

[2]世事：世界上的事情，代指人生。

[3]三杯酒好：有三杯好酒。

[4]花：比喻美人。

[5]阴晴未定：指前途未卜。

[品读]

朱敦儒年寿颇高，大部分时间过着流寓与隐居的生活。他早年沉溺于懒慢疏狂，词多豪情逸兴；南渡后，时代意绪寓于词中，多家国之情和身世之悲；晚年思想日渐消沉，多表现和光同尘、乐天自适的闲适情趣。这首词即词人晚年对世情的彻悟。

上片开头两句“世事短如春梦，人情薄似秋云”，对仗工整，是作者尝尽人生艰难后对人情世事的感叹。用美好且虚幻的春梦形容人生世事的短暂，用冷寂、阴暗和多变的秋云形容人情的凉薄，比喻熨帖自然。既然这一切都不是个人所能把控的。人生在世当如何面对？

“不须计较苦劳心，万事原来有命。”词人笔锋一转，把世事人情的种种变化与表现归结为“命”，正所谓“万般皆是命，半点不由人”。“原来”二字透露出一种无可奈何的神情，又隐含几分激愤。在强大的命运之神面前他感到无能为力，于是消极地放弃了抗争——“不须计较苦劳心”，语气间含有对自己早年追求的悔意和自嘲。这两句运用倒装的修辞手法，不只是为了照顾押韵，其实是为了强调“命”的作用。至此，词人虽然有了世事洞明与人情练达的彻悟，但依然停留在无奈的认命阶段，思想态度上仍然是颓废的。但整首词的情调已由开始的沉重渐转轻松，反映出词人从顿悟中得到解脱的心情。

下片两句就沿着生命中的美好事物进行叙写，散发出欣喜的光彩。“幸遇三杯酒好，况逢一朵花新”表现了及时行乐的心理状态。人生虽然充满变数，又有无法掌握的命之存在，但人们仍然可以有所把控。于是词人选择沉迷于美酒鲜花之中，与三五好友饮酒聊天。“幸遇”“况逢”等字带来一种亲切感；“酒好”“花新”则是愉悦之情的写照；“三杯”“一朵”对举 ，给人鲜明的印象。这两句虽着墨不多，但活脱脱地展现出主人公那种得乐且乐的生活情态。在深谙世事人情的无奈后，词人的心灵自由放松了。

最后两句，词人以“片时欢笑且相亲”自我安慰，但又以“明日阴晴未定”结束全词，陷入更深的叹息中。“片时欢笑”点明现时行乐，“阴晴未定”感叹世事的反复无定，或许还有政治上的寓意。末句与上片“万事原来有命”相呼应，由此可见，词人的人生态度是强作达观，实则颓唐。

这首词用语浅显而意味悠远，流露出一种参透人生、及时行乐的闲旷情调，又寓有无法掌握命运的无奈，极好地表现了朱敦儒的心态。

结 语

哲思理趣诗歌旨在达理，理是其支柱。哲思理趣诗歌打破了中国传统诗歌以抒情为主的常规，将写景与议论紧密结合在一起，并将之建立在真实的感受之上，多通过描景抒情表达政治观点，探讨诗歌理论，抒发生活体验与人生感悟。同时，哲理诗具有强烈的形象感，通过艺术形象深入地揭示人生哲理，哲思理趣与诗情画意融合无间，浑然一体，既有崇高的思想价值，又有高超的艺术性。它们多由阅历丰富、心性敏感、胸襟高蹈之人写就，成为“开人思界，发悟心意”的智慧文章，其理中有趣、趣中有理的审美境界可谓文学史上的一朵奇葩。

第九讲　节日民俗

导言

传统节日是一个民族或国家的历史文化长期积淀凝聚的结果，是为了适应生产生活需要而创造的民俗文化。中国的春节、元夕、端午、中秋等传统节日，无一不是从古代发展来的，既有浓重的原始宗教色彩，也具有神话传奇的浪漫情调，亦蕴含对历史人物的永恒纪念，包含着丰富的民俗活动。从这些流传至今的节日风俗里，我们可以清晰地看到古代社会生活的精彩画面。

中国历来重视传统节日，除夕团圆、清明祭祖、中秋赏月、重阳登高等，成为人们约定俗成的文化活动，延续至今。在漫长的历史中，伴随着节日民俗的发展完善和成熟定型，历代的文人雅士、诗人墨客倾心为这些充满特定内涵的节日谱写了许多名篇。他们用诗歌描绘独特的节日胜景和多样的民风民俗，表现温馨的亲情、浪漫的爱情、纯朴的民情，表达团圆的欢乐、狂欢的喜悦、追思的深沉，以及浓郁的乡思、美好的愿望、人生的感慨，中国传统的民俗文化也在这些作品中得到了集中的展示和呈现。这些诗词渗透出深厚的文化底蕴，精彩浪漫，雅俗共赏，脍炙人口，代代传诵，成为凝聚在中国人心中的永恒的情结，具有顽强的艺术生命力。

节日民俗诗具有鲜明的历史性、强烈的时代性、浓郁的社会性和广泛的群众性，反映着不同历史时期的社会风俗，与国家民族的盛衰兴亡密切相关，在陶冶情操、砥砺意志、增进道德修养和增强中华民族凝聚力方面，发挥着重要的社会作用，是中国优秀传统文化的重要组成部分，是极为宝贵的精神财富。

作品赏析

正月十五日夜

苏味道[1]

火树银花[2]合，星桥铁锁开[3]。暗尘随马去，明月逐人来。

游妓皆秾李[4]，行歌尽落梅[5]。金吾不禁夜[6]，玉漏[7]莫相催。

[注释]

[1]苏味道(648—705)：赵州栾城(今河北省石家庄市栾城区)人，与杜审言、崔融、李峤并称“文章四友”。其诗多应制之作，注重格律，清绮秀美，对唐代律诗的定型、发展做出了一定贡献。

[2]火树银花：比喻灿烂绚丽的灯光和焰火，特指上元节的灯景。此句对后世影响甚大，如宋代辛弃疾《青玉案·元夕》：“东风夜放花千树……蓦然回首，那人却在，灯火阑珊处。”

[3]星桥：星津桥，洛水三桥之一，此处或以星津桥指代洛水三桥。东都洛阳，洛水从西面流经上阳宫南，至皇城端门外分为三道，上各架桥，南为星津桥，中为天津桥，北为黄道桥 。开元年间，改修天津桥，星津桥毁，二桥合而为一。铁锁开：比喻京城开禁。唐朝都城有宵禁，但会在上元节时取消宵禁，打开连接洛水南岸的里坊区与洛北禁苑的天津桥、星津桥、黄道桥上的铁锁，任百姓通行。

[4]游妓：歌女、舞女。秾李：此处指观灯歌妓打扮得艳若桃李。《诗经·召南·何彼秾矣》：“何彼秾矣，华如桃李。”

[5]落梅：古曲调名。

[6]金吾：原指仪仗队或武器，此处指金吾卫，他们掌管京城戒备，禁人夜行。不禁夜：指取消宵禁。唐时，京城每天晚上都要戒严，对私自夜行者处以重罚。一年只有数天例外。

[7]玉漏：古代用玉做的计时器皿，即滴漏。

[品读]

正月十五日是中华民族传统的节日上元节。据刘肃《大唐新语·文章》载，武则天时，正月十五夜，京城大放花灯，金吾弛禁，特许夜行，观灯者人山人海。数百文士赋诗纪事，以苏味道、郭利贞、崔液三人所作为绝唱。然而，郭利贞、崔液之作早已被人淡忘，唯有这首夺魁之作传诵不绝，是历代歌咏元宵节最好的作品之一。

诗的首联“火树银花合，星桥铁锁开”总写节日气氛。洛阳城皇城端门的布灯习俗可以追溯到隋炀帝时期，至唐代已盛极一时。首句写明灯错落，彻夜灯火辉煌，亭台楼阁、路边树木、园林深处等都映射出璀璨的光芒，犹如盛开的银色花朵。此处将灯比作“火树”和“银花”，就有了富丽堂皇和多彩多姿的面貌，形象地表现了城市的明亮和繁华，增添了浓浓的浪漫色调。次句写元宵佳节京城特许弛禁，到处都可通行，连通往皇城大门的铁锁也打开了，可见隋唐时代元宵节的观灯盛况，可谓官民同乐。无数的明灯点缀着原本黑洞洞的城门与黑沉沉的城河，远远望去有如天上的星桥银河。这种优美华丽、热闹壮观的节日场面既描写了元宵节观灯的民俗活动，又反映了当时较为宽松的政治环境，营造了一种欢乐祥和的节日气氛。

中间两联是节日欢乐气氛的具体写照。人潮汹涌，人头攒动，达官贵人骑马观灯，马蹄扬起一片尘土；打扮得花枝招展的游妓也穿行于人群中，兴奋地高声唱着“落梅”一类的流行歌曲。明月当空，皎洁的月光洒遍每个角落，与花灯相互映照，再加上街市上如织的游人，好一个光影迷离的世界，令人陶醉。此时可谓万人空巷，人们或呼朋唤友，一起品酒吟诗；或家人团聚，共同赏灯猜谜；抑或约会情人，互诉绵绵情话。不分男女老少，无论富贵贫贱，大家都欢呼雀跃，每个人的脸上都绽放出节日的光彩，及至深夜，欢腾的人群仍然乐而忘返，谁都不愿意结束如此欢乐的时光，自然地过渡到尾联。

“金吾不禁夜，玉漏莫相催”表达了人们对美好时光的留恋。“金吾”，又称“执金吾”，指京城里的禁卫军。据载，唐代设左、右金吾卫，主管统率禁军。玉漏指古时的计时器，用铜壶滴漏以记时。这两句是说京城取消了夜禁，计时的玉漏你也不要着急，莫让这一年只有一次的元宵之夜匆匆过去。快乐的时光总是过得很快，人们希望它能放慢脚步，永远不要离开，反映了人们对良辰美景的无限留恋，意味深长。

此诗词采华艳，绚丽多姿，对仗工稳，结构紧密，音调和谐，韵致流溢，犹如一帧古代节日的风情画，让人百看不厌，深受后人推崇。

寒 食

韩 翃[1]

春城[2]无处不飞花，寒食东风御柳斜[3]。

日暮汉宫传蜡烛[4]，轻烟散入五侯[5]家。

[注释]

[1]韩翃：生卒年不详，字君平，南阳(今河南南阳)人，“大历十才子”之一。其诗多为送别唱和，笔法轻巧，写景别致，广为传诵。

[2]春城：暮春时的长安城。

[3]寒食：古代一般是在清明前一天(一说为两天)的节日，禁火三天，只吃冷食，所以称“寒食”。御柳：御苑之柳，皇城中的柳树。

[4]汉宫：这里指唐朝皇宫。传蜡烛：寒食节禁火，但权贵宠臣可被赐予燃烛。《唐辇下岁时记》：“清明日取榆柳之火以赐近臣。”

[5]五侯：汉成帝时封王皇后的五个兄弟王谭、王商、王立、王根、王逢时为侯，对其恩宠有加。这里泛指近幸之臣。

[品读]

寒食节相传源于春秋时代的晋国，是为了纪念晋文公的臣子介之推。时间一般是在清明前一天(一说为两天)。古人很重视这个节日，按风俗家家禁火，只吃现成食物，故名“寒食”。由于节日正当暮春，景物宜人，自唐至宋，寒食便成为游玩的好日子。这首诗歌即韩翃对寒食节时长安景观的描写，历来评价很高。

诗歌前两句主要写景。诗人登高望远，视野宽阔，全城景物，尽收眼底。首句以花写春。“春城”一语，高度凝练华美，一为自然节候，一为人间都邑，二者相合呈现出无限美好的景观，引人遐想。“无处不飞花”是诗人抓住的典型画面。春意浓郁，笼罩全城。诗人不说“处处飞花”，因为那只流于一般性的概括，而是说“无处不飞花”，用双重否定的句式极大地强调了花絮的漫天飞舞，有效地烘托出全城皆已沉浸于浓郁春意之中的盛况。尤其“飞”字的选用，增加了画面的动感，表现了春天的勃勃生机。

次句借柳写春。除了春花，柳亦是春的象征，柳叶发芽、柳枝轻拂是春天最为常见的场景。寒食时分，春意盎然，温柔的春风吹遍全城，自然也吹入皇家御苑，苑中垂柳随风飘动。一个“斜”字异常生动地呈现出柳枝的迎风姿态。此句春风落在“御苑”，自然引起下文中的“汉宫”。

后两句旨在描写宫廷中的生活场景，轻灵跳脱，颇受称赏。按唐制，清明日皇帝宣旨，取榆柳之火以赐近臣，以示恩宠。能得到皇帝赐烛这份殊荣的人自然不多，难怪由汉宫(实指唐朝宫廷)到五侯之家，沿途飘散的“轻烟”会引起诗人的特别注意。寒食日禁火，唯宫中可以燃烛。据此，有论者认为，这两句虽是写实，却蕴含着对皇宫特权和宦官专宠的暗讽。也有人认为全诗不过是用白描手法刻画皇室的气派，充溢着对皇都春色的陶醉和对盛世承平的歌咏。

此诗构思巧妙严谨，用字准确传神，形象刻画生动，是寒食题材诗歌中的佳品。正是由于诗人未曾刻意求深，只是沉浸在画面形象中，反而使诗歌更含蓄，更富于情韵，故而引发人们多重的解读。

八月十五夜玩月

刘禹锡

天将今夜月，一遍洗寰瀛[1]。暑退九霄[2]净，秋澄[3]万景清。

星辰让光彩，风露发晶英[4]。能变人间世，翛然是玉京[5]。

[注释]

[1]寰瀛(huán yíng)：天下，全世界。晋崔棁《晋朝飨乐章·再举酒》：“朝野无事，寰瀛大康。”

[2]九霄：中国的一种传统说法，即天有九霄，为神霄、青霄、碧霄、丹霄、景霄、玉霄、琅霄、紫霄、太霄。东晋葛洪《抱朴子·畅玄》：“其高则冠盖乎九霄，其旷则笼罩乎八隅。”此处表示天空的最高处，比喻极高或极远的地方。

[3]秋澄：谓秋日天空清澈明亮。

[4]晶英：耀人的光芒。

[5]玉京：原指天外仙境，这里指月亮。

[品读]

中秋节源于中国古代秋祀、拜月之俗。《礼记》记载："天子春朝日，秋夕月。朝日以朝，夕月以夕。"这里的"夕月"就是拜月的意思。两汉时该俗已具雏形，唐时，中秋赏月之俗始盛行，并定为中秋节。欧阳詹《玩月并序》云："八月于秋，季始孟终。十五于夜，又月之中，稽于天道，则寒暑均。取于月数，则蟾兔圆。"这首写于中秋夜的诗以玩月为题，主要描绘中秋夜月的美景，并富于哲理性内涵。

首联"天将今夜月，一遍洗寰瀛"，从整体上描写了十五月圆之夜的天光月色：皓月当空，月轮的万顷光波，照射整个宇宙，如水一般把凡间尘世彻底清洗了一遍，一切的污秽尘霾都被刷尽，呈现出一个澄明透彻的世界，营造出美丽神奇而又清澈旷远的意境。

颔联"暑退九霄净，秋澄万景清"点出了节候特征。中秋时分，酷暑已退，天空清新明净，万物澄澈朗丽，一派疏朗开阔之气象，表现了从暑热之中解脱出来的人们迎来清寒的轻松愉悦的心情。

颈联"星辰让光彩，风露发晶英"写秋天的星空，主角依然是明月。"让"字可谓神来之笔，点出明月的光彩远非星辰可比，面对如此明亮优美的光轮，星辰只能甘心情愿地把夜空让给明月，呈现出众星拱月的精致画面。

尾联"能变人间世，翛然是玉京"运用了联想的手法，由天上之景想到人间之状，于对比之中暗寓世事感慨。"玉京"代指明月。此二句是说人间尘世总是不断地变迁往复，天上玉京却依然这般闲适从容，蕴含着诗人面对永恒自然所生发的人世沧桑之感。

全诗语言清丽典雅，境界气象万千，运思新颖精妙，将中秋月色描绘得如诗如画，玩月之情洗练而出，飘飘然毫无俗尘气，读来满卷月华，令人神往。

秋　夕

杜　牧

银烛秋光冷画屏，轻罗[1]小扇扑流萤。

天阶[2]夜色凉如水，坐看[3]牵牛织女星。

[注释]

[1]轻罗：柔软的丝织品。

[2]天阶：一作瑶阶，露天的石阶。

[3]坐看：一作卧看。

[品读]

这首诗写一个失意宫女孤独的生活，自初夜写至深夜，层层描绘了宫女的幽怨心境。

首句描物写秋景，主要描写女主人公室内的场景。秋天的夜晚，银白色的蜡烛发出微弱的光，给屏风上的图画增添了几分暗淡幽冷的色调。诗人看似在客观展现“银烛”“秋光”“画屏”等物，实则是为诗中女主人公的出场布景。本来极为平常的物与景，着一“冷”字，萧疏之感、悲伤之情跃然纸上。诗人运用通感的修辞手法，由视觉转为触觉，由物及人，在美妙的环境中表现出凄美之感，在萧瑟寒冷之景中蕴含着伤感之情。

次句是叙事抒情，描写角度由室内移至户外，叙述女主人公不顾秋天的寒意，正拿着扇子扑打空中飞舞的萤火虫。着一“扑”字，使图画有了动感。这一句写得特别含蓄，意蕴丰富。古人说腐草化萤，虽然不科学，但萤火虫确实总是生活在草丛荒凉之处，如今宫女的庭院里也有萤火虫，可见她所处的凄凉环境。从其扑萤的动作也可以想见她的寂寞无聊，只是以此消遣时光。另外，“小扇”一词亦有某种象征意义。扇子本是夏天用来扇风取凉的，秋天就没用了，所以古诗常以秋扇比喻弃妇。诗人用此典故，暗示了宫女被抛弃的命运。

第三句“天阶夜色凉如水”又回到描物写景，视野扩展到整个宫廷。夜已深沉，寒意袭人，该进屋睡觉了。但是，女子依然坐在冰凉的石阶上。“凉”字用得很妙，由视觉转为触觉，烘托了凄清的氛围，展现了女主人公的苦闷心情，与首句之“冷”有异曲同工之妙。至此，全诗的情感浓度达到极点，有哀愁，有怨愤，亦有无奈。

尾句“坐看牵牛织女星”纯然叙事，刚刚触及的愁情戛然而止。夜深了，女子依然孤独地坐在那儿，静静地、长久地、深情地仰视着天河两旁的牵牛织女星。为什么呢？可能牵牛织女的故事触动了她的心。牵牛织女虽终年隔河相望，毕竟还有团聚的机会和希望，自己却孤零零身处凄凉的境地，没有希望，更没有寄托，只有孤苦伶仃，形影相吊。主人公触景伤情，想起自己不幸的身世，产生了对真挚爱情的向往。诗人以景结情，由地上转到天上，从环境空间拓展到心理空间，把女主人公置于更为广阔的审美境界之中，将她的满怀心事浓缩这一举头仰望之中。

此诗构思巧妙，语言质朴，画面生动，感情蕴藉，富有强烈的艺术感染力，虽没有一句抒情用语，但完美呈现出宫女的哀怨与希望相交织的复杂感情。正如清人宋顾乐在《唐诗万首绝句选》中所评："诗中不着一意，言外含情无限。"

端　午

文　秀[1]

节分端午自谁言？万古传名为屈原[2]。

堪笑楚江[3]空浩浩，不能洗得直臣[4]冤。

[注释]

[1]文秀：生卒年不详，唐代诗僧，出生江南，后居长安，为文章供奉，与郑谷、齐己为诗友。

[2]屈原(约前340—约前278)：中国最早的浪漫主义诗人，战国时代楚国政治家，名平，字原。因宠妃郑袖，贵族子兰、靳尚等诋毁，他被贬黜流放。楚败于秦，郢都失陷后，屈原自沉汨罗江。相传端午节习俗就是源自对屈原的纪念。

[3]楚江：楚国境内的江河，此处指汨罗江。

[4]直臣：正直之臣，此处指屈原。

[品读]

端午即农历五月初五，与春节、中秋节共同构成民间的"一年三节"。相传此日为我国伟大的浪漫主义诗人屈原投江自尽日，后人伤其冤死，特以米粽投江祭祀并划船捞救，遂相沿而成端午节食粽和龙舟竞渡的风俗。这首绝句提出了一个令人深思的问题：尽管后人百般歌颂、祭祀，屈原沉江这样的悲剧毕竟还是发生了，如此冤屈是不能简单地洗刷干净的。

“节分端午自谁言？万古传名为屈原。”前两句直接入题，溯及端午节的起源。农历五月初五，又名端阳，端是“开端、开始”的意思。初五可以称为“端五”。农历以地支纪月，正月建寅，二月为卯，顺次至五月为午，因此称五月为“午月”，“五”与“午”通，“五”又为阳数，故端午又名“端五、重五、端阳、中天、重午、午日”。此外，一些地方又将端午节称为“五月节、艾节、夏节”。端午节大概是从什么时候开始的？设立的原因是什么？为什么要插艾叶、吃粽子、赛龙舟？这些都不得而知，民间传说是为了纪念爱国诗人屈原。

“堪笑楚江空浩浩，不能洗得直臣冤。”诗人站在楚江上开始追思，面对眼前的烟波浩渺、水流激荡，轻蔑地发出笑声，并发出质问：为什么如此宽阔的大江，就不能包容一颗爱国的心，不能为敢于说真话的人洗刷冤屈呢？诗人生活在唐昭宗时期，当时各方藩镇趁着平定农民起义的机会相继扩大自己的势力与地盘。昭宗曾试图增强军备以维护朝廷的安全，安定社会秩序，但引起了藩镇的疑心，造成李茂贞的带头叛乱，导致社会更加动乱。诗人空有爱国之心，却报国无门，讲了真话又被冤枉，此时面对辽阔广远的大江，似乎感觉到了当年屈原同样的无助，故而发出了如此感喟。

此诗构思巧妙，虽题为“端午”，全诗却未曾有一字对端午风俗活动进行描写，仅仅通过对端午节由来的探寻和回想屈原投江时的无奈，含蓄地表达了对忠正之士的敬重和被冤屈的同情与愤激。该诗言近意远，言简意深，很有力量。

木兰花

乙卯吴兴寒食

张　先[1]

龙头舴艋[2]吴儿竞，笋柱[3]秋千游女并。芳洲拾翠[4]暮忘归，秀野踏青[5]来不定。　　行云[6]去后遥山暝，已放[7]笙歌池院静。中庭月色正清明，无数杨花过无影。

[注释]

[1]张先(990—1078)：字子野，乌程(今浙江湖州)人，天圣八年(1030)进士，曾知安陆，故人称“张安陆”。其诗词多写男女恋情和闲适生活，精巧工

致，情韵浓郁，是由小令转向慢词创作过程中的重要词人。

[2]舴艋(zé měng)：指竞赛的龙船。

[3]笋柱：秋千架的形状，秋千乃后起的名字。

[4]拾翠："水中可居者"，见《尔雅·释水》，亦可泛称水边。拾翠鸟的羽毛点缀首饰，这里借来比喻女子春游。

[5]踏青：农历二月、三月出游郊外，以寒食、清明为盛，名踏青。

[6]行云：指天上的云彩，亦借指美人，是双关语。

[7]放：古代歌舞杂戏，呼唤他们来时，叫"勾队"；遣他们去时，叫"放对"，略如现在放假、放学的"放"。

[品读]

这首词作于宋神宗熙宁八年(1075)，退居吴兴的张先度过了他人生的第八十六个寒食节，写下了这首词。该词生动描写了吴兴寒食节的风俗人情画，也是一曲耄耋者安静的夕阳颂歌。

上片写节日的热闹场面，可谓繁弦急管，鼓乐喧天。首句"龙头舴艋吴儿竞"描写了水面上的活动。吴中健儿驾舞龙舟，在水面上飞驰竞渡，喧嚣壮观。舴艋作为江南水乡常见的一种形体扁窄的轻巧小舟，饰以龙头，就成为简易龙舟，虽无锦缆雕纹，却极有乡土特点。"竞"字既写出了划桨人的矫健和船行的轻疾，又烘托出两岸欢呼助兴的喧天锣鼓和争相观看的男女老少。

次句"笋柱秋千游女并"将笔墨聚焦在姑娘身上，描绘了节日游玩的画面。对于经常被禁锢在闺房中的姑娘来说，寒食这一天特别愉快。她们能够放下手中的女红，走出闺房，尽兴游戏，开心大笑。"芳洲拾翠暮忘归，秀野踏青来不定"承接上句，用一联工整的对句描绘了人们水边游赏、乐而忘返的情景。"芳洲""秀野"等字眼透出的是郊野草木竞秀、春光亮媚的诱人风景，与前句赛龙舟、荡秋千的人物活动互相配合，点面结合，把寒食节日的欢快景象描绘得淋漓尽致。

下片由动换静，写游人归去、笙歌散尽后的自然景象。"行云去后遥山暝，已放笙歌池院静"，天上的云朵慢慢疏散，相继飘走，远方的山脉迎来了黄昏的斜照。游人玩了一天，也三三两两地回家了，场面开始转入宁静。箫管笙歌已经停歇，江面池边、院里街外、城郊原野都安静下来，默然迎来了月光的映照，其静谧闲适反衬出白天的热闹繁华。一个“静”字既点出此时此刻的场景氛围，又自然地引出“中庭月色正清明，无数杨花过无影”，文字洗练，意境深远。

时已深夜，万籁俱寂，院中的月色正是清新明亮的时候，无数的柳絮飘浮空中，似乎没有留下一丝身影，却给一切景物都蒙上了一层薄薄的轻雾，别具朦胧之美。写杨花在月下飘浮无影，既极言其小，更极言其轻，而花过无影又写出了夜晚的清辉迷蒙之色调。这里写“无影”是虚，写无声是实，令人玩味。不仅如此，这两句寓情于景，反映出作者经过白天热闹非凡的游乐，于夜晚沉静下来之后，心情也变得淡然舒适。

此词生动描绘了寒食节赛龙舟、荡秋千、采芳草及踏青赏月等吴兴民间的风俗活动，充满了浓浓的生活气息和节日的欢快气氛。词人虽年事已高，但颇为追求生活情趣，既爱游春的热闹局面，又赏月夜的清幽景色。白昼身隐街市与乡民同乐，夜晚独坐中庭览春宵月色，表现出极为惬意闲适的生活状态。

水调歌头

苏　轼

丙辰中秋，欢饮达旦，大醉，作此篇。兼怀子由。

明月几时有？把酒问青天。不知天上宫阙，今夕是何年[1]？我欲乘风归去，又恐琼楼玉宇，高处不胜寒。起舞弄清影[2]，何似在人间！　　转朱阁，低绮户[3]，照无眠。不应有恨，何事长向别时圆？人有悲欢离合，月有阴晴圆缺，此事古难全。但愿人长久，千里共婵娟。

[注释]

[1]今夕是何年：传说，天上只三日，世间已千年。古人认为神仙世界年月的编排与人间并不相同，故有此一问。

[2]弄清影：在月光下起舞，影子也摆动不已，仿佛自己在和影子一起嬉戏。

[3]绮户：刻有纹饰的门窗。

[品读]

这首词是宋神宗熙宁九年(1076)中秋，词人在密州时所作。这一时期，苏轼因与变法者王安石等人政见不同，自求外放，辗转各地为官。他曾要求调任到离苏辙较近的地方为官，以求兄弟多聚。到密州后，这一愿望仍无法实现。这一年中秋，皓月当空，银辉遍地，自与胞弟苏辙分别之后，转眼已七年未得团聚了。此刻，词人面对一轮明月，心潮起伏，于是乘酒兴，挥笔写下了这首中秋绝唱。

上片写中秋赏月，引发出对天上仙境的奇想。“明月几时有”起句奇崛异常，用一个问句把读者引入时间、空间这一带有哲理意味的广阔世界。词人似乎是在追溯明月的起源和宇宙的伊始，又好像是在赞叹中秋的美景和造化的巧妙，蕴含了对明月的赞美和向往之情。接下来，苏轼把青天当作朋友，把酒相问，显示了豪放的性格与不凡的气魄。“不知”二句承前一句的疑问，引导读者对宇宙人生这一类大问题进行思考。“天上宫阙”承“明月”，“今夕是何年”承“几时有”，文辞细密，同时继续设疑，将对明月的赞美向往之情推进了一层。设问、思考却又不得其解，于是作者产生了“我欲乘风归去”的遐想。

至此，词人突发奇想，打算回到“天上”老家，仔细探究永恒时空的千古奥秘。然而“又恐琼楼玉宇，高处不胜寒”，急转直下。天上的“琼楼玉宇”虽然富丽堂皇，美好非凡，但那里高寒难耐，不可使人久居，表现了词人对飞入天宫的犹疑和纠结，衬托了他对人间的留恋和对生活的热爱，又自然引起“起舞弄清影，何似在人间”。“清影”指月光之下自己清朗的身影。与其飞往高寒的月宫，还不如留在人间趁着月光起舞，与清影为伴。从“我欲”到“又恐”再至“何似”的心理转折，展示出苏轼情感的波澜起伏。他终于从幻觉回到现实，在出世与入世的矛盾中，入世思想最终占了上风。

下片由景写情，望月怀人，由中秋的圆月联想到人间的离别，在怀念子由的同时，感念人生的离合无常。视角由上及下，从室外转到室内。夜深月移，月光穿过“朱阁”，照近“绮户”，照到了房中迟迟未能入睡之人。这里既指自己怀念弟弟的深情，也泛指那些中秋佳节因不能与亲人团圆以至难眠的离人。这月圆人不圆的遗憾，让词人埋怨“不应有恨，何事长向别时圆”。这无疑加重了离别之人的痛苦，进一步衬托出词人思念胞弟的手足深情，含蓄地表达了对不幸离人的同情。

苏轼是旷达的，他觉得月亮也是无辜的，于是笔锋一转："人有悲欢离合，月有阴晴圆缺，此事古难全。"这三句从人到月、从古到今做了高度的概括。从语气上，这好像是代明月回答前面的提问；从结构上，又是推开一层，从人、月对立过渡到人、月融合。词人为月亮开脱，实质上还是为了强调对人事的达观，同时寄托对未来的希望。末句写出了美好的祝愿，既然人间离别是难免的，那么只要亲人长久健在，即使远离千里，也还可以通过普照大地的月光把彼此的心系在一起。"但愿人长久"是要突破时间的局限，"千里共婵娟"是要突破空间的阻隔，让对明月共同的爱把分离的人结合在一起。这两句表现了词人处理时间、空间以及人生这些重大问题时所持的态度，充分显示出词人精神境界的丰富博大。

此词以丰富的想象和浪漫主义的手法描写了天上月宫冰清玉洁的美景，表现了出世与入世的深重矛盾，抒发了兄弟间浓厚的离别之情。全词以月为线索，由问月起，以问月终，忽而天上，忽而人间，清丽雄阔，立意高远，笔触空灵，蕴含深刻，历来备受推崇。南宋胡仔云："中秋词自东坡《水调歌头》一出，余词尽废。"①

解语花

上元

周邦彦

风销绛蜡[1]，露浥[2]红莲，花市光相射。桂华[3]流瓦，纤云散，耿耿素娥欲下。衣裳淡雅，看楚女、纤腰一把。箫鼓喧，人影参差，满路飘香麝。　　因念都城放夜[4]，望千门如昼，嬉笑游冶。钿车[5]罗帕，相逢处，自有暗尘随马。年光是也，唯只见、旧情衰谢。清漏移，飞盖[6]归来，从舞休歌罢。

① （宋）胡仔：《苕溪渔隐词话》，见唐圭璋编：《词话丛编》，174页，北京，中华书局，1986。

[注释]

[1]绛蜡：红烛。

[2]浥：沾湿。

[3]桂华：代指月亮、月光。传说月中有桂树，故有以桂代月。

[4]放夜：古代京城禁止夜行，正月十五夜弛禁，市民可欢乐通宵，称作“放夜”。

[5]钿车：装饰豪华的马车。

[6]飞盖：奔驰的马车。

[品读]

以正月十五上元节为题材的诗词，历来首推初唐苏味道的《正月十五日夜》，其次则以北宋周邦彦的《解语花·上元》、南宋李清照的《永遇乐》等词为佳。此词是词人流落他乡，在元宵节感怀故人旧事之作。

上片写荆南之夜，描绘了一个灯月交辉、丽人多姿的元夜欢乐场景。“风销绛蜡，露浥红莲，灯市光相射。”蜡烛在风中燃烧，夜露浸湿了花灯，街市上灯光交相映射。词人设想新奇，用一个“销”字，将通明的蜡炬在风中逐渐被烧残而销蚀的景象描写得淋漓尽致。由于第三句“花市光相射”骤然亮起，可见元宵的灯火越燃越旺，随销随点。又以“露浥红莲”夹在两句之间，更有虚实相映之妙。“绛蜡”是真，“红莲”是假，“风销绛蜡”是写实，“露浥红莲”则近于虚拟，在灯烛的映射下莲花灯宛如沾染了清露。这不仅写出节日的盛况，而且摹绘出新春的生机。

“桂华流瓦，纤云散，耿耿素娥欲下。”词人一上来就写灯火通明，已极工巧之能事；此处转而写月，写皎洁的月光照着屋顶，淡淡的云层散云，光彩照人的嫦娥飘然欲下。这里既有月色的光辉皎洁，又展现了它的绝代姿容，真是色香兼备。“桂华”句宛如未见其容，先闻其香。“纤云散”则如女子掀开帷幕或揭去面纱，然后“耿耿素娥欲下”，自然水到渠成。然而作者的笔触并未停留在这里，他又从天上回到人间，写“时序风物”和“人家宴乐”之盛美，故紧接着绘出了“衣裳淡雅，看楚女、纤腰一把”的窈窕形象。“淡雅”二字，恰与上文“素娥”相映衬。“萧鼓喧，人影参差”，大街小巷箫鼓喧腾，人影攒动，是实写，用来烘托气氛，体现出闹中有静；“满路飘香麝”则是上片小结，到底是因人间有衣裳淡雅而又馨香满路的“楚女”引起词人对明朗的皓月产生了“耿耿素娥欲下”的联想和幻觉，还是用月里嫦娥来衬托或拟喻人间的姝丽？仙还是人？词人没有交代，耐人寻味。

下片由所见引起对当年在汴京元宵赏月的回忆。用“因念”二字领起，结尾处的今昔之感油然而生。“都城放夜”是特定的时间地点，“千门如昼”写千家万户张灯结彩如同白昼，用笔极空灵概括，气派很足。“嬉笑游冶”转入写人事，描写都城仕女乘兴出门游赏的情景，着重点出“钿车罗帕，相逢处，自有暗尘随马”。香车上不时有人丢下罗帕，有缘相逢的地方，必是打马相随，尘土飞扬。今年的京城想必依旧如此，只是自己已“旧情衰谢”。词人顿生无可奈何之感，自然而然转入自嗟身世。

“年光”二句是说每年都有这样一次佳节，可是自己饱经沧桑，无复昔日情怀，那种嬉笑游冶的轻狂生活已一去不复返了。于是以“清漏移”三句作结。一到深夜，词人再也无心观赏灯月交辉的景象，流连追欢逐爱的风情，于是乘着车子赶快回到府邸，任凭他人狂欢达旦。“从舞休歌罢”寓两重意思：一言任凭人们纵情歌舞、尽欢而散，自己却无这等闲情逸致了，二寓纵使高兴到极点，歌舞也有尽时，与其灯阑人散，扫兴而归，还不如早点离开，留不尽之余味。

此词语言精练优美，构思巧妙，借写元宵佳节的热闹情景和对京城节日盛况的想象，抒发了潦倒不得志的悲愤之情，寓意丰富，感人至深。

青玉案

元夕[1]

辛弃疾

东风夜放花千树。更吹落，星[2]如雨。宝马雕车香满路。凤箫声动，玉壶[3]光转，一夜鱼龙舞[4]。　蛾儿雪柳黄金缕[5]，笑语盈盈暗香去[6]。众里寻他千百度，蓦然回首，那人却在，灯火阑珊[7]处。

[注释]

[1]元夕：农历正月十五日为上元节，此夜称“元夕”或“元夜”。

[2]星：指焰火，形容满天的烟花。

[3]玉壶：比喻明月，故继以“光转”二字，抑或指灯。

[4]鱼龙舞：指舞动鱼形、龙形的彩灯，即舞鱼舞龙，是元宵节的表演节目。宋代夏竦《奉和御制上元观灯》：“鱼龙漫衍六街呈，金锁通宵启玉京。”

[5]蛾儿、雪柳、黄金缕：皆古代女子元宵节时头上佩戴的装饰品，这里指盛装的女子。

[6]盈盈：声音轻盈悦耳，亦指仪态娇美的样子。暗香：本指花香，此指女性身上散发的香气。

[7]阑珊：零落。

[品读]

这是辛弃疾颇负盛名的一首婉约词，可能写于他在京师临安任职期间。当时，强敌压境，国势日衰，南宋统治阶级却不思恢复，偏安江左，沉湎于歌舞享乐。洞察形势的辛弃疾欲补天穹，却恨无路请缨。他满腹的激情、哀伤、怨恨，交织成这幅元夕求索图。

上片状景，描写元宵之夜灯月交辉、歌舞升平、尽情狂欢的繁华景象。起调三句写元宵花灯之多，用“花千树”“星如雨”形容五光十色的彩灯缀满街巷，不计其数，好像一夜之间被春风吹开的千树繁花，又如满天星斗被风吹落，似万滴晶莹的水珠洒满夜空。这两句从大处落笔，运用比喻和夸张的修辞手法，展示了一幅火树银花、争奇斗艳的瑰丽画面，极富气势与想象力。

接下来四句写人们欢度良宵的各种活动。“宝马雕车香满路”，车马在街道上行驶，经过之处散发出阵阵浓郁的幽香。“凤箫声动，玉壶光转，一夜鱼龙舞”，清脆悦耳的箫声在夜空中回荡，实在令人心旷神怡。月亮已经西沉，可大街小巷还在表演各种各样的灯舞，似乎一定要玩个通宵才尽兴。这几句并没有直接描写人物，但通过车马、道路、乐声、舞灯等画面，烘托出游人如织的壮观场景，渲染了浓浓的节日气氛。上片对元夕繁华热闹场面的描写，实则为了反衬下片自甘寂寞的孤独词人。

下片转而写词人寻觅和发现意中人的过程。“蛾儿雪柳黄金缕，笑语盈盈暗香去”用特写镜头描绘了一群女子结伴上街观灯的生动情景。她们装扮入时，头戴各种饰品，一路笑语，带着阵阵香气向人群中走去。这两句既是对上片元夕场景的补充，又为下文做了铺垫。

“众里”以下四句是全词的核心，寄托了词人不同流俗的情怀。他走遍各条街道，在熙熙攘攘的游人中不断寻找着，辨认着，但自己心中的情人到底在哪里呢？忽然回头一看，竟在灯火稀落的僻静之处发现了她，惊喜之情溢于言表。人们都在尽情狂欢，陶醉在热闹场中，可是她却独自站在“灯火阑珊处”，充分显示了“那人”的孤高淡泊、超群脱俗、与众不同，暗寓了自己自甘寂寞、独立不移、孤傲耿介的性情怀抱。该词以和婉的笔调和优美的意境收束全词，给读者留下了无穷的回味和广阔的联想空间。

此词语言精致，构思巧妙，通过上下片的强烈对比，深化词境，含蓄婉转，余味悠长。词人在政治上遭受排挤，又不肯趋炎附势，故借此明志。梁启超评此词说：“自怜幽独，伤心人别有怀抱。”①

贺新郎

端午

刘克庄[1]

深院榴花吐。画帘开、綀衣[2]纨扇，午风清暑。儿女纷纷夸结束[3]，新样钗符艾虎[4]。早已有、游人观渡[5]。老大逢场慵作戏，任陌头、年少争旗鼓。溪雨急，浪花舞。　　灵均标致[6]高如许。忆生平、既纫兰佩，更怀椒糈[7]。谁信骚魂千载后，波底垂涎角黍[8]。又说是、蛟馋龙怒。把似[9]而今醒到了，料当年、醉死差无苦[10]。聊一笑，吊千古。

[注释]

[1]刘克庄(1187—1269)：初名灼，字潜夫，号后村居士，福建莆田人。诗词内容丰富，推崇陆游、辛弃疾，以爱国思想与豪放风格见称于世，时有散文化、议论化倾向，韵味不足。

[2]綀衣：葛布衣，指平民衣着。

① (清)梁启超：《饮冰室评词》，见唐圭璋编：《词话丛编》，4308页，北京，中华书局，1986。

[3]结束：妆束、打扮。

[4]钗符艾虎：《抱朴子》中有“五月五日剪采作小符，缀髻鬓为钗头符”，《荆门记》中有“午节人皆采艾为虎为人，挂于门以辟邪气”。

[5]观渡：指观看龙舟竞赛。

[6]灵均标致：指屈原风度。屈原字灵均。

[7]椒：香物，用以降神。糈(xǔ)：美酒，用以祭神。

[8]角黍：粽子。

[9]把似：假如。

[10]差无苦：几乎没有什么痛苦。差，差不多。

[品读]

咸淳三年(1267)时值端午，词人见路上行人精心打扮，一片喜庆热闹氛围，全然不知国家面临危难，又想到自己年近八十，仕途坎坷，屡遭挫折，胸中生出许多牢骚不平。于是，他提笔写下此词，托屈原之事，抒心中怨愤之情。

上片写当地的端午民俗以及作者此时的感受。开篇三句从花草、衣着、气候等点明时节。深深的庭院中石榴花刚刚吐艳，词人撩起画帘，穿着葛衣摇着绢扇，驱除暑气。石榴花开于五月，照应端午。“画帘开、綀衣纨扇”写气候特点，清爽宜人。接下“儿女”三句写年轻人梳妆打扮，竞比装束，各自夸耀着自己的新装，插戴着式样各异的新颖头饰，兴高采烈地出门游玩。“纷纷”二字描绘出少男少女争先恐后的样子，为下文衬托自己的年老疏懒做铺垫。“钗符艾虎”四字再次点明时令，照应词题。“早已有、游人观渡”，老百姓早早就聚集在江边，兴奋地观赏龙舟比赛，可谓万人空巷，热闹非凡。

“老大逢场慵作戏，任陌头、年少争旗鼓。溪雨急，浪花舞。”词人年纪大了，懒得前去应景凑趣，任凭眼前的儿郎摇旗擂鼓，呐喊助威，江面上打起的水浪就像急雨一样到处迸溅。尤其“溪雨急，浪花舞”二句，借自然景观描绘了年轻人竞渡的热烈场面，极富动态之美。通过与前面热闹场景和富有生气的少年的对比，这几句生动地刻画出词人旁观者的姿态，字里行间流露出一种年华已老、百无聊赖、无所兴致的苦楚。

下片抒怀，写对屈原的怀念及歌颂，借以感怀。“灵均标致高如许”是对屈原的高度评价和赞扬，崇敬之情跃然纸上。“忆生平”二句回想以前自己以屈原为楷模，却生不逢时。“纫兰佩”“怀椒糈”则是引用《离骚》中的诗句，展现出屈原的高风亮节。“谁信”三句，是词人认为投粽入江祭屈原的风俗属无稽之谈。“谁信”是反诘，意即不信。词人所要表达的意思是往水里投几个粽子无济于事，那些神话传说荒诞不经，倒不如学一学屈原精忠为国、高洁不污的品格。“蛟馋龙怒”暗指嫉贤谗能的阴暗小人，也表现出词人对现实的不满与愤懑。“把似而今醒到了，料当年、醉死差无苦。聊一笑，吊千古。”结尾两句忧愤尤重，意谓屈原若在今世，还会忧愤满腔地再度投江。与其清醒而苦恼，还不如“醉死差无苦”，这既指屈原，亦言词人自己。如今当政者苟且偷安，不思进取，自己又能做什么呢？只能长歌当哭了。“聊一笑”虽是调侃之词，却寓含着对当权者的极度失望。

此词结构合理，立意新奇，通过端午节欢快的民俗活动与自己年老疏懒的状态的对比，以及对往江中投粽以飨屈原的节日传说和风俗的反诘，表达了词人的怨愤失意之情，传达出举世皆浊我独醒的深切感慨。

结语

翻阅唐诗宋词，描写除夕、元宵、寒食、端午、七夕、中秋等节日的作品数不胜数。这些佳篇集中而生动地反映了当时的民俗风尚、民俗心理和民俗情感，在表现形式、抒情方式、语言运用、情感表达以及韵律斟酌方面，有着鲜明的特色，在中国古典诗歌中独树一帜。这类诗词或描写节日的狂欢热闹景象和祥和安定气氛，或表现百姓的欢喜愉悦心情，或展示节日的丰富历史蕴含，或抒发作者因之而生的诸多感慨，内容丰富，可谓观照古代社会生活的一个窗口。这类诗词既有不同历史时期的时代印记，也具有复杂多样的民族情感，其中最核心的愿望——家人团圆——成为中国人文化心理的凝聚地与最终归宿。